文豪たちの関東大震災

Literati and the Great Kanto Earthquake

紙礫
17

目次

I

大震雑記

芥川龍之介

一

大正十二年八月、僕は一游亭と鎌倉へ行き、平野屋別荘の客となった。僕等の座敷の軒先はずっと藤棚になっている。その藤棚の葉の間にちらほら紫の花が見えた。八月の藤の花は年代記ものである。それればかりではない。後架の窓から裏庭を見ると、八重の山吹も花をつけている。

山吹を指すや日向の撞木杖　一游亭

(註に曰、一游亭は撞木杖をついている。)

その上又珍らしいことには小町園の庭の池に菖蒲も蓮と咲き競っている。

葉を枯れて蓮と咲ける花あやめ　一游亭

藤、山吹、菖蒲と数えて来ると、どうもこれは唯ごとではない。「自然」に発狂の気味のあるのは疑い難い事実である。僕は爾来人の顔さえ見れば、「天変地異が起りそうだ」と云った。しかし誰も真に受けない。久米正雄の如きはにやにやしながら、「菊池寛が弱気になるってね」などと大いに僕を嘲弄したものである。

僕等の東京に帰ったのは八月二十五日である。大地震はそれから八日目に起った。

「あの時は義理にも反対したかったけれど、実際君の予言は中《あた》ったね。」

久米も今は僕の予言に大いに敬意を表している。そう云うことならば白状しても好い。――実は僕も僕の予言を余り信用しなかったのだよ。

二

「浜町河岸の舟の中に居ります。桜川三孝。」

これは吉原の焼け跡にあった無数の貼り札の一つである「舟の中に居ります」と云うのは真面目に書いた文句かも知れない。しかし哀れにも風流である。僕はこの一行の中に秋風の舟を家と頼んだ幇《ほう》間《かん》の姿を髣髴《ほうふつ》した。江戸作者の写した吉原は永久に返っては来ないであろう。が、兎に角今日と雖《いえど》も、こう云う貼り札に洒脱《しゃだつ》の気を示した幇間のいたことは確かである。

三

大地震のやっと静まった後、屋外に避難した人人は急に人懐しさを感じ出したらしい。向う三軒両隣を問わず、親しそうに話し合ったり、煙草や梨をすすめ合ったり、互に子供の守りをしたりする景色は渡辺町、田端、神明町、——殆ど至る処に見受けられたものである。殊に田端のポプラア倶楽部の芝生に難を避けていた人人などは背景にポプラアの戦いでいるせいかピクニックに集まったのかと思う位、如何にも楽しそうに打ち融けていた。

これは夙《つと》にクライストが「地震」の中に書いた現象である。いや、クライストはその上に地震後の興奮が静まるが早いか、もう一度平生の恩怨が徐《おもむ》ろに目ざめて来る恐しささえ書いた。するとポプラア倶楽部の芝生に難を避けていた人人もいつ何時隣の肺病患者を駆逐しようと試みたり、或は又向うの奥さんの私行を吹聴して歩こうとするかも知れない。それは僕でも心得ている。しかし大勢の人人の中にいつにない親しさの湧いているのは兎に角美しい景色だった。僕は永久にあの記憶だけは大事にして置きたいと思っている。

四

僕も今度は御多分に洩れず、焼死した死骸を沢山見た。その沢山の死骸のうち、最も記憶に残っているのは浅草仲店の収容所にあった病人らしい死骸である。この死骸も炎に焼かれた顔は目鼻もわからぬほどまっ黒だった。が、湯帷子《ゆかたびら》を着た体や痩せ細った手足などには少しも焼け爛れた痕はなかった。しかし僕の忘れられぬのは何もそう云う為ばかりではない。焼死した死骸は誰も云うように大抵手足を縮めている。けれどもこの死骸はどう云う訳か、焼け残ったメリンスの蒲団の上にちゃんと足を伸ばしていた。手も亦覚悟を極めたように湯帷子の胸の上に組み合わせてあった。これは苦しみ悶えた死骸ではない。静かに宿命を迎えた死骸である。もし顔さえ焦げずにいたら、きっと蒼ざめた唇には微笑に似たものが浮かんでいたであろう。

僕はこの死骸をもの哀れに感じた。しかし妻にその話をしたら、「それはきっと地震の前に死んでいた人の焼けたのでしょう」と云った。成程そう云われて見れば、案外そんなものだったかも知れない。唯僕は妻の為に小説じみた僕の気もちの破壊されたことを憎むばかりである。

五

僕は善良なる市民である。しかし僕の所見によれば、菊池寛はこの資格に乏しい。

戒厳令の布かれた後、僕は巻煙草を啣《くわ》えたまま、菊池と雑談を交換していた。尤も雑談とは云うものの、地震以外の話の出た訳ではない。その内に僕は大火の原因は〇〇〇〇〇〇〇〇そうだと云った。すると菊池は眉を挙げながら、「嘘だよ、君」と一喝した。僕は勿論そう云われて見れば、「じゃ嘘だろう」と云う以外はなかった。しかし次手にもう一度、何でも〇〇〇〇はボルシェヴィッキの手先だそうだと云った。菊池は今度は眉も挙げると、「嘘さ、君、そんなことは」と叱りつけた。僕は又「へええ、それも嘘か」と忽ち自説（?）を撤回した。

再び僕の所見によれば、善良なる市民と云うものはボルシェヴィッキと〇〇〇〇との陰謀の存在を信ずるものである。もし万一信じられぬ場合は少くとも信じているらしい顔つきを装わねばならぬものである。けれども野蛮なる菊池寛は信じもしなければ信じる真似もしない。これは完全に善良なる市民の資格を放棄したと見るべきである。善良なる市民たると同時に勇敢なる自警団の一員たる僕は菊池の為に惜まざるを得ない。

尤も善良なる市民になることは、――兎に角苦心を要するものである。

六

僕は丸の内の焼け跡を通った。此処を通るのは二度目である。この前来た時には馬場先の濠に何人も泳いでいる人があった。きょうは僕は見覚えのある濠の向うを眺めた。濠の向うには薬研なりに石垣の崩れた処がある。崩れた土は丹のように赤い。崩れぬ土手は青芝の上に相不変《あいかわらず》松をうねらせている。其処にきょうも三四人、裸の人人が動いていた。何もそう云う人人は酔興に泳いでいる訣ではあるまい。しかし行人たる僕の目にはこの前も丁度西洋人の描いた水浴の油画か何かのように見えた。今日もそれは同じである。いや、この前はこちらの岸に小便をしている土工があった。きょうはそんなものを見かけぬだけ、一層平和に見えた位である。

僕はこう云う景色を見ながら、やはり歩みをつづけていた。すると突然濠の上から、思いもよらぬ歌の声が起った。歌は「懐しのケンタッキイ」である。歌っているのは水の上に頭ばかり出した少年である。僕は妙な興奮を感じた。僕の中にもその少年に声を合せたい心もちを感じた。少年は無心に歌っているのであろう。けれども歌は一瞬の間にいつか僕を捉えていた否定の精神を打ち破ったのである。

芸術は生活の過剰だそうである。成程そうも思われぬことはない。しかし人間を人間たらしめるものは常に生活の過剰である。僕等は人間たる尊厳の為に生活の過剰を作らなければならぬ。更に又巧みにその過剰を大いなる花束に仕上げねばならぬ。生活に過剰をあらしめるとは生活を豊富にすることである。

僕は丸の内の焼け跡を通った。けれども僕の目に触れたのは猛火も亦焼き難い何ものかだった。

大震前後

芥川龍之介

八月二十五日。

一游亭と鎌倉より帰る。久米、田中、菅、成瀬、武川など停車場へ見送りに来る。一時ごろ新橋着。直ちに一游亭とタクシィを駆り、聖路加《セントルカ》病院に入院中の遠藤古原草を見舞う。古原草は病殆《ほとん》ど癒え、油画具《あぶらえのぐ》など弄び居たり。風間直得と落ち合う。聖路加《セントルカ》病院は病室の設備、看護婦の服装等、清楚甚《はなは》だ愛すべきものあり。一時間の後、再びタクシィを駆りて一游亭を送り、三時ごろやっと田端へ帰る。

八月二十九日。

暑気甚し。再び鎌倉に遊ばんかなどとも思う。薄暮より悪寒。検温器を用うれば八度六分の熱あり。下島先生の来診を乞う。流行性感冒のよし。母、伯母、妻、児等、皆な多少風邪の気味あり。

八月三十一日。

病聊《いささか》か快きを覚ゆ。床上「渋江抽斎」を読む。嘗て小説「芋粥」を草せし時、「殆んど全く」なる語を用い、久米に笑われたる記憶あり。今「抽斎」を読めば、鷗外先生も亦「殆んど全く」の語を用う。一笑を禁ずる能わず。

九月一日。

午ごろ茶の間にパンと牛乳を喫《きっ》し了《おわ》り、将に茶を飲まんとすれば、忽《たちま》ち大震の来るあり。母と共に屋外に出づ。妻は二階に眠れる多加志を救いに去り、伯母は又梯子段のもとに立ちつつ、妻と多加志とを呼んでやまず。既にして妻と伯母と多加志を抱いて屋外に出づれば、更に又父と比呂志とのあらざるを知る。婢《ひ》しつを、再び屋内に入《い》り、倉皇《そうこう》比呂志を抱いて出づ。父亦庭を回《めぐ》って出づ。この間地大いに動き、歩行甚だ自由ならず。屋瓦の乱墜するもの十余。大震漸く静まれば、風あり。面を吹いて過ぐ。土臭殆んど噎《むせ》ばんと欲す。父と屋の内外を見れば、被害は屋瓦の墜ちたると石灯籠の倒れたるとのみ。

円月堂、見舞いに来る。泰然自若たる如き顔をしていれども、多少は驚いたのに違いなし。病を力《つと》めて円月堂と近隣に住する諸君を見舞う。途上、神明町の狭斜を過ぐれば、人家の倒壊せるもの数軒を数う。また月見橋のほとりに立ち、遥かに東京の天《そら》を望めば、天泥土《てんでいど》の色を帯び、焰煙の四方に飛騰するを見る。帰宅後、電灯の点じ難く、食糧の乏しきを告げんことを惧《おそ》れ、蝋燭米穀蔬菜缶詰の類を買い集めしむ。

夜また円月堂と月見橋のほとりに至れば、東京の火災愈《いよい》よ猛に、一望大いなる熔鉱炉を見るが如し。田端、日暮里渡辺町等の人人、路上に椅子を据え畳を敷き、屋外に眠らんとするもの少からず。帰宅後、大震の再び至らざるなきを説き、家人を皆な屋内に眠らしむ。電灯、瓦斯《ガス》共に用をなさず。時に二階の戸を開けば、天色常に燃ゆるが如く紅なり。

この日、下島先生の夫人、単身大震中の薬局に入《い》り、薬剤の棚の倒れんとするを支う、為めに出火の患《うれい》なきを得たり。胆勇、僕などの及ぶところにあらず。夫人は渋江抽斎の夫人いお女の生れ変りか何かなるべし。

九月二日。

東京の天、未だ煙に蔽われ、灰燼の時に庭前に墜つるを見る。円月堂に請い、牛込、芝等の親戚を見舞わしむ。東京全滅の報あり。又横浜並びに湘南地方全滅の報あり。鎌倉に止まれる知友を思い、心頻りに安からず、薄暮円月堂の帰り報ずるを聞けば、牛込は無事、芝は焦土と化せりと云う。姉の家、弟の家、共に全焼し去れるならん。彼等の生死だに明らかならざるを憂う。

この日、避難民の田端を経て、飛鳥山に向うもの、陸続として絶えず。田端も亦延焼せんことを惧《おそ》れ、妻は児等の衣をバスケットに収め、僕は漱石先生の書一軸を風呂敷に包む。家具家財の荷づくりをなすも、運び難からんことを察すればなり。人欲素より窮まりなしとは云え、存外又あきらめることも容易なるが如し。夜に入りて発熱三十九度時に○○○○○○○あり。僕は頭重うして立つ能わず。円月堂、僕の代りに徹宵《てっしょう》警戒の任に当る。脇差を横たえ、木刀を提げたる状《さま》、彼自身宛然たる○○○○なり。

追想 芥川龍之介（抄）

芥川文

大正十二年九月一日の関東大震災の時のお昼のおかずに、ずいきと枝豆の三杯酢があったことを妙に覚えています。

いつもお昼には子供が、二階の書斎の階段の下で、

「とうちゃん、まんま」

と呼ぶ習慣でしたが、当日はどうしたものか、主人は一人だけ先に食べ了《お》えて、お茶碗にお茶がついでありました。

その時、ぐらりと地震です。

主人は、「地震だ、早く外へ出るように」と言いながら、門の方へ走り出しました。そして門の所で待機しているようです。

私は、二階に二男多可志が寝ていたので、とっさに二階へかけ上りまして、右脇に子供を抱えて階段を降りようとすると、建具がバタバタと倒れかかるし、階段の上に障子をはずしてまとめてあった

のが落ちて来て階段をふさぎます。

気ばかりあせってくるし、子供をまず安全な所へ連れ出さねばと、一生懸命でやっと外へ逃れ出ました。

部屋で長男を抱えて椅子にかけていた舅は、私と同じように長男をだいて外へ逃れ出て来ました。

私はその時主人に、

「赤ん坊が寝ているのを知っていて、自分ばかり先に逃げるとは、どんな考えですか」

とひどく怒りました。

すると主人は、

「人間最後になると自分のことしか考えないものだ」

と、ひっそりと言いました。

その日は何回となく余震がありましたが、幸い、家は被害もなくてすみました。

余震が収まったら直ちに主人は、大八車をどこからか借りて来て、駒込染井のそばに、青物市場がありましたので、その市場へ、渡辺庫輔さんと一緒に、尻はしょりをして、南瓜、馬鈴薯を買いに行き、たくさん大八車に積んで買って来ました。

食糧が必ず足りなくなるし、食糧難が一番こわいと言って……。

舅は、平常本所の米屋から米をとっていましたので、本所の様子を見に行ってくると言って、角帯

をしめ、絽の羽織を着用し、金ぐさりをして本所の米屋へ出かけて行きましたが、出かけて間もなく、

「とても本所までは行けそうもない」

と言いながら帰って来ました。

それは大変な被害状況で、とても歩けるものではないということでした。

この震災の時、小島政二郎さんの家は根岸にあって焼けなかったのですが、奥さんの美子さんがお腹が大きかったので、小島さんは心配で、奥さんとその姉さんを家へ頼みに来られました。

奥さんは、姉さんのお世話で、あげ膳すえ膳の毎日でした。

朝おきてお化粧をするのが仕事のようでした。そんな状態のなかで、小島さんは『生理的現象』という小説を書かれたように憶えております。

地震が収まってから、皆さんで根岸の自宅へ引揚げて行かれました。

杏っ子（抄）

室生犀星

誕生（一）一応の憂愁

小説家に化けた平山平四郎は、書斎で、雑誌社からの原稿料というものが、百円札が四枚と拾円札が八枚あるのを見て、一応の憂愁と、また一応の傲慢とを併せて感じて、それを紙入にいれて家を出た。一応の憂愁とは、おれのような人間が文士と呼ばれている事、そして大した文章も書けないくせに、方外の金を貰っていることに、ひそかに舌を捲いて謙遜している状態であった。裁判所の雇員上りが物好き一つで詩文を弄し、二十一歳から東京に出て三十の時に小説を書いて、眼のくらやむ早さで、ちんぴら小説家に化けたのである。本人の腹の底を叩いて見れば、全く何時もがらんとして学識思想もないぼろ書生に過ぎなかった。そういう憂愁とは反対に、おれも一ぱしの小説家に化けたのであるから、四十八手の手を用いて化け終《お》おせなければならない、化ける方法もまだ知らないちんぴらの狸は、見よう見真似で聡明な人間の岸辺にむかって泳いでいたのである。

平四郎は駿河台にある浜田病院の階段をのぼり、産婦人科の病室の扉を指の関節で、こつこつ敲《たた》いた。中から看護婦が出て来て、平四郎にいきなりおめでとうございますといい、平四郎はいろいろお世話になりました、と病室にはいって行ったが、妻のりえ子はだまって肯ずいてみせた。そして別の人に言うような変った声でいった。

「女だったわ。」

平四郎は看護婦が余りに眼に近く、赤ん坊を差し出したので、汚ない物を見るように鳥渡《ちょっと》位置を避けて、ながめた。ねずみの子のような、ぐにゃ・ぐにゃした皺だらけの顔が、これがお前の子というものだ、驚くな、これを人間らしく生きて来た証拠に呉れて遣る、この一つの臓物のような軟膏物はお前が生きているかぎり、めんどうを見なければならないものだ。お前はこの臓物をどこかに届けて、手早く登録した方がよい、届先はお前のいのちをつなぐ道中にある役所なんだね、おわかりか、平四郎はこの問答に対して、よく判りました。併《しか》しこのねずみの子のような奴は、何処かで見かけたことがありますね、僕の赤ん坊の時でしょうかねと平四郎は訊ねた。これには答えがなかった。

「そこで此の間から名前を考えていたんだが、やはり杏子《きょうこ》にしようよ、愛称では杏《あんず》っ子《こ》と呼ぶのもいいじゃないか。」

「杏っ子はいいわね。」

平四郎は此処で地震でもあったら困るというと、看護婦の丸山さんがそんな地震なんて今日や明日にあるもんですかと言った。

平四郎は例の百円札を三枚りえ子に渡し、月末だからお勘定してくれといった。明日は午後に来るから、ねずみの子は大切にしてくれと、平四郎は病院の階段を下りながら、病室というものは、家庭のつながりのように思えた。

誕生（二）火を消してえ

文士には月末というものはない金のはいった時が勝負で、その日が月の真中でも支払日になっていた。併しきょうは不思議にりえ子は月末の支払いを、それぞれの入院の費用を纏めて払い、丸山看護婦の分も済まして、何時もの支払いの終ったはればれしい気になった。お天気はいいし赤ん坊は時間的に、つやを増してふとって行った。全く赤ん坊が時間をとらえるのが、実に早い。

「赤ん坊って何処かで誰かのを見ているから、これが本物だということは生んで見なければわかりませんね。」

こんな途呆《とぼ》けたことをいう産婦の前で、丸山看護婦がせっせと間に合せの、赤ん坊の下着を縫うていた。きょうも暑いが、昼食の冷えた牛乳が美味かった。りえ子はそれをもう一口飲もうとした時に突然、この大病院がりえ子の足もとの方に、ガリガリと傾いた。薬瓶や薬缶《やかん》、牛乳瓶、盆などが畳の上を辷《すべ》って、傾いた壁の方に片寄せられ、その揺れがもとに戻ったらしい間際に、この病室の三面の壁が波をうって打ち合うような地震が襲来した、それと同時に丸山看護婦は、りえ子の上におもに赤ん坊を中心にして四つん這いの形をとり、落壁をふせぐ身構えをしながら殆んど低いひそひそ声音で、りえ子に言った。

「ね、落着いて、」

「とても大地震ね。」

一つの音響のかたまりがばらばらに、引離されたときにふっとあたりが静かになり、丸山看護婦は四つ這いからはなれた。廊下ににわかにばたばた人が馳《はし》り出して、火を消してえ、外に出る用意をしてえと何人も同じ事を女の声が呼んで行った。余震は泡を吹くような壁の割れ目の、乾いた泥をこすり落した。丸山看護婦は気を確かに持って、と言って、りえ子の着物を非常な早さで着替えさせると突如、命令のような硬い声で叫んだ。

「お立ちになって、」

りえ子は起き上った。立った。

「立てたわ。」

「これを杖《つ》いて、」彼女はそこにある箒を取り、りえ子に持たせた。りえ子はそれを杖いて、少し歩くと歩けた、また歩くと足が軽く動いた。

「歩けます看護婦さん。」

「鳥渡《ちょっと》待ってて、」彼女は洗面器に鉄瓶のお湯をあけると、火鉢の火を灰煙りを上げて、じゅうじゅうと打ち消した。そのはずみに丸山看護婦は床の間の林檎と梨とビスケットの缶とを手当り次第に、脱ぎすてたエプロンに包みこむと、廊下に跳り出て叫んだ。

「もう一人看護婦さん、来て、」

別の看護婦がとんで来ると、すぐその背中に赤ん坊に座布団をあてがって、座布団の穴の中に入れた。彼女はりえ子の手を肩に回させ、確《しっ》かりするのよ、と子供にいうように呶鳴《どな》った。大正十二年の大震災の日には、りえ子は出産後四日目であった。

誕生（三）動かない列

病院を出ると、患者達は長い数珠つなぎになり、みんな毛布を一枚ずつ携え、りえ子はお坊さんのけさの襟のような印をまいたが、そこには、施療病院という文字が記されていた。おもに婦人の患者ばかりで看護婦が付添っていたが、数珠つなぎは総勢三四十人いたかも知れない、駿河台の通りに出ると、行列は直ぐ一息に群衆の間に呑み込まれ、進むことも退くことも出来ない、ただ、めまいのするような鈍さで、のろのろと停っているのか、歩いているのか分らない状態であった。誰もこの患者の行列を指揮している者はいないが、気がつくと、たったいままでいた浜田病院は火に呑まれ、火を吹いていた。

患者達の行列はさすがにちょっと立ち停まり、皆は、火の手を仰いでたすかったと思った。大丈夫お歩きになれると丸山看護婦がいい、りえ子はちっとも疲れないと言い切った。何処にも此処にも火事がはじまっているらしく、着物の裏地のような煙がうすく、人家の屋根をかすめた。お茶の水橋にかかると、避難民が上手と下手から落ち合い、にっちも、さっちも身動きが出来なかった。

「放れないで下さい、前の人に食っ付いていて下さい。」

これも背後から、このどよめきの中で整然とした声音で、誰かが、叫んだ。お茶の水橋を渡ると、高等師範の校庭に患者の列はながれこんだ。病院を出てから、僅かな道のりを一時間半という永い時間がかかったのだ。そして誰がいうともなく、避難先の目的地は上野公園であることが、胸につたわった。お茶の水から上野まで歩けるかどうかは、もはや問題ではない、ただ上野公園まで行けばたすかるということだけが、確実に誰かが、何処の誰がいうこともなく証明してくれた。患者達はそれを信じはしていたが、この校庭に少時でも横臥したい僅かなねがいが、患者達の症状がそれぞれに重かったから、へた張りながらずるけようとする考えを持った。いじらしいずるけ方は、この時、誰かが叫んだ声音によって、ふっと断ち切られた。

「順天堂に火がついた。」

隣にある大きな古い建物の廂《ひさし》に、一銭で買える金魚状の火の舌なめずりが、ちょろ・ちょろ非常な速力で、右と左に競争しながら走りはじめた。患者達の先頭はもう校門にかかり、後の患者はそのうしろに蹤《つ》いた。何故患者達は先を争わなかったか、行列に乱れと焦りがなかったかといえば、患者達は走ろうにも馳られない出産後の人や、出産前や、手術後や手術前の重症がおもだったからである。特別にのろのろして行くので一人の落伍者もなかったのだ。患者達の全部は何かしら半分あきらめ、半分たすかるとそらだのみをしていた。家族の付添えのいた者もあるが、りえ子は丸山看護婦だけがたのみであった。こんなに確かりした人であったかと思うくらい確かりした丸山看護婦は、小さいナイフでするすると皮を剥いた林檎をほら患者さんお一つと笑って言って、くれた。美味かった。

誕生（四）鋭い人

患者の行列は途中で、家族達の迎え出会った者から、どんどん歯抜きにされ、賑やかに皆さん左様ならごきげんようとか、お無事にとか、口々に呼び合いながら別れて行った。りえ子はその度に、自転車や手押車に乗ってゆく患者達を見送って、一たい、家ではどうして迎えに来てくれないのだろうと、腹のちからが抜けて行った。湯島天神に出る裏道ですら、待ち構えていた家族達が、患者と抱き合って喜ぶ景色があったが、りえ子の迎えは切り通しを下り切っても、来てくれなかった。

仲通りの呉服屋に、ふだん取引きした店があって、其処に立ち寄ろうとした時は、もう大半帰って行きりえ子と外に二組の患者しか残っていなかった。大戸をおろした呉服屋には見知らない男がいて、電話をかけてくれませんかというと、電話なんか通じるもんかと、突っぱねられ、水をたくさん飲んで通りを広小路に出たが、道幅一杯の人の洪水はみな上野公園を眼差して、ずっと万世橋方面から続いているらしい、看護婦の背中にいる赤ん坊の顔を拭こうとしても、立ち停まるすきもなかった。何にも知らずに泣きもしない赤ん坊の鼻の穴は真黒になり、煤と埃は顔じゅうにたまっていた。それを拭き拭きりえ子は、病院にいることが判っているのに、それから後を尾けて来てくれたら何処かで出会したのに何をしているのかと、眼をあげると浅草あたりにあがる火の手に追われた大群衆が、上野駅で更にふくらがりを見せて押し寄せて来た。

「上野についてもだめね、これじゃ息もつけない、」

「もう一呼吸《ひといき》よ、美術館に這入れることになっているんですから、あと三十分の我慢です。」

りえ子は何かぶつぶつと言うと、看護婦は、だめよ、もう眼の前に上野を見ていながら何を仰有《おっしゃ》るんです。お宅のお迎えも、上野で待っていらっしゃるんですよ、看護婦は赤ん坊を背中にゆすぶり上げて、叱り付けた。

大密集の群衆の中では、広小路から上野の段々をのぼるまでには殆ど一時間近い時間が無駄につかいやされた。しかも公園の中は、立ち停った群衆のまわりに、ほんの些《ちょ》っとした人のながれが付いていていてそれも一人ずつしか通れない人のなかの、幅の狭い道すじに過ぎない、人の名前を書いた旗や、呼び合う名前の声の人捜しでごった返している処に、残照もすっかりくれ切った群衆は、ろうそく火と、かんてら火で気狂いのように喚めき立てていた。

ふだんは空屋になっている美術館についた時は、りえ子と外に二組と、ほかの病院の一行だけであった。看護婦は毛布をコンクリイトの上に敷き、もうしめたもんだと言ってビスケットの缶をこじ開けた。

「患者さんは臥ていらっしゃい。」

彼女は何処からか永い間かかって、水道の水をビスケットの缶に一杯つめて来た。何て気の利く鋭い人だろうと、りえ子は眺めた。

誕生（五）烟火中

がらんどうの美術館の明り窓は、どれも濁った火のいろが、絶え間なくどろどろにうごめいて、瞬間的にはかっと燃え明りが、射しては細れていた。十時に林檎とビスケットでお腹の足しにし、けんやくをして水を少しずつ飲んだ。丸山看護婦はきっと捜す場所を間違えているのだと言い、りえ子は間もなく昏睡状態の睡りにおそわれた。

翌る日の九月二日も、夜が明けると再び避難の群衆の声が、上野の山の周囲から新しく起った、ひっそりした昨夜からの群衆と揉み合い、そのあいだに蝉の声までまじるのが聞え、りえ子は上野から田端まで一日がかりなら歩けると言い、丸山看護婦はじっとりえ子の顔を見てから、この気丈夫な女は言った。

「お立ちになって見て、……」

「大丈夫立てるわ。」

りえ子は例の箒を杖いて立ち上ろうとしたが、股が突っ張り、一歩も踏み出すことが出来なかった。

「だめね、とても。」

立ち上っただけで、りえ子は汗が、からだの一面ににじみ出た。

「まだ出産五日目ですものね、昨日此処まで歩けたのはまるでユメみたい。」

丸山はりえ子を臥させ、とにかく洗顔の水を取って来なければと言って、出かけた。水道のある通りは列を作り、人々は気狂いじみた声で順番を争って、瓶や鍋、バケツに水を搬んでいった。一人が汲んでいるこぼれ水を、口で受ける水だらけの子供の顔が下の方にあった。やっとタオルに含めた水と空缶とを持って、人ごみの中を想像も出来ない永い時間をかけて、くぐり抜けた処に、いまお産がはじまろうとするうめき声が起り、丸山看護婦は固い人垣で中はちっとも判らないが、職業がらそれがすぐ判った。

丸山看護婦は白衣の仕事着を着ていたので、すぐ群衆はさっと美事《みごと》に二つに割れて、道をつけてくれた。彼女は妊婦を診ている間、毛布で家族の者に群衆の眼をさえぎるようにさせた。そして一番前側にいる人達にむかって、殆ど命令に似た声でいった。

「向うをむいていて下さい。」

人々は気難しくまた当然にそうする礼儀をわきまえ、反対側に顔を向け、見世物ではないぜ、立ち停まるな、お産がはじまっているのだと、かれらは番人のように呶鳴り立てた。群衆の顔は殆どといっていいくらい、悲劇的にゆがめられた。そして彼等もまた向うむきになって、人垣と輪とをまた一重だけ固く作って行った、というより、其処から身動きの出来ない人間の渦が、停っているのでもなく、動くでもなく、どうにも施しようもなく続いていたのだ、それは上野公園の入口から初まっていたのである。

誕生（六）瞳と水と

看護婦の職業を持っていることが、へんにあど気ない顔をしている妊婦にもすぐ判ったらしく、うめき声はきゅうにやんだ、そして眼だか水だかわからない二つの瞳が、その瞳孔内にあふれて、烈しい木洩日の下できらめいた。

「看護婦さん、たすけて、」

「ええ、もうすぐらくになりますわよ、もうすぐだわよ、ちからを容れて、」

妊婦はまたうめき声をきれぎれに立てたり、きゅうに捲き返したうめきに変って発せられたりした。そこに母親と夫らしい人とが、お湯を雑巾バケツに用意してわかしていて、しかも、これらの先を見越していたものらしく、炭火でおこされていた。

彼女はまたうめき声から正気に立ち戻っては、丸山の顔にくいいって見入った。

「看護婦さん、たすけて、」

「もう、わけはないわ、お母さんですか、ちょっと手をかして下さい。」

母らしい人は、丸山看護婦の向う側に失神した顔付のまま座った、そして丸山は烈しい手つきで、自分の手を洗った。それと同時にどこの赤ん坊だか、ここにもねずみの子のようなものが、ぎゃあと言ってうまれた。ぐるっとこの赤ん坊と母親をとりまいていた群衆は、出来たぞ、たいへんな処で生んだものだと呟きながら、その感傷風景をわざと叩きこわそうと、その顔をしかめっ面にかえることで、この風景の外廓に立とうとしているらしかった。

丸山看護婦は言った。

「わたくしも妊婦を一人預っているものですから、おあとはお母さんにお任せします。」

「何と言ってお礼を申していいやら、……」

その時、妊婦は物もいえないふうで、白い手を出してやたらに振った。丸山はそれを握り返して遣り、また先刻とはずっと感動風になった群衆達が、通れるだけの人垣を美事に引き裂いてくれた。

りえ子は起き上っていた。

「まあ、どうしたの、一時間半も経ったわ。」

「お産があったものですから、手をかしてあげないわけに行かなかったんです。」

「そして生れたの。」

「ええ、女の子でございました。」

僅かな時間だと思っていたのに一時間半も経ったかしらと、丸山は一部始終を話した。でも初めは見物人の人だかりだったが、皆さん反対側を向いてくださいというとまるで兵隊さんのように向うむきになりましたわ、一人として此方向きになった人いなかったわ、此方向きになったら承知しないとわたくしもその時あがっちゃった、併し男の人もいざとなると、ちっとも姿勢を崩さずに向う側をむいていた……

「わたくしいい事をしたでしょう。」

「ほんとに有難う、お礼をいうわ。」

りえ子もちょっと頭を垂げていった。

誕生（七）オムレツの恐怖

その日、平四郎の家に詩人の百田宗治の夫人が、病院にりえ子を見舞いに行くといって立ち寄り、間もなくお昼に近いので昼食をたべてから、平四郎も一緒に行くことになっていた。近くの料理店でお菜のオムレツを注文したが、その出前を待ちあぐんで、甥と女中が、食卓をととのえ、茶の間に座ったときに、突然、畳ごと持ち上げられる上下動の地震が来て、それが激しい左右動に変ったときに庭の石灯籠が、ひと息にくずれて了った。

「オムレツを置いて行きますよ、や、地震だ、大地震だ、オムレツを置いて行きますよ。」

西洋料理店の出前持の声を聞いて、平四郎は庭に飛び出したが、あらゆる物体からほんの少しずつ発する鳴動が、まとまって、ごうという遠い砲撃のようなものになって聴えた。平四郎は失敗《しま》った、避妊をとくのではなかったと、変なことを頭にうかべ、赤ん坊なぞ作るのではなかったと思った。これは大地震だ、なにも彼もお終いの時が来た、平四郎はふとその時、表に子供がまだ四五人遊んでいるのを見ると、表に飛び出して行った。みんなおじさんのそばに固まってお出、何処へも行ってはいけないと言って、平四郎は子供達を道路の真中に、屋根瓦と電柱の倒壊を避ける位置に立たせた。平四郎の顔色を見て地震を面白がっていた子供達は、地震の恐ろしさを初めて知って平四郎のまわりに集まり、すぐ、親達は迎えに来てつれて行った。

「では、わたくしはこれで失礼いたします。」

百田夫人は表で帰り支度をして、おろおろ声で言った。

「明日百田君に来て貰って下さい。」

平四郎は夫人が病院の方どうなりますといったので、平四郎はこれから直ぐ出掛けますと言った。

平四郎が水道の水を飲みに勝手に出ると、四枚の西洋皿のうえの黄ろいオムレツが、皿のうえから辷《すべ》り出して、一枚は板敷のうえに、乗り出し、あとの三個の凝固体は皿のへりに引っかかっていた。平四郎は刻んであるキャベツがちっとも位置をちがえてないのに、オムレツだけがあわてて辷り出したような気がした。座敷にもどると、かんかん帽の裏にたった一枚きりしかない百円札をしまい込み、細かいのを袂《たもと》に入れ、女中と甥の吉種に留守をたのんで出掛けた。

動坂下で自動車がつかまり、平四郎はそれに飛び乗ったが、根津八重垣町まで行くと、道路に荷物が積み出され、一杯の群衆が揉み合っている物々しさで、車どころではない、平四郎は引き摺り下ろされそうな気色なので、自動車からすごすごと降りた。平四郎は少時ぽかんとしてこれはもっと計画して、迎えに行くなら行くべきだ、ふとったりえ子は一体何に乗せて田端に運んだらいいか、何処に見当をつけて行ったらいいか、病院の患者達は退避して了っているにちがいない、あわてるな、充分に用意して事を計るべきだと平四郎は考えた。

誕生（八）大震

平四郎は甥の吉種に、駿河台の浜田病院に行かせることにし、その退避場所とか病院がまだ無事であるかどうか、出来るだけ迅速にそれをしらべることにした。そして何としても人力車を一台用意することが、どんな事態が生じても出産後のりえ子に、欠いてはならない運搬用のものであった。永く出入りしている車やの長井の家に、出掛けてたのむと、直ぐ行くといい、平四郎と一緒に家に来てくれた。長井は車にあぶらをさしたり幌をかけ、一升瓶に水を入れ、平四郎の発案でお握りを作って、途中の用意に取りかかっていた。平四郎はわずかなこれらの準備と支度に、心托みが感じられた。

併し夕方近くなっても、病院に出掛けた甥の吉種はかえって来なかった。では、私が一走りに行こうかと車やの長井は言ったが、この人も途中で足を奪られ時間が食うと困ると、平四郎は吉種の帰るのをぐらぐらした頭で待った。さまざまな情報では浜田病院もとうに焼け落ち、神田の或る一帯も焼けたということだ、何処に避難しているかも判らない、そのうち暑い日がすっかり暮れ切って、平四郎は長井と二人で夕飯を食べた、夕飯を食べながら女中のおシマを呼んだ。

「米はあるか。」

「月末に取り付けているものでございますから、もう、みんなになりました。」

「幾日くらいあるかね。」

「明日一日しかございません。」

「缶詰類とか外に食糧はないかね。」

「奥さんが病院にいらしってから何も取って置きのものはございません。」

長井は醤油をとりに勝手に立つと、例のオムレツの皿を二枚持って来た。こんなご馳走があるじゃないですかと長井は箸をつけた。そして米は何とか心配しますといったので、食後に例の百円札を帽子の裏皮からつまみ出して、米を買いにゆく長井に渡したが、長井は間もなく戻って来ると、何処でも百円札はくずれません、煙草屋にはバットも何もない皆売り切れていると言った。がたっと地震が来てから、やっと七時間しか経っていない、米屋に廻って三升貰って来たといい、ここでも、百円札はこわれないから、長井が金は出して置いたといった。

吉種は八時過ぎに顔を煤だらけにして、病院焼失後、患者達は上野公園に避難している筈だといい、上野に行って捜すのがはやみちだと帰っていった。何処も此処も火事だらけで道路はみな立ち塞がり、まるで荷物と人間の間を縫って歩いているようなものですといい、吉種のためにのこして置いた一枚のオムレツを、彼はあっという間にたべて了った。吉種は町から町を群衆に揉まれながら、そこを脱けるとまた次ぎの群衆に捲きこまれたといい、再び平四郎は失敗った入院させるんではなかったと思った。

誕生（九）ほほえみ

翌朝、車夫の長井と甥の吉種、それに百田宗治を加えて、てっきり上野公園に避難していると断定して、一行は電車のない道路を歩いて行った。この大震の後の東京は暑く、空地、庭、小路に人々は集まり、外でゆうべは寝たらしく、何処にどうながれるか判らない人のながれが、上野公園を中心にして一方は銀座方面から、またの一方は浅草の下町界隈から、さらに日暮里・田端方面へ続いた人間の大河が、膨れたり打つかったりして続いた。

百田宗治は言った。

「一たい君は昨日一日何をしていたの、昨日の内に上野に出掛けて捜したらよかったのじゃないか。」

「昨日は甥に病院の様子を見にやるだけで一日終って了ったのだ、僕が昨日出かけていたらこんな手筈が巧くゆかなかった筈だ。」

いまはいない亡友が、わざと平四郎がぐずっていたように一応の叱責をすることで、平四郎の悶えを察してくれているように受けとれた。

「平常の君なら、とうに片づいていた筈だが、さすが大事を取ったのかね。」

百田は鳥渡《ちょっと》反り返るような顔の位置で、さらに、どの人の顔を見ても、殺気がみなぎっていない者はないと言った。

「日本は内からは壊れないが、外国との交渉でこわれることがあるね、この大群衆の乱れは外から来たもので斯うなったのだ、どうもこれは地震というものばかりを見ていられないな。」

平四郎は突然こんな変なことを言う男である。

動物園裏から公園にはいると、小便の臭いと、人いきれと、人の名前を呼ぶ声と、そしてそれらの人間のながれが、縦横無尽に入り乱れ、幟《のぼり》に書いた人の名前、旗に記された家族の尋ね人に、鳥籠を下げた女の子までが交って息苦しく、泥鰌《どじょう》の生簀《いけす》のようだった。

殆ど全山隈なくさがし終えた時に、突然、一等年のわかい甥が短期美術館の建物の前に出たときに、彼はへんな声でいった。この中がくさいぞ。

併し扉は締っているが、表に鍵がかかっていなかった。別に番人もいる様子もないのに、この建物の内部はがらんとしていた。平四郎は殆ど無表情で扉をさっと曳くと、よろけるくらい扉は軽く開いた。三十人くらいのどれも患者らしい群が起き直って、一せいに平四郎の方にぎらつく眼を向けた、その眼と顔かたちを非常な迅さで眺めわたしたときに、或る一つの見なれた眼と顔とが、少しの叫び声もあげずに気味わるく微笑《わら》って見せた、それを合図に皆は建物の中にはいりこんだ。微笑った顔はやっとのことで物が言える、吃《ども》った声音になって言った。

「遅かったわ、とても、遅かったわ。」

誕生（十）迎えに

丸山看護婦は赤ちゃんはぴんぴんですといい、平四郎は生後五日目の、全くのねずみの子だか、何かの臓物だかわからないものを、眺めた。顔は拭いてあったけれど、早くも日にやけてくろずんでいた。

「杏《あんず》っ子は、すでに幼にして斯くのごときか。」

平四郎は笑い、丸山看護婦に家まで付添って来てくれるように頼むと、此処まで来たんですもの、何処までもお供しますわと言ってくれた。まだ、子供のない百田宗治は、ぐにゃ・ぐにゃした生きものと、ここまで暢《のん》びりしていられるものかというふうに、そんな性質のりえ子を見ると、よく駿河台から上野まで歩けたものですねといい、りえ子はもうむちゅうでしたが、もういまは一歩も歩けませんと言った。

長井に動物園前まで車を入れて貰い、そこまで長井はりえ子を背負ったり歩いたり、永い間かかって俥のある処についた。赤ん坊を抱いて乗っているので、何処でお産をしたのかと、群衆は痛々しそうな顔をして道をあけてくれ、平四郎は鮒のように喘《あえ》いで後ろについた。

音楽学校の前で、百田は言った。

「君の方はこれで安心だから、おれは省線で帰る。」

「省線があるものか。」

「そうだ今朝線路をつたって来たんだ、おれもどうかしている。とにかく失敬する。」

「また会おう、きょうは済まなかった。」

家に帰るとお隣でお湯をわかしてくれ、丸山看護婦が赤ん坊にお湯をつかわした後で、あんな小さいお鼻から、煤だの埃のはなくそが沢山出たといって、笑った。あんな混乱のなかで泣き声も碌《ろく》に立てずにいながら、ねずみの子はねずみなりに生きて呼吸をしていたのかと、生きることに休みのないことを、そして生きつづけたことを平四郎は、赤ん坊自身の肉体に感じた。

地震襲来とともに乳が出なくなった人、出産の日がきょうに延びた人、月のものが停った人のあるなかで、りえ子は肉体の上に何の変化のなかったことは、後での話では、がたっと地震が来たときに、すぐ、迎えに来てくれるような気がして、暢気に構えていたから、あわてても、あせりもしなかったのだと言った。

六日目に医師から聞いたといって、芥川龍之介がひょっこり現われた。うしろに、若いくせに、古文書なぞあさっている蒲原泰助がいた。蒲原は近くに宿を取り、芥川の知己を得ていた。

「杏子《きょうこ》嬢は無事か、奥さんは?」

芥川は書斎にあがると、部屋をぐるっと見わたした。そして、書斎の隣の間にいるりえ子に、開いていた襖の間から顔を出して言った。

「酷い目にあいましたね。」

誕生（十二）お汁粉

「もう、むちゅうで帰って参りました。」

りえ子が起きなおろうとすると、芥川はそのままでどうぞと言った。

書斎にもどると芥川は低めの声でいった。

「君のところには食い物があるか。」

「何もない、昨日から百円札を一枚持っていても、どこでも、くずれないんだ。」

「百円札はくずれないよ、そんな物を持って歩くのは君らしい。」

芥川は可笑《おか》しそうにわらうと、これから、動坂に出て食糧をととのえようと思うんだが、君も行かないかといい、蒲原にむかって、君済まないがね、

「家に行って乳母車を曳いて来てくれないか、缶詰を積み込むんだ。」

「行って来ます。」

蒲原は表に出ると、近くの芥川の家にこの人も芥川のように、洋杖《ステッキ》をふり廻して行った。

動坂の橋をわたると、どの乾物屋や穀類を売る店々の棚は、みながらんと空いていて、列んでいる缶詰類は、粉ミルクの缶くらいしかなかった。

「おかしいね、缶詰がないなんて、大通りに出て見よう。」

大通りの店も、やはりがらんとしていた。

平四郎は一軒の店でコナミルクを買い、

「缶詰はないんですか。」と低声で聞いた。

「缶詰なんかあんた、がたっと来たら夕方までに買い占められましたよ。」

「早い奴がいるな、早いな、実に早いな。」

芥川は褒めるようにそういった。平四郎はその店で匿《かく》してあった鮭缶を五個頒《わ》けて貰い、乳母車の底の方にいれた。鮭缶は勲章のようにかがやいた。

「君、百円札は薬屋でこわすんだ、きっとこわれる。」

「何を買えばいいんだ。」

「石鹸・歯ブラシ、そのほか何でもいいじゃないか。」

平四郎は、石鹸・歯ブラシと殆ど口移しに薬屋に行くと言って、思いついて氷枕や睡眠薬をまとめて買った。百円札は六日間持ち廻って、やっとくずれたのである。

「氷枕とはうまい物を買ったものだ。」

芥川はその思いつきを褒めた。

蒲原が角の店に乳母車を停めて漸《や》っと何かを買い当てたらしく、あった、あったと言って乳母車の中を見せた。勲章がまた五つふえていた。

「君、汁粉を食おう。」

「汁粉なんてあるものかね。」

動坂の角にふだん芥川の行きつけた汁粉屋があったが、お汁粉がありますかというと、まだ、いたして居りませんと若い女の子が出て、甘い物好きの芥川を見知っていて、ていねいに言った。なんぼなんでも、汁粉をかかる混乱の巷にもとめるのは無謀ですよと、蒲原が敢然として言った。併し女の子の感じは柔《やさ》しかった。

誕生（十二）威嚇

全く蒲原のいうかかる混乱の巷に、へいぜいとは打って変った動坂の町に、三人が暢気《のんき》そうに歩いていることも異様であるが、田端に汽車の発着があるというので、長身の蒲原でさえ、乳母車を群衆に打っつけたりして、操車するのもやっとであった。角の八百屋で蒲原は乳母車を停めて、さすがに人参ほうれん草があったので、平四郎の分も買いいれた。

「たった一日で東京の相が変ったね。」

「煙草なんか一つもない。」

三人が裏通りの欅の大きな株のある、お稲荷さんのお堂の前で、乳母車の中を掻き廻して頒《わ》け合った。

「君にはと、鮭缶五個に人参とほうれん草と、」

芥川は乳母車を覗きこんで言って、乳母車の必要はなかったと笑った。

「蒲原君には両方から鮭缶一個ずつを贈呈しようじゃないか。」

「おれもそう考えていたんだ。」

蒲原はあわてて断った。

「僕は下宿だから構わないんですよ、貴とい缶詰ですからね、勲章だと先刻仰有《おっしゃ》ったが全くきれいだなあ。」

平四郎は新聞包を抱き込み、芥川の後ろから乳母車を押してゆく蒲原に別れた。

「用事があったら何でも言ってくれたまえ。」

平四郎は小学校の前に出ると、田端駅からつながっている群衆の尾が、此処まで伸びているのを見た。そこに米一人前何合ずつかを配分する張紙が、校門に張られ、人さえ群れているところでは、汗あぶらの臭気と暑さが持ち回って、こめられていた。

こんな東京にいるより郷里に行った方がよくないか、平四郎はこんな考えを持ちはじめ、郷里でなら赤ん坊もうまく育つだろう、何とかして汽車に乗る方法はないかと思った。平四郎は家にかえると四個の缶詰を畳の上に置いて、さて、あぐらを掻いて言った。どうだ金沢に帰郷して一年ばかりくらそうじゃないか、何処にいるのも同じだからと言ったが、りえ子もそれには賛成であった。聞けば赤羽から金沢方面の汽車の発着もあるといい、赤羽まで行けば何とかなるらしいと、平四郎もあいまいなことをそのまま受けとって言った。余震はあるし夜警は毎晩交替で、一軒の家から誰かが一人宛出なければならない、何のための夜警であるかは判らないが、判らないままの一種の威嚇のようなものが、軍の方面からほとばしって出ていた。辻々や町角に抜身の剣付の銃を持った兵隊が立ち、憲兵が行き来し戒厳令がしかれた。

一人の赤ん坊をまもるという口実のもとで、平四郎はこんな家財など棄ててしまえという気持で、帰郷のこころをさだめた。例の車夫の長井を呼んで赤羽までりえ子と赤ん坊を乗せ、自分は歩いてゆくつもりだった。

誕生（十三）　終りの女

赤羽から汽車に乗ることに決まって、長井は俥に水をいれた一升瓶を蹴込《けこ》みにひそませ、一週間前に上野から来たときと同じ装いだった。甥と平四郎とが俥の後ろから尾《つ》いたが、この田端からつづく赤羽街道も、荷車や自転車に馬力をかこんだ一杯の避難民で、砂埃をあげて、何処がおしまいか判らない行列が、みな元気を失って草臥《くたび》れ切って、ただ、歩いているだけの有様だった。一たい、これだけの大群衆が赤羽から汽車に乗り込めるとは、考えるだけでも徒労であった。平四郎の一行も暑い日にあぶられたまま、だまりこくって歩いた。口も喉も砂埃にまみれてしまった。

「どうだ、赤ん坊は？」

「咳をしていますわ、ひどい埃ですもの。」

平四郎はつぎの言葉が、もう喉から出すだけでもいやだった。

平四郎自身の赤ん坊の時も不倖であり、十歳、十三、四歳の頃も、十七、八歳の時もつらい目にあっただけに、赤ん坊が女の子であったらというねがいが、あった。そしてこの赤ん坊の誕生は、どういう意味にも美しい女というものにゆくゆくはそれを仕立てて彼自身の頭にある女というものを、もう一遍くみ立てて行きたかった。つまり平四郎がさまざまな女に惚れて来て、その惚れた女にあった惚れた原因のうつくしさを、自分でそだててゆく娘に生かしこみ、それを毎日見て生きてゆくことと他の女にあったうつくしさがどの程度のものであったかを、くらべて見たかったのだ。これは甘っちょろい考えではあるが、父親という化け物がかたちを変えて、妻のほかにも一人だけ女というものを見たい考えと合致していた。むしろ宗教的ともいわれる多くの父親どもは、その娘をじっと毎日眺め、なにやら或る日には機嫌好く、或る時はなにやらうかぬ顔付で沈みこんでいるのは、その娘がうつくしく映じた日と、映じない日の二つにわかれたその父親の嘆きではあるまいか。

娘というものはその父の終りの女みたいなもので、或る時は頬ぺを一つくらいつねって遣りたい奴でもある。娘であっても、スカートから大腿部のあたりをころげ出すことは、そんなにお行儀がわるいと言うだけのものではない、そこにこそ人間のからだの本来の美しさをみとめる高い眼があった。父と娘という威厳のある教えの下で、人間のうつくしさが言葉のほかに盛りこぼれているからである。どうも時々はらはらして困るねとはいうが、そのはらはらする鋭いものは父親のものではなく、もはや人類のものですらあった。だからこそ、父親ははらはらしたにちがいない。……つまり平四郎という男はいま眼の前の俥の上にいる、たった生れて一週間しか経たない赤ん坊に、くたびれ切った頭で、塵埃の中でそういう思いに捉われている男なのである。

誕生（十四）娘をもつひと

平四郎はどういうものか、わかい娘のいる家庭の父とか母とか、その兄とかに、余りわるく思われたくなかった。お弁茶羅《べんちゃら》は言わないけれど、かれらにも娘にある色気のようなものが、どこかに食付いているように思われ、その家族によくおもわれることが、間接に娘にもよくおもわれる気がしていた。こんなひょっとこ面の父親にこんな美人の娘があるのかという驚きの場合、平四郎はその父親のでこぼこづらに対する軽浮な考えを修正していた。でこぼこづらの前で、平四郎は役にも立たないのにわかい時にはぺこぺこして見せていた。それは、でこぼこづらに最敬礼をするのではなく、美人である娘さんに敬礼するのである。こういう考えは平四郎の終生をつらぬいた教訓であった。平四郎は理由もないのに尠《すくな》くとも美人といわれるような女であった場合デパートの売子さんにまでぺこぺこ頭を垂げていた。いわんや由緒ありげな父親とつれ立った令嬢達には、その父親には君はうまく美人に娘を仕立てていられたが、そのお祝いのためのおれの眼付を見てくれというように、平四郎はうやまいの表情を眼にたたえるのである。人類に対《むか》ってわずかに礼節をまもり得るのは、行儀の悪い平四郎にとっては、つねに美人が対象になっていた。アメリカ人がちやほやする女の前のお辞儀は平四郎にとっては全く同感のものであった。たとえお隣の女中さんでもそれが美人である場合、平四郎はていねいに頭をさげて挨拶をした。

「お早う、よいお天気ですね。」

だからこそ、平四郎はわざわざ俥の前に出て行って、赤ん坊の息が窒まるようなことがないか、と言って見たり涼しい欅のかげを見付けると、長井さん一服やろうと言うのである。平四郎はこのぐにゃ・ぐにゃの赤ん坊のしがめっ面を見ると、こいつが藍紺のスカートをひらひらさせるのは、すくなくとも、指折りかぞえてみると、先ず十四、五年もさきのことであった。平四郎はその摑みどころのない十四、五年先のことを、このしがめっ面から考え出すことは、あまりに反対のものをつくり出す遠来のものに感じられた。

平四郎はがぶっと水を呑んだ。

「このねずみの子は生れながらにして、たいへんな苦労をしているようなものだね。百年に一度しかない地震に会うし……」

りえ子は赤ん坊の額に手を当てて見て、先刻からからだが熱いと思っていましたが、と言った。

「どうやら少し熱気があるらしいわ。計って見るわ。」

りえ子はハンドバッグから体温計を取り出した。彼処此処持って歩くから、風邪をひいたかと、平四郎はしがめっ面に、あからみが含んでいるのを見た。斑点のある赫らみだった。

誕生（十五）重たい鉄橋

赤羽の町は火事場のようにごった返していて、やっと鉄橋のある土手下で、四人が座れるだけの草場を見出した。何処も昨夜から野宿した人達で、汽車はきょうはもう出た後だということで、屋根の上にでも乗らなければ、到底、女子供は列車の中に座りこめないというのだ、平四郎は此処でも目算外れであった。

「これだけの乗客をこなすには三日くらいかかるね、五、六千人はいる。」

「鉄橋を渡りましょうよ。」

「その足で赤ん坊を抱いてこの長い鉄橋が渡れるものか。」

川波はゆったりとながれていた。平四郎はふしぎに川というものも、この大震災中の一員である気がしていたのに、全然、別の知らん顔をして下へ下へとながれているのに、不平を感じた。俥やの長井は日の暮れない間に、東京に帰るといい、野宿なさるのなら、この毛布はぼろだが置いてまいりますと言った。明日汽車で立つなら今夜一晩は野宿してもよいと思って、長井に帰ってもらうことにした。今度は君がいてくれなかったら、どんな酷い目に遭っていたかも判らないと、平四郎は金の包をやりながら、長井の挨拶を聞いた。では奥さんお大事に立ってください、孰《いず》れはお国からお帰りになったらまた出入させていただきますと、四十すぎてすぐ年寄りくさくなった長井は、空らの俥を曳いて群衆の中に消えた。

長井が行ってしまうと、にわかに身の処置が問題になって来た。毛布を敷いてりえ子は赤ん坊の頭を冷やし、平四郎はあぐら掻いて甥に飲み水をさがしに出そうとしたが、その時突然、或る窮迫した考えが平四郎の頭を掻き廻して来た。いま長井を帰してしまっては、若し明日列車に乗れなかったとしたら、田端に帰ることも出来ないし、りえ子は勿論歩けない、第一、列車に乗り込むためには、赤ん坊もりえ子も一遍に圧し潰されて了う、みちは一つしかない、田端の家に戻るより外に策は尽きていたのだ。

「長井君は遠くに行くまいから呼び戻して来てくれ、明日田端に帰るといってね。」

甥の吉種は人込みの中を走り出した。

「おればかみたいな世間知らずだ。」

平四郎はりえ子の顔にあった残照の日あかりが、もうないことを知ると、土手の上と下の人なみが、一層くろずんで見え、皆、寝る支度をはじめているらしく、毛布や新聞を展《ひろ》げはじめた。

その時一人の十五、六歳の女学生が、ふいに平四郎のそばに来ると、りえ子に対っていった。

「此処で今夜野宿なさるんですか。」

「ええ、もう何処にも知合いもございませんし、野宿することに決めたんです。」

「それなら、」女学生は少し極り悪るそうにして言った。「それならわたくしの家にいらっしゃいませんか。」と、低い四辺の人込みをはばかる声でいった。

誕生（十六）好意

りえ子は自分の耳を疑った。

「あなたのお家にですか。」

平四郎はこの女学生のよこ顔をのぞきこんで、柔らかい頬をみると、世間というものがぐるっと一と廻りして、別のおもてを見せてくれた気がした。

「赤ちゃんもいらっしゃるし一晩くらいなら、お宿をいたします、すぐ其処なんです。」

「でもこんなに沢山困っていらっしゃる方ばかりなのに、どうしましょう。」

りえ子は余りに突然な好い話なので、そこで自分達の困窮の立場を急にこわすのに、甘やかされて来て、平四郎の顔を呆れた眼で見た。

平四郎は言った。

「あなたがそう仰有っても、おうちの方がご迷惑じゃないんですか、わたくし達はみんなで四人いるんです。」

「いいえ、構いません、父がお困りの方があったら、お連れするように言ったんです。叱られはしません。」

「そうですか。」

平四郎はきゅうに礼儀を感じて、ぐずついた。

「何にもできませんけれど。」

「ではお言葉にあまえまして。」

りえ子は赤ん坊を抱き上げた。

平四郎はその時、吉種がさがし当てた長井と一緒に、笑いながらやって来るのを、人込みの中に眺めた。

「明日田端にかえるので君に帰られると困るんだ、でも、よく会えたね。」

「俥を曳いていては歩かれたものではないんです。」

平四郎は今夜こちらの方の家で、泊めて貰うことになったというと、長井も甥も、こういう見ず知らずの人間同士のあいだに、まだ、目のさめるような好意のあることを寧《むし》ろ不自然にさえ感じた。好意はパン一切からもあったが、これは余りに大き過ぎたのだ。

「実はお昼すぎに家の前をお通りになったのを父が見ていたんだそうです。俥やさんがついているから、行って捜して来いと言いつけられたんです。」

「何ともお礼の申しようもございません。」

りえ子と話しながら行く、女学生の黄ろいリボンを見ながら平四郎は後ろからついて行った。黄ろいリボンの先がくらくなって、やっと見えた。

小田切という標札のある家は新築したばかりで、主人は気軽に寝るだけですよと言ってくれ、用意してあったのか、お握りが鉢に盛られ、香の物も清潔についていた。平四郎とりえ子、吉種に長井の四人が、あたらしい畳のうえで、お握りと香の物をたべ、吉種が途中に売っていたという梨の皮を剝いて、皆はだまって晩の食事をすました。皆がだまっているのは倖《しあわ》せが余りに大き過ぎるために、それをどう言い現していいか判らなかったからである。

誕生（十七）梨

非常に悪い条件から、きゅうに最高の境遇にはいりこんだ四人の人間は、睡眠という誰も知らない放埒《ほうらつ》の時間の中で、甘たれるだけ甘ったれてねむった。時々、銃声が起り、夜警の人達が誰かを追いかける靴音が起った。此の赤羽に火薬庫があるので、鮮人が這入りこんだとか言って、騒ぎは終夜続いたが、甘ったれた四人はそのまま夜明けを知らなかった。

朝の食事にまた、あざやかなお握りが出た。

「食べ物は此方で何とかいたしますからどうぞ。」

りえ子も皆も、お握りを怖いものを見るように、恐縮がった。この家の主人は新築したばかりだから、自分でつや出しの乾いた雑巾で、桧《ひのき》の縁側、柱、床の間というふうに磨きをかけているのが、見た眼につらかった。長井と吉種がそれをせめてものことで、手伝ってみがいた。

駅に見にやると、長井はがっかりして言った。

「とても列車に乗るなんて想像もつかない。……」と言った。

午後にも待ったが、まるで屋根まで一杯の乗客で、とても乗れそうもない、やはり初案どおりに田端にかえることにしたが、その時刻にはもう遅過ぎた四時だった。途中で日が暮れるとなると、どんな悪い事態が生じるかも知れない。明日は朝早くに立とうと四人は梨の皮も剥かずに、がりがり噛った。そして物音も立てずに小さくなり、なるべく家人の眼にふれないように座敷のすみに跼《かが》みこんだ、ひと晩で引き上げる筈の一行が、今夜もこの家に泊るのが行きがかりとはいえ、狷《ずる》さがある気がして、厠に行くのにも爪立てをして行った。

想像したとおりに晩食は出なかった。却ってそれが吻《ほっ》とするようなゆるんだ気になり、お湯も貰いに行かずに例の一升瓶に、生ま水をいれて飲んだ。赤ん坊はきょうは熱も下がって、相かわらずしが、めっ面をし、眼だけを大きくひらいていて、みんな見わたしているようであった。

「こんな邪魔気なものは生まなかったら、たすかっていたんだが。」

平四郎は赤ん坊を邪魔者扱いにして言った。

「この子はこんな約束を持って来たんだから、どうにもならないわ。逆さ児だったのに、自分のちからでくるっと引っくり返っていたじゃないの。」

「こいつを見ていると、おれみたいだ、おれが赤ん坊だったときに、お臍《へそ》にちがにじんでいたそうだよ。嘘だか本当だか判らない話なんだがね。」

日が暮れると夜警群の声が、町の通りをほとばしり今夜も銃声と靴音と、喚く声と、呼びあう人びとが入り乱れて聴えた。そのたびに、昨夜とはちがって四人とも起き直り、外の物音に警戒しはじめた。後で聴いた話だが、鮮人騒ぎが赤羽で行き詰まって一等惨酷に、行われていた。

誕生（十八）もうろうたるもの

平四郎のような馬鹿な人間は、その馬鹿らしさから利口そうなものをつねに捜り当てるのが通例であるが、赤羽ゆきは失敗であって再び釘付にした家にはいると、近所からこんな物騒な時に、家まで打棄って出掛けた批難があった。併し何一つ紛失していないところから見ても、時勢にまだ良識があったらしい。

田端に臨時の上野駅の発着があるようになると、此処も兵隊と夜警とで、駅通りは毎日の群衆で揉み合った。平四郎はこんどは金沢行きだと言って、毎日荷作りの人夫を指揮していた。一旦、生活の方式を変えようと企てた平四郎は、やはり東京にいるのがいやになって来た。

或る夕方、芥川龍之介が来たが彼の顔もふだんと異った、何やらこうふんした気色でいった。

「昨夜ね、夜警に蒲原と出ていると、洋杖《ステッキ》にかちんと小銃の弾が当った。たしかにその前に小銃を打った奴がいるんだ。」

「小石じゃないか。」

「石ではない。蒲原もその音と僕の洋杖に当ったことは認めているがね、そんな莫迦《ばか》げたことはない筈だが、事実は決して莫迦げていないよ。」

「君までそんなことを言い出しては困るなあ、誰が小銃を打ったんだ。」

「そりゃ判らないさ、何の目的だかも一さい知らないがね、それ弾にはちがいないが、そいつが僕の洋杖に穴をあけたことは実際なんだ、そんな物情騒然たるものが田端に潜んでいることは実際だ、何処からそれが起ってくるかが判らないがね。」

芥川はこの夜警中の話に、もうろうとした騒然の事態をほのめかして、大杉栄も殺《や》られたし僕らも判りはしないよと、変なことを言って笑い出した。何処まで真面目だか、どこで交《ま》ぜ返しているのか判らない語調である。それはふだんの対手を睨み返すような高飛車な表情に、訳のわからない気味わるさが交っていて、なにかを怖がっているふうにも見えた。

「君が金沢に行ったら僕も訪ねて行くよ。」

「一流の旅館をすいせんするさ。」

「そこでこの家は誰か借り手があるのか、若し借り手がないなら菊池寛に貸してやらないか。」

「僕はどうでも構わないが、ただ、猫が一疋いてね、それがこの家の付き物になるんだ、菊池君は猫のめんどうを見てくれるかね。」

「菊池が見なくとも奥さんが見てくれるよ。じゃ家をさがしているから話して置くからいいね。」

彼はさらに言葉をあらためて言った。「夜は家にいるんだな、君子危きに近寄らずということは、こういうことを言うんだよ。」

若い芥川は胸を張って樫の洋杖の、よく甃石《しきいし》にからんと打ち当てて鳴る奴を門の処で、打ち鳴らしながら出て行った。

誕生（十九）生きる原稿

大阪のプラトン社から出ている「女性」という雑誌の記者が、二、三人連れ立って、震災記を書いてくれと乗り込んで来たのは、十日過ぎであったろうか、靴もズボンもよごれていたが、地震なぞに構っていられるものかという、図太さと、胆力があった。かれらは十分間もいないで、要談を済ますと怱忙《そうぼう》として立ち去って行った。この一つの文学事業の現われが、平四郎の抜けた骨つぎをしてくれた。それと前後して「改造」の記者が、昼間も警戒に当っている平四郎に、昼間から夜警ですかフンという顔付で、やはり震災の事をなんでも書けと、殆ど命令の語調でいうと、怱々《そうそう》にして去った。平四郎は馬鹿文士であるから今年は下町にこおろぎがなくまいと書こうと思った。そのつぎに「中央公論」の記者があらわれ、やはり震災物を書けといって来た。

それら三つの雑誌が颯爽として用件を以って現われたときから、畳の上にあった余震の震えがすうとして引いて了った。平四郎はこんな混乱のなかで、原稿料が取れるということを分不相応に思い、原稿紙の上に蝶々や小鳥の飛ぶ喜びを、書きながら何時になく感じた。

「もう原稿ですか。」

「こいつが出て来ないと僕らの落着きというものが出て来ないね、原稿というものが必要でなくなった時は、世界が打潰れるね、たすかるのも原稿だし、生きるのも原稿というやつだ。」

二十日も経って東京はしんとして来た。なにかを考えている東京に一日ずつ変って行ったが、上野駅に行ってしらべてみると、此処には、しんとした東京が一どきにわめき立てて、身動きも出来ない乗客が行列をくまないで、犇《ひし》めき合っていた。まだだめだ、これじゃ、やはり潰されてしまうと、平四郎は頭を振って家にもどって月末に乗車することに決めた。これを芥川にはなしをすると芥川はちょっと思いつきだろうという顔付で言った。

「何か預かる物はないか。」

芥川は自分で言うことが判っているくせに、対手がちっとも判っていない面白半分の、この人のよくする顔つきでいった。

「何も預かって貰うものがないがね。」

「堀辰雄を預ろうよ、君がいなくては遊びに行く家がないじゃないか。」

「あ、そうか、じゃ堀君に時どき行くように言って置こう。」

「それから菊池が明日にも君の所に行く筈だが、家を見せて貰ってから気に入ったら借りるそうだ。」

「狭ますぎないか。」

「そういう点は無頓着《むとんちゃく》な男だよ、離れがあるといったら、それは都合がよいと喜んでいた。」

芥川は明日菊池が来たら、一緒に行くといって戻って行った。

誕生（二十）親友

年寄りの植木屋が作る荷拵《にごしら》えが却々《なかなか》捗取《はかど》らないで、一日にせいぜい箱詰が三、四個くらいしか出来ない。植木屋はいった。荷作りを幾ら急いでも、貨物車が借りられる当があるんですかといった。それぞれ手筈はしているんだと答えたが、貨車を借りる返事はまだ知合いの鉄道員が来ていない、併し荷作りをして置けば、いざ出立となればすぐ間に合う肚であった。

午後に芥川と菊池寛が訪ねて来た。

芥川は離れをあごで杓《しゃく》って見せていった。

「離れは書斎にするといいね、飛石づたいも鳥渡《ちょっと》風流でいいじゃないか。」

「素足で行くのか。」

菊池寛は飛石を見て又いった。

「きれいだから素足でわたってもいいね。」

「君のこったから庭下駄なぞはかないで、跣足《はだし》で行き来するだろうな。」

芥川は面白そうに虫歯を出して笑った。ずっと後に聞いたことだが、菊池寛は女中に飛石の上に雑巾がけをさせて、母屋から、ぺたぺた素足で離れに行き、また、ぺたぺた飛石をわたっていたそうである。

芥川は茶の間を覗いて、奥さんちょっと失礼といって、ここが茶の間なんだ、次ぎが納戸《なんど》になり風呂場もある、あれが納屋だ、君、あれが納屋だねと、平四郎に念を押した。せまいが納屋だと平四郎は笑った。

菊池が風呂場を見にいっているまに、芥川は赤ん坊をのぞきこんでいった。

「杏子嬢も日にやけましたね、赤羽ゆきは平四郎の大失敗だ、あんなところから列車に乗れるものじゃないんですよ。」

「大体わかったがこの家は是非貸して貰いたいです。家賃は幾らです。」

書斎にもどると菊池寛は端的に家賃の事まていった。

「家賃は四十円ですが、家主というのが元は警部か何かしていた男で、何かいい出すかも知れないが、一応、留守を預かるという名目でもいいね。」

「では、これは敷金です。」

菊池は気忙しく敷金を平四郎に渡した。まだ君、敷金は早いよ、敷金は家にはいる時に払うものだと、芥川は菊池のすることを一々笑った。何処か弟分あつかいであったが、菊池は真面目くさって言った。

「どっちにしたって同じ事じゃないか。」

「では、家主に顔合せをして置く必要がありますね、僕が立って菊池君が直ぐはいると、それ以前に家主に会っておく必要がある……」

「そうだ、これから行こう、芥川に帰って貰ってすぐ行くこととしましょう。」

菊池寛はもう立ちあがった。

「じゃ、帰えりに寄れよ。」

「うん、すぐ片づくだろうから寄るよ。」

この二人の親友の交りは、平四郎に異った性格が、異ったままで融け合うのを面白く眺めた。

誕生（二十二）凝視

一行は例の倖やの長井と、植木屋に平四郎夫妻と甥の五人は、上野駅に着くと、平四郎はいきなり口をふさがれた驚きで、生れてはじめて見る大群衆を前にして立った。それは固まった人込みが隙間もない、動かない磧《かわら》の石の頭を見るようであった。おれという人間はどうして懲りることを知らないのであろう、こんな中をどうして泳ぎ抜こうとするのだ、しかも平四郎は甥の背中に杏子をしばりつけ、植木屋にその背中をかばうため、放れるな、押し寄せて来たら赤ん坊の潰れないための隙間を作るんだと言い、長井の肩にりえ子の手を廻させ、じりじりと動かない乗客が一どきに先の方が、改札口に呑まれる時を待った。おれという人間のごうという奴が、此処でも、この困難な混乱を乗り切ろうとしている、しかも、女一人と赤ん坊と甥に自分を加えての四人つなぎである。背後から押し寄せて来たら、一堪りもなく赤ん坊は圧死されてしまうのだ。

だが、もう退くことも動くことも出来ない、前にすすむよりみちがなかった。じりじりと時間は一時間二時間というふうに経ち、むだな時間は人間の汗とあぶらを、絶望のあいだにしぼるに過ぎない。

「潰れない前に抜け出しましょうか。どんなに考えたって列車に乗れそうもないわ。」

りえ子は青い汗をしぼった顔付で、外の者に聞えない低い生きた人間でない声でいった。

「待て、うしろにも前にも出られないじゃないか。」

しびれを切らした長井が、ご一緒にこんどは諸方をお供はしたものの彼も、暑さに汗だらけの顔を平四郎にずっと近づけて言った。

「きょうは一等ののぞみのない日ですよ、旦那、これは乗りこむのは考えものです。乗っても十四時間立ちづめになりますよ。」

平四郎はむしろ汗で背中が、ぺたついて来た。金沢まで十四時間だが、この混乱では、汽車が延着することが、どの程度の永い延着になるか分らなかった。

「切角《せっかく》だから列車が着いてから考え直そう、此処を君はどう抜け出すつもりか。」

「それもそうですが。」

長井はうしろを見て、こりゃ大変だと事あたらしく驚いた。

その時、平四郎は一つの落着きはらった眼が、誰かを捜しているのを非常に速力のあるかんで、引き捉えた。隣の西山という上野駅に勤めている人で、この人が貨車を借りてくれたのだ、そして駅でご病人がいるから便宜を計ってやると言ってくれたが、平四郎は時間の経るごとに当がはずれてゆくのを知り、西山が来てくれそうもないので頭からこの人のたすけを逐い出していたのだ、だが、西山は眼でゆっくりと改札口前の広場を、こつこつ歩いて鋭どく凝視つづけて来たのである。

誕生（二十二）眼光

ふだんは注意もしなかった西山駅員の顔に、普通の人にない眉目の引きしまったものが、平四郎の絶望の眼にかっと映った。平四郎は西山駅員の名前を呼びつづけた。

「あ、其処にいらっしったんですか。とても、奥さん、乗れはしません。」

西山駅員は改札口の係員に何か耳打ちをした。係員はだまって柵とすれすれにいる平四郎に眼で合図をすると、改札口があいて、四人がそこからすべり込んだ。赤ん坊を負うた者と、長井の肩に手を廻したりえ子とは、どう見ても病人一行に見えた。

平四郎が挨拶をしようとすると、西山駅員はそのまま挨拶をうけないで、去った。この人はこういう約束を踏むことで、それにこだわらない立派な人かと思った。

列車の中はおもに病人が優先して乗っていて、平四郎は荷物を引き取ると、長井に対《むか》って言った。

「こんどは全く厄介をかけた。君もからだを大事にしてください。」

長井はりえ子にも別れを告げて、去った。長井がいなくては今度は何一つ敏活に事が運ばなかったのだ。長井は二年後に平四郎が帰京したときに、腎臓癌で半年前に亡くなり、その妻は焼芋屋の店をひらいていた。平四郎はこれ以来焼芋屋の前を通ると、自らからだがきっと引きしまり、恩をきる考えを持った。

列車は改札と同時に屋上まで乗客が乗り、トンネルの前でみんな下ろされた。平四郎の足の下と、りえ子の足の下とに、四歳くらいの子供の兄妹がいて、一個のナシを兄の方が一口食べるのを待って妹の方がこんどは一と噛じり噛じっていた。二つに割ることができないので、半分ごっこに分けるために、兄妹は噛じりっこをしていたのである。平四郎はここに本物の平均分配を感じた。

金沢につくと、おなじぼろ着の人達が列車から降りて、中にはすぐに泣き出す人もいたくらいだった。平四郎は迎えの人の輪のそとに、一人の老婆のすがたを見出して、青井のおかつであること、すなわち平四郎の苛酷な継母であることを知った。兄平一はおかつを対手にしないのと、薄給で補助が出来ないために、勢い、平四郎が毎月三十円宛暮しのたすけに送っていた。平四郎にはそれだけの金に何のこだわりも感じないで、また、子供の時のむごい扱いをたてに取ることはしなかった。誰もしないから平四郎がするだけであって、平四郎にはその三十円という生活費には痛し痒しのかんじもない。出来る境遇にあれば誰でもするものであり、それは、りえ子が毎月為替でおくっていたので、表書や為替にくむ手数もまるで知らなかった。その青井のおかつの顔を見ると平四郎は、笑いながら近づいた。頭の上がらない人は一人もいないが、この継母にはいまでも頭が上がらない気がした。

大火見物

川端康成

　秋雨の神楽坂を、金龍館の歌劇女優の一花形と、その実の母に当る同じく歌劇女優とが、相合傘で通った。母が傘を持っていた。娘は母を下女のように従えて、しかし非常におとなしげに歩いていた。舞台と、多分家とから焼出された衰えの見える娘の洋装と母を見て、人は、この娘を憎むよりも、娘を大事がる母に好意を持つようになるような二人の様子であった。——話は別になるが、こんどの大地震の非常の場合に、最も強く現れたものは、母の愛であると云う。女は弱いが、母は強いと云う。私は、被服廠の広場に積重った死骸や、大河に浮んだ死骸にも、その現れを見た。地震の時、私は大したことはなかったろうと思って、二階から容易に動かなかったが、瓦の落ちる音が激しくなったので、階下へ下りた。見ると下宿の老女は長患いの娘を抱き出して、門口にへたばっている。半ば腰が抜けて立てないのだそうだ。姉娘は家から稍《やや》遠く逃げて、二つになる自分の子供を胸にしっかり抱き、動けない母に「おっかさん早く、おっかさん早く、此処へ」と叫んでいる。私はこれを見るまで、病人を出す程のことは思っていなかったのだ。病人を出す手助けをせずに二階に落着いていたのを、非常な失策だと思った何故二階の私を呼ばなかったかと、私は云った。老女と姉娘は正直に答えた。二階に私がいることを、私の姿を見るまで微塵も思い出さなかったそうだ。すっかり忘れていたのだそうだ。母娘が各自分の娘を抱いて、夢中で飛出したのを、私は面白いと思った。その二人は、私の姿を見ると忽《たちま》ち、非常に依頼心を起した。非常時に現れる母性愛は、尊いと云えば尊いが、自愛と一にして二に非る本能的なもので、母を知らない私なぞから見れば、今回見聞したその現れは動物的な感じがし、人間は巧く出来ているなと造化の妙を感嘆する心持が多かったけれども、三日間に渉って、浅草の死体収容所と吉原と被服廠と大河とで見た幾百幾千或は幾万の死体のうちで、最も心を刺されたのは、出産と同時に死んだ母子の死体であった。その有様は、筆にすべからず、口にすべからずと、人に戒められている。私の見たその一組は船の上に投げ出され、一組は河に浮んでいた。私はそれを見て空想せずにはいられなかった。母が死んで子供だけが生きて生れる。人に救われる。美しく健かに成長する。そして、私は死体の臭気のなかを歩きながらその子が恋をすることを考えた。それを空想した数日後、市役所の小使が私に話した。小使の言葉だと「すらりとした凄いような美人」が上野図書館に避難中に、玉のような子供を安産した。十日ばかりして、立派な男が母子共に引取って行った。美人は一生図書館の恩を忘れないよう、生れた子供の名の頭に、図書館の「と」の字をつけると云って上野を去った。引取人は美人の夫でもなく、身寄りでもないらしい。小使はその男の行為を是認していた。かかる紳士に引取られ得る美貌と、かかる美人を引取り得る身分とを羨む言葉を繰返し繰返しした。この話は私の空想を楽々とさせ、妙に私を快くした。

――話は元に返る。秋雨の神楽坂を歌劇女優の相合傘が通ったのは、大地震から十五日ばかり後である。その時、私は四五年前の浅草の冬の小雨を思い出した。日本館が歌劇で栄えて、沢田柳吉までが、その舞台で月光曲を奏いた頃の後である。革命に追われて流れて来たロシア人の一団が出演した。ガン・スタルスキイ夫人と云うのがいた。鶴見の花月園にいる筈のニイナ・パヴロバも踊った。そのなかに、アンナ・ルボウスキイ、ダニエル・ルボウスキイ、イスラエル・ルボウスキイと云う三人姉弟があった。姉のアンナが十三四、イスラエルが十歳前後であった。アンナは気高く美しかった。一高生の私は友人Aと、アンナが楽屋口から出るのを待っていた。三人ルボウスキイに、ぼろを着た老ロシア人がついていた。アンナの外套も、よく似合っているが破れている。未だ貧乏に汚れていなかった私は、その貧しさに痛く驚いた。親子四人は、御国座の北にあったロオラスケエトの前に佇んだ。アンナの首が私の肩のところにあって、私はアンナの肌を覗いていた。アンナは泥靴で傍の中学生の足を踏んで、真赤になり、にいっと笑った。中学生が真赤になった。それから四人は池の端に出て、父ルボウスキイが、焼栗を極少し買った。御国座の横のみすぼらしい安宿には入った。私達は二階を見上げて立っていたが、「明日隣室に泊ってアンナを買う五十円あればいいだろう」とAが云った。暫くすると雨になった。それで、御国座に雨を避けるつもりで振返ってみて、驚いたその壁にぴったり身を寄せて、アンナの二階を一心に仰いでいる人がいる。先刻足を踏まれた中学生だった。

このアンナを長く覚えていた。一時、浅草公園を背景として、蔵前の専売局の女工とか、活動小屋の女給とか、曲馬娘、玉乗娘とか、卑しい女ばかり出る長い奇妙な小説を書こうと思っていたが、そのうちに、このアンナと、曲芸運動の支那少女林金花を取り入れようと考えていた。もう一人、外国人で悲しかったのは、今年アメリカから来たウオタアサアカスの団長である。吾妻座の焼跡に百フイトの梯子を作って、その頂上から小さい池に、団長が飛下りて見せた。五十フイトからかもめの姿を真似て飛ぶ大女があったが、これはかもめに見えて、美しかった。団長は団員と、日本流で云うと、水盃をして梯子に登るのだそうだ。頂上で星空に祈りを捧げる。それが寒い風の強く渡る空であることが、下から知れる。ぐうっと反身になり、頭を先に落す心持で後向けに飛び、空中でゆるゆる体を一廻転して、池に落ちる時足が下になるようにする。この放れ業を演じながら団長はひどく無愛想であった。梯子に登る前に観客に笑顔一つ見せもしなければ、水に落ちてからは、二手三手抜手を切って岸に着くと、後をも見ずに楽屋に帰った。そして始終、いかにも自分のやっていることに興味のなさそうな憂鬱な顔をしていた。この団長を私達は面白く思った。隣りの十二階の塔の上から団長の飛び下るのを見たいと思った。

十二階の塔は、あれでなかなか、東京の人の頭にその姿を印しているらしい。地震で首を落してから、一層人気が出た。首のない姿が絵葉書になり、新聞雑誌に出たは勿論、報知新聞の震災画報の表紙絵になった。文芸雑誌の文章倶楽部までが、「浅草の凌雲閣のいただきに腕組みし日の長き日記かな」と云う啄木の歌を添えて、扉絵に出している。地震の後直ぐ「十二階はどうなったろう」と思った人は、案外に多いらしい。友人Aの如きは、その甚しき者である。大正六年秋の大暴風雨の夜が明けた早朝も、先づ上野に行って、十二階の安らけき姿を見たと云う。——閑文字を弄しているうち本誌規約の枚数に達したから、今回の大火見物はいづれ、又。

芥川龍之介氏と吉原

川端康成

広津和郎氏の近作の小説に、芥川龍之介氏と広津氏とが宇野浩二氏を病院へ入れた後で、玉の井の私娼街を見物された時のことが書かれている。

その小説が「中央公論」に出た頃に、私は広津氏の口から直接その時の話を聞き、小説よりも却《かえ》て深い印象を受けた。娼婦が芥川氏を見て「あっ、幽霊」と蒼ざめるくだりなぞ、一味の凄さを感じた程であった。

それが芥川氏の自殺の準備も整っていた時のことであるから、殊更《ことさら》私は話にいろんな意味を付けたがりながら聞いたのであったが、私は自然と五六年前芥川氏と吉原を見に行ったことを思い出していた。

大正十二年の地震の数日後に、私は今東光君と田端の芥川氏のお宅へ見舞いに行った。芥川氏は、「君の地震の話は非常に面白いからぜひ聞けって、小島政二郎がいっていたよ。」と、私にいわれた。

九月一日の当日から毎日市内をほつき歩いて、私程地震の後を見て廻った者は少いだろう。私は芥川氏の家の縁側に腰掛けて、その地震の実地見聞談を少し聞かせたように覚えている。

それから芥川氏の家に避難していた小島政二郎氏夫妻がその日引き上げるので、根岸へ送って行った。芥川氏の乳母車を借りて、小島氏は少しばかりの荷物を積んでいた。今東光君は気軽にその車を押して上げたりした。小島氏の夫人はみもちだった。道はまだ火事場の騒ぎだった。突然馬が小島氏の夫人に向ってぬっと首を突き出した。夫人はぎょっと身をすくめた。私は今君にいった。

「美しい人は馬にも分るんだね。」

小島氏の家の前に水木京太氏が立っていた。


小島氏に別れて、芥川氏と今君と私とは、多分芥川氏がいい出されたように思うが、吉原の池へ死骸を見に行った。芥川氏は細かい棒縞の麻の浴衣を着て、ヘルメット帽を冠っていられた。あの痩身の細面にヘルメット帽だから、少しも似合わず、毒きのこのように帽子が大きく見え、それに例のひょいひょいと飛び上るような大股に体を振って昂然と歩かれるのだから、どうしたって一癖ありげな悪漢にしか見えなかった。荒れ果てた焼跡、電線の焼け落ちた道路、亡命者のように汚く疲れた罹災者の群、その間を芥川氏は駿馬の快活さで飛ぶように歩くのだった。私は氏の唯一人爽壮とした姿を少しばかり憎んだ。そして、自警団か警官がその怪しげな風態を見咎めれば面白いにと、ひそかに期待しながら、足の早い氏にとことこ付いて行った。

吉原遊廓の池は見た者だけが信じる恐ろしい「地獄絵」であった。幾十幾百の男女を泥釜で煮殺したと思えばいい。赤い布が泥水にまみれ、岸に乱れ着いているのは、遊女達の死骸が多いからであった。岸には香煙が立ち昇っていた。芥川氏はハンカチで鼻を抑えて立っていられた。何かいわれたが、忘れてしまった。しかしそれは、忘れてしまった程に、皮肉交りの快活な言葉ではなかったろうかと思う。

吉原で芥川氏は一人の巡査を捕えて、帰り路十町余りも肩を並べて歩きながら、いろいろ震災の話を引っぱり出そうとしていられた。おとなしい巡査はそれに一々答えていた。こんな風な一個市井の物好きらしく巡査と歩く芥川氏も、私には少々意外であった。

生前の芥川氏に余り親むこともなく過ぎた私には、故人のことを思うと、その日のヘルメット帽であたりかまわず爽壮と歩いていられる姿が第一に浮んで来る。その頃はまだ死を思わぬ快活さであった。

しかしそれから二三年の後いよいよ自殺の決意を固められた時に、死の姿の一つとして、あの吉原の池に累々と重なった醜い死骸は必ず故人の頭に甦って来たにちがいないと思う。死骸を美しくするために、芥川氏はいろんな死の方法を考えてみられたようだ。その気持の奥には美しい死の正反対として吉原の池の死骸も潜んでいたことだろう。

あの日が一生のうちで一番多くの死骸を一時に見られたのだから――。

その最も醜い死を故人と共に見た私は、また醜い死を見知らぬ人々より以上に故人の死の美しさを感じることが出来る一人かもしれない。

震災見舞（日記）

志賀直哉

九月一日、午後、電柱に貼られた号外で関東地方の震害を知る。東海道汽車不通とあるに、その朝特急で帰京の途についた父の上が気にかかる。列車へ電報をうつ為め、七条京都駅へ行く。もう列車には居られますまい。案内所の人に云われ日暮れて粟田へ帰る。それ程の事とも思わず寝る。

翌朝、家人に覚まされ、号外を見せられる。思いの外の惨害に驚く。麻布の家、心配になる。父の留守、女ばかり故一層気にかかる。

上京するにしても何の道から行けるか見当つかず。兎も角、山科のH君を電話で呼び、一緒に行く事にする。箱根に避暑中の人を気遣い焦慮《いらだ》っているK君に電話で相談すると、鉄道は何の道も駄目と云う返事で、不得止《やむをえず》、神戸から船という事に決める。

日曜で銀行の金とれず、S君とN君に借りる。

信越線廻わりで川口町まで汽車通ずる由、H君聴いて来る。H君は一度山科へ帰り、途中の食料を用意し、停車場で再び落ち合う事にして別れる。

病床妻、所謂前厄と云う自分の年を心配し、切《しき》りにかれこれ云う。大丈夫大丈夫と自分は繰返す。T君に送られ、三時何分の列車にてたつ、客車の内、込まず、平日と変りなし、窓外の風物如何にも平和。瀬田の鉄橋を渡る時、下に五六人の子供、半身水に浸って魚漁《うおと》りをしていた。

伊吹山。

やがて名古屋に着く。名古屋に来り初めて震災の余波を見るように思う。停車場は一杯の人だった。父が来る時泊った支那忠支店により、消息を訊ねたが、帰りは来ぬと云う。

八時四十分、臨時川口町直行と云うに乗る。旧式な三等車の窓際に陣取れたが、後から後から乗って来る人で箱は直ぐ一杯になった。皆東京へ行く人だ。名古屋を中央線で出端《ではづ》れようとする辺に新式な公園があり、其所の音楽堂のイルミネーションが此場合何となく気持に適わなかった。

短いトンネルを幾つとなく抜け、木曽川について登る。

塩尻でも、松本でも、篠ノ井でも、下車して次の列車を待って呉れと云われる。然し来客達は直行を引返えさす法はないと承知しなかった。その度、長い間、具図具図と待たした揚句、汽車はいやいやそうに又進んで行く。

篠ノ井では信越線の定期を待つ人々が歩廊《プラットホーム》に溢れて居た。歩廊《プラットホーム》には反対側から乗込もうとする人々が線路に沢山立って居る。

何の停車場でももう食物を手に入れる事は困難になって居た。H君は篠ノ井で汽車の停って居る間に町へ行き、出来るだけ食料品を買込んで来た。自分の為めに蕎麦を丼ごと買って来て呉れた。

車中の人々は皆幾らか亢奮《こうふん》して居るが、その割りには何所か未《ま》だ呑気な空気が漾《ただよ》っていた。もう皆灰になって居るでしょう。火葬の世話がなくていい、こんな事を云う人にも本当に打砕かれた不安な気持は見えなかった。

自分としても、麻布の家、叔父の家、その他親類友達の家を考えて、何という事なし、何れも無事と云う気がし、それより嘸《さ》ぞ驚いた事だろうと思う方が強かった。

三十一日、妻と子供二人を残して来たと云う若い人が、家は深川の海に近く、地震、火事、津浪、こう重なっては希望の持ちようがないと、眼をうるませ、青い顔をしていた。直ぐ遠く立退いて呉ればいいが、あの辺をうろうろしてたんじゃあ迚《とて》も助りっこありません、と云っていた。此人の不安から押しつぶされて行く気持が変に立体的に自分の胸に来た。

こう云う場合、現場に近づき確かな情報を得るに従い、事実は新聞記事より小さいのが普通だのに、今度ばかりは反対だ、それが不安でかなわぬと云う人があった。

汽車は停って二時間余りになるが却々出そうにない。吾々は京都を出て一昼夜になる。

やがて信越線の定期が着いたが、客車は既に一杯以上の人だった。五六百人の人々はそのまま歩廊に立尽くさねばならぬ。間もなく定期よりも先に吾々の列車が動き出した。此方の乗客達は歓声を挙げ、手を拍って騒いだ。

信州の高原には秋草が咲乱れていた。沓掛辺の別荘の門前で赤いでんちを着た五つ六つのお嬢さんが霧の中に三輪車を止め、吾々の汽車を見送って居た。

客車の中は騒がしかった。窓から入って来た男と其所にいた東京者とが喧嘩を始め、東京者が「何いやあがるんだ、百姓」と云ったのが失敗で、他の連中出で腹を立て大騒ぎになった。

軽井沢、日の暮れ。駅では乗客に氷の接待をしていた。東京では鮮人が爆弾を持って暴れ廻っているというような噂を聞く。が自分は信じなかった。

松井田で、兵隊二三人に野次馬十人余りで一人の鮮人を追いかけるのを見た。「殺した」直ぐ引返えしてまた一人が車窓の下でこんなにいったが、余りに簡単過ぎた。今もそれは半信半疑だ。

高崎では一体の空気が甚く険しく、朝鮮人を七八人連れて行くのを見る。救護の人々活動す。すれ違いの汽車は避難の人々で一杯。屋根まで居る。

駅毎高張提灯をたて、青年団、在郷軍人などいう連中救護につとむ。

汽車での第二夜、腰掛けたっきりで可成り疲れている。飯を得られずビスケットとチーズでしのぐ。

大宮。歩廊《プラットホーム》に荷を積み一家一団となっている連中多し。それだけの人数と荷物では込み合うて汽車に乗り込めないのだろう。

四日午前二時半漸く川口駅着。夜警の町を行く。所々に倒れた家を見る。

H君の家に女中に来て居たと云う人の家に寄る。その女、魚河岸にいて、火の為め彼方此方に追われ、前夜漸く此川口町に帰る事が出来たと云う。兄なる人、妹を探す為め町々を歩き市中の様子に精しく、此人の口から二人の家の無事を聞き安堵する。

吾々が庭の椅子で久しぶりの茶を飲み、左《そ》う云う話を聴いていると近所の老婆来て、今晩又大きな地震ある由、切《しき》りに云う。兄なる人五月蠅《うるさ》そうにし、相手にならず。

此処を出て、堤を越え、舟橋にて荒川を渡る。其辺地面に亀裂あり、行く人逃れ出る人、往来賑う。男のなりは色々だが、女は一様に束ね髪に手拭を被り、裾を端折り、足袋裸足。時々頭に繃帯を巻いた人を見る。

赤羽駅も一杯の人だった。駅前の大きなテントには疲れ切った人々が荷に倚《よ》って寝て居た。自分もきたない物の落ち散った歩廊《プラットホーム》に長々となる。何時か眠る。

H君に起こされ、急いで日暮里行きの列車に、窓から乗込む。

入谷から逃れ、又荷を取りに帰ると云う六十ばかりの女と話す。火にあおられ、漸く逃れ、井戸を見つけて飲もうとすると、毒を投込んだ者があるから飲めぬと云われた時は本統に情けない気がしたなど云う。

汽車の沿道には焼けたトタン板を屋根にした避難小屋が軒を並べていた。田端あたりの貨車客車にいる家族もある。

日暮里下車。少し線路を歩き、或る所から谷中へ入る。往来の塀という塀に立退先、探ね人の貼紙が一杯に貼ってある。所々に関所をかまえ、通行人の監視をしている。日本刀をさした者、錆刀を抜身のまま引きずって行く者等あり。何となく殺気立っていた。

谷中天王寺の塔がビクともせず立っている。露伴作、『五重塔』という小説が此塔の事を書いたものではなかったかというような事を思い、見上げながら過ぎる。

上野公園は避難の人々で一杯だった。上野の森に火がつき避難民全滅というような噂を高崎辺で聴いたが嘘だった。避難小屋の間を抜けて行くとすえ臭み変な匂いがした。

交番の傍に人だかりがしている。人の肩越しに覗くと幾つかの死体が並べてあり、自分は女の萎びた乳房だけをチラリと見てやめる。

三宜亭《さんぎてい》という掛茶屋の近くにある、あの大きな欅の洞《ほこら》が未だ弱々しく燃えていた。煙と共に小さい火の粉と細かい灰を時々吹き上げていた。

山から見た市中は聴いていた通り一面の焼野原だった。見渡すかぎり焼跡である。自分はそれを眺める事で心に強いショックを受けるよりも、何となく洞ろな気持で只ぼんやりと眺めて居た。酸鼻の極、そんな感じは来なかった。焼けつつある最中、眼の前に死人の山を築くのを見たら知らない。然しそれにしろ、恐らく人の神経は不断とは変って了っているに違いない。それでなければやりきれる事ではないと自分は後で思った。それが神経の安全弁だと思った。此安全弁なしに不断の感じ方で、真正面に感じたら、人間は気違いになるだろう。入りきれない水を無理に袋に入れようとするようなものだ。袋は破裂しないわけに行かぬ。安全弁があり、それから溢れるので袋は破れず、人は気違いにならずに済む。

自分はそれからも悲惨な話を幾つとなく聴いた。どれもこれも同じように悲惨なものだ。どの一つを取っても堪らない話ばかりだ。が、仕舞いには左ういう話を自分は聞こうとしなくなった。傍で左う云う話をしていても聞く気がしないそして只変に暗い淋しい気持が残った。

自分は一体方丈記を左う好かない。余りに安易に無常を感じているような所が不服だった。人の一生にはそれだけの事は最初から計算に入れていていい。その心用意なしには生きられないのが現世で、その現世をありのままに受け入れるのが吾々の生活であると、こんな風に思っていた。勿論人間の意志の加わった不幸、人間の意志で避けられる不幸はありのままに受け入れる事は出来ないが。

然し自分は今度震災地を見て帰り、その後今日まで変に気分沈み、心の調子とれず。否応なしに多少方丈記的な気持に曳き入れられるのを感じた。

広小路の今は無いいとう松坂の角で本郷へ行くH君に別れ、電車路をたどって行く。焼けて骨だけになった電車、焼鋳て垂れ下った針金、その下をくぐって行く。

「松のみどり」と云う名代の化粧油を売る老舗の壊れた倉の中で鞴《ふいご》で吹かれた火のように油が燃えていた。然しそれを見ている人はなかった。

黒門町、万世橋、須田町。此所の焼けて惜しくない銅像は貼紙だらけの台石を踏まえ反りかえりて居た。

駿河台と云う高台を自身の足元から、ずっとスロープで眺めるのは不思議な感じがした。ニコライ堂は塔が倒れ、あのいい色をした屋根のお椀がなくなって居た。

神田橋はくの字なりに垂がれ下って渡れない。傍の水道を包んだ木管の橋を用心しいしい渡る。二昼夜の旅と空腹で自分は可成り疲れている。所々で休み、魔法壜の湯を呑む。

そして大手町で積まれた電車のレールに腰かけ休んでいる時だった。丁度自分の前で自転車で来た若者と刺子を着た若者とが落ち合った。二人は友達らしかった。

「――叔父の家で、俺が必死の働きをして焼かなかったのがある――」刺子の若者が得意気にいった。「――鮮人が裏へ廻わったてんで、直ぐ日本刀を持って追いかけると、それが鮮人でねえんだ」刺子の若者は自分に気を兼ね一寸此方を見、言葉を切ったが、直ぐ続けた「然しこう云う時でもなけりゃあ、人間は斬れねえと思ったから、到頭やっちゃったよ」二人は笑っていた。ひどい奴だとは思ったが、不断左う思うよりは自分も気楽な気持でいた。

和田倉、馬場先、あの辺の土手の上、商業会議所あたりの歩道、立往生の電車、何所にも巣をかまえていた。電車の胴は掲示場に利用された。壊れた石垣を伝って、青みどろの濠水で沐浴をしているのはその後新聞の写真で見た通りだった。

日比谷公園も避難の人々で一杯だった。酸え臭い匂いと、何か得体の知れぬ変な匂いとがする。池では若い連中が腰まで入り、棒切れで浮び上がる鯉を叩いていた。腐った飯が所々に捨ててある。

疲れた身体を漸く赤坂福吉町のS君の門まで運ぶ。S君は日本橋の蒲鉾屋で、福吉町にも私宅を持っている。S君は亢奮して遭難の摸様を話す。S君は自分の訪ねた事を非常に喜んだ。然し此辺に来るともう、それは日頃の此辺と変りなかった。この事が何となく不思議にも亦当然のようにも思われるのだ。

氷川神社の前から坂を下り、坂を上がり、麻布の家に近かづく。向うから父が四日前京都駅で別れた儘の姿で。俥に乗って来る。父は自分を認めず、門を入って行った。

麻布の家は土塀石塀等は壊れたが、人も家も全く無事だった。二番目の妹の婚家が焼け、皆で来ている。只鎌倉の叔父と横須賀の叔母と保土ヶ谷に置いて来た二番目の妹の娘の安否だけが知れなかった。

父は清水から汽船で前日横浜に上陸し、他の連中はそのまま日づけに入京したが老年の父は荷を皆捨ててついて行ったが直ぐ後れ、一人川崎の労働者の家の框《かまち》に一夜を過ごし、翌朝漸く俥を得て帰って来たと云った。疲れ切り、よごれ切っているが水道が来ぬので湯に入れない。然し皆は互に皆の無事を喜び合った。最初男っ気のなかった麻布の家は其日から従弟のKさんが万事世話を焼いていた。その他、避難して来た親類の男の人、出入りの男など皆よくしている。

午後、Kさんに牛込の妻の実家と、武者のお母さん達の立退き先きに行って貰う。その間自分は熟睡した。

夕方、柳が兼子さんと共に見舞いに来てくれる。柳の家も無事、（後で房州にいる兄さんの不幸を知る）兼子さんの実家も無事という事だった。二人の帰りを送りがてら一緒に出る。柳が朝鮮人に似ているからと離れる事を兼子さん気にする。

六本木で柳と別かれ、後から来たH君と新龍土の梅原君を訪ねる。皆無事。日頃身ぎれいにしている人が、今日はすすけていた。流石に将棋でもなく、然し気楽に話す。有島兄弟達の無事を聞く。京都への簡単な伝言を聞き、夜警の往来を帰って来る。

H君麻布に泊る。二人共熟睡。

鮮人騒ぎの噂却々烈しく、この騒ぎ関西にも伝染されては困ると思った。なるべく早く帰洛する事にする。一般市民が鮮人の噂を恐れながら、一方同情もしている事、戒厳司令部や警察の掲示が朝鮮人に対して不穏な行いをするなという風に出ている事などを知らせ、幾分でも起るべき不快な事を避ける事が出来れば幸だと考えた。左ういう事を柳にも書いて貰う為め、Kさんに柳の所へいって貰う。

T来る。Tの上渋谷の家は小さい川の傍で余り地盤がよくもなさそうに思え、心配していたが、人も家も共に無事だったとの事。

「随分驚いたろう？」

「それがあんまり驚かないんだよ」こういっては変な顔をしていた。その時Tは丁度銀座にいたのだ。話を聴くと可成り驚いていていい筈なのが、驚かなかったという事が如何にも呑気なTらしく、同時に如何にも大地震らしく思えた。

Ⅱ

古簾

与謝野晶子

今年も取出して掛ける、
地震の夏の古い簾。
あの時、皆が逃げ出したあとに
この簾は掛かつてゐた。
誰れがおまへを気にしやう、
置き去りにされ、
家と一所に揺れ、
風下の火事の煙を浴びながら。

もし私の家も焼けてゐたら、
簾よ、おまへが
第一の犠牲となつたであらう。

三日目に家に入つた私が
蘇生の喜びに胸を躍らせ、
さらさらと簾を巻いて、
二階から見上げた空の
大きさ、青さ、みづみづしさ。

簾は古く汚れてゐる、
その糸は切れかけてゐる。
でも、なつかしい簾よ、
共に災厄をのがれた簾よ、
おまへを手づから巻くたびに、
新しい感謝が
四年前の九月のやうに沸く。
おまへも私も生きてゐる。

悪夢

与謝野晶子

天変のいと大きなるものに逢ひさらに心の淋しくなりぬ

わが立てる土堤の草原大海《くさはらおおうみ》の波より急に動くなりけり

傷負ひし人と柩の絶間なく前渡りする悪夢の二日

江東の人死ぬ地震《ない》がつくりつる火がもとゐして幾万となく

地獄をば思ひやるにも限りこそありつれ地震《ない》と大火の以前

そことなく悪鬼の相の浮ぶなり都の燃ゆる秋の月明

地震《ない》の夜は茅草のごと黒髪のわびしく濡れて明けも行くかな

東京の焼け残りたる片隅の地震《ない》なほ止まずわれ病する

十余年わが書きためし草稿の跡あるべしや学院の灰

苦しけれ地震《ない》ゆゑ人ら宜《よろ》しきに改《あらたま》るてふ二三歩がほど

震災十首など

与謝野鉄幹

地震《ない》きたる汝のなかの原人《げんじん》をうしなはずやと我を試めして（以下震災の頃の作より）

子等を抱ききつと自然にさからひぬ籠よりもろく揺るる家にて

地震《ない》すこしたぢろぐ如しこのひまに家を出でよと呼ばはりにけり

子等無くば地震《ない》の中よりふためきてわれ見苦しく逃れたらまし

大地震東京人をいつせいに乞食のごとく土に坐せしむ

ゆれにゆれ海より険しあらあらし大地も人につらき日となる

土手の木に蚊帳つりわたし草にゐて焼くる都をまもる人の目

人叫び焼くる都の火のうへに白き髑髏をさしかざす月

何よりも命一つのたふとさをなゐと焔のなかにてぞ知る

地獄絵を正目《まさめ》にしたる火のなかに東京の街夜となれるかな

人あまた焼かれて叫ぶ都をば青ざめて見る火の上の月

東京災難画信（抄）

竹久夢二

四

煙草を売る娘

やっと命が助かって見れば人間の欲には限りがない。どさくさの最中に、焼残った煙草を売っている商人の中には定価より安く売ったものもあれば、火事場をつけこんで、定価より二三割高く売った商人もあったと聞く。高く売る者は、この際少しでも多く現金を持とうとするのだし、安く売る者は、ただの十銭でも現金に換て、食べるものを得なくてはならないのだ。

三日の朝、私は不忍の池の端で、おそらく廿と入っていな

い「朝日」の箱を持って、大地に坐って煙草を売っている娘を見た。煙草をパンに代えて終ったら、この先き娘はどうして暮らしてゆくのであろう

売るものをすべてなくした娘、殊に美しく生れついた娘最後のものまで売るであろうこの娘を思う時、心暗然とならざるを得ない。そうした娘の幸不幸を何とも一口には言い切れないが、売ることを教えたものが誰であるかが考えられる。恐怖時代の次に来る極端な自己主義《エゴイズム》よりも、廃頽が恐ろしい。

六

自警団遊び

「万ちゃん、君の顔はどうも日本人じゃあないよ」豆腐屋の万ちゃんを捕えて、一人の子供がそう言う。郊外の子供達は自警団遊びをはじめた。

「万ちゃんを敵にしようよ」

「いやだあ僕、だって竹槍で突くんだろう」万ちゃんは尻込みをする。

「そんな事しやしないよ。僕達のはただ真似なんだよ」そう言っても万ちゃんは承知しないので餓鬼大将が出てきて

「万公！　敵にならないと打殺《ぶちころ》すぞ」と嚇かしてむりやり敵にして追かけ廻しているうち真実《ほんとう》に万ちゃんを泣くまで擲《なぐ》りつけてしまった。

子供は戦争が好きなものだが、当節は大人までが巡査の真似や軍人の真似をして好い気になって棒切を振りまわして、通行人の万ちゃんを困らしているのを見る。

ちょっとここで、極めて月並の宣伝標語を試みる

「子供達よ。棒切を持って、自警団ごっこをするのは、もう止めましょう」

七

被服廠跡

災害の翌日に見た被服廠は実に死体の海だった。戦争の為めに戦場で死んだ人達は、おそらくこれ程悲惨ではあるまい。ついさっきまで生活していた者が、何の為めでもなく、死ぬ謂《い》われもなく死んでゆくのだ。死にたくない、どうかして生きたいと、もがき苦しんだ形がそのままに、苦患の波が、ひしめき重なっているのだ。相撲取らしい男は土俵の上で戦っているように眼に見えぬ敵にあらん限

りの力を出した形で死んでいる。子を抱しめて死んだ女は、哀れではあるがまだ美しい。血気の男の死と戦った形は、とても惨《いたま》しくて、どうしても描く気になれなかった。

この絵は、最後の死体を焼いている十六日に写生したものだ。市はこの空地をどう利用するつもりか知らないが、何か愉快な寺でも建て、この空地をはじめ両国のあたり川岸一帯に柳でも植て、せめて死者のために、工場の煙の来ない緑の楽土にしてほしい。

昔の事は知らないが、柳橋に柳が沢山植てあったり、緑町が文字通り緑であったら、こんなことも或は免れたのかも知れない。

八

骨拾い

気狂日和の黒い雨雲が低く垂れて死体を焼く灰色の煙が被服廠の空地をなめるように舞っている。

人間の命の果敢さを感じるには、まだ私達はあんまり狂暴な惨害の渦中にいるのだが、諸々に高く積まれた白骨の山を見ると、今更のように、大きな事実を感ぜずにはいられない。

白骨の山の一つ一つには「緑町付近避難者」とか「横浜付近避難者」とか書いた立札がしてある。近親や遺族の人達であろう、骨の中から骨を拾っている。さすがに女は、箸を投げ出し、袖に顔を被うて泣きくずれる人もあった。

私にしても、この中に知人友人の幾人かがあるかも知れないのだ、祭壇の前で思わず帽子をぬいだ。

浅草橋まできて、乗合自動車に乗ろうとすると、ぎっしり人でつまった中へ、我先に乗ろうとするひしめき様、ここにも被服廠の縮図がある。

疲れきった自動車が、たまたまパンクすると、さあ切符を返せという騒ぎ。

全滅の箱根を奇蹟的に免れて

谷崎潤一郎

小説家谷崎潤一郎氏は今度の震災に九死に一生を得四日夜半沼津通過、日朝来阪本社を訪れ直ちに自ら筆を執ってこれを寄せられた

私は八月二日からずっと箱根小涌谷の小涌谷ホテルに滞在していたが三十一日の晩に箱根町の芦の湖畔にある箱根ホテルへ遊びに行きそこに一と晩泊って翌一日の午前十一時半に出る乗合自動車に乗って芦の湯を通り、約半里位も来た山路で地震に遭った、乗合は満員で約半数が西洋人だったが第一に西洋人が下ろしてくれ下ろしてくれと騒ぎ出した、何しろ山の左側は高い崖で、そこから大きな石がゴロゴロ落ちてくるし右の方はやっぱり深い谷で自動車の通っている一本道が柔かい土でボロボロ壊れて見る見るうちに路がなくなってゆく。

運転手はここのところは危険だからとめられない、安全なところまで走ってゆくといってその烈し

い震動の中をドンドン一町程走らせた、走っている最中にも傍から路が崩れていった、今考えてみると谷へ落ちなかったのが不思議な位だ。しかしやはり運転手の考えがよかったので走ったら直ぐあとへ大きな石が落ちて来た、それから崖の横の一寸凹んだ平なところで車を止めそこで皆下りて日本人も西洋人もかたまっていた。

老人などは震動のために立っていられないで地面にひれ伏しているのもあった。そこで私は三四回大きな揺り返しの済むのを待ちそれから小涌谷のホテルへ帰ろうとしたのだが道が壊れていてかえれないので間道を伝わったりしてやっとこサとホテルへ来た。

来てみると小涌谷の警察分署はマッチの箱のように仰けさまに谷に落ちていたが外の建物は外形だけはのこっていた、然し今にも崩れそうなのでみんな三河屋の遊園地へ集っていた、人々は私の顔を見て『死んだと思った人間が帰って来た』といって悦んでくれた。

間もなく午後の三時頃になって遥に宮の下の方から燃え上る火の煙が見えた、地震が揺ると同時に気候が全く一変した様で午前中は風があり少し霧雨が降っていたのに空がクッキリと青く晴れて風が全く死し実に物凄いほど静かであった、そして非常に暑かった。

私ばかりでなく人々は皆恐怖というよりは船に酔ったような気持で頭がノボせて腹がへっていながら食欲がなかった、そんな気持でジッと火の煙を見ているうちに一旦消えたのがまた燃え上り夜になってからは山の向うがポーッと舞台装置の電気のように明かるかった其光《そのひかり》は寧ろ青味を帯びていて火事ではないように思われたのがそのうち雲が出て来るとその雲だけが真赤にみえた、其夜晩《おそ》くなって小田原が大火だということを聞いた。

其の儘そこに野宿して翌る日の朝第一に気が付いたのは太陽が非常に真赤で日蝕の様に光が弱くジッと見つめても眩しくも何ともないことだった、それが如何にも天変地異という感じをおこさせ一層人心を不安にさせた、それから追々諸方の間道を伝わって逃げて来る人達の報告によって小涌谷はこれでも一番しあわせなんだということを知った。そして箱根の中だけでも地震のおこった時間に多少の相違があるのに気づいた、私が遭ったのは十二時十三分頃だのに宮の下辺の時計はみんな十二時五分位で止まっていたそうだ。

私は妻子を横浜へ二三日前にかえしたところなので心配でたまらず東へ行ってはとても食糧がなさそうだから神戸から船でゆくつもりで四日午前十時半横浜の同じ町内に住んでいるミス・マールマン

と一緒に小涌谷を出て箱根を越え三島から沼津へ出て漸う汽車でやって来た。途中再び遭難の場所を通ってみたが助かったのは全く奇蹟で身の毛がよだった。

箱根ホテルの私が前夜泊った室などもまるでピチャンコに潰れていた、運がよかったと人々はいってくれるが妻子の事を考えると寧ろ横浜に一緒に居た方がよかったと思う。それを考えると涙が出て仕様がない、生きているにしろ死んでいるにしろ一日も速く家族の安否を知りたいと思うばかりだ。

生きて行く私（抄）

宇野千代

私と尾崎とは、尾崎の方が年齢が一つ下であった。たった一つ、年齢が下であると言うことが、強く私の心に作用したのは何故か。尾崎の一挙手一投足が、あまりにも私の心を揺り動かしたので、このたった一つの年齢の違いまで、そんなに気がひけたと言うのか。尾崎の好きである、と思うことは、私は何でもした。この唐桟《とうざん》お召《めし》の縕袍《わんぽう》も、ひょっとしたら、酒席に侍《はべ》る女たちの好みであったかも知れないが、私もまた、この好みを真似て、髪を銀杏返《いちょうがえ》しに結い、黒襟をかけた着物を着たりした。

前にも書いたように、尾崎には友だちが多かった。いや、いましがた逢ったばかりの男とも、忽《たちま》ち、友だちになるのであった。それらの友だちの凡《すべ》てが、ちょうど私が、始めて尾崎に会ったばかりのときに、抱いたのと同じ心情になり、友情などと言うものとは凡《およ》そ遠い、或る密着した感情を持つ経緯は、信じられない現象であった。

さて、その年の秋、私たちの家のある上の土地に、もう一軒家が建ち、若い会社員の夫婦が越して来たが、妻君がアイロンの火を消し忘れて火事になった。畑の中にある家なので、私たちの家までは燃え移らなかった。この焼け跡の土地を借り、私たちはもう一軒、今度は十五、六畳もある洋間が一室きりと言う、おかしな家を建てた。

下の家が藁葺《わらぶ》き屋根の納屋、上の家が赤い屋根の洋館、と言う奇妙な対比も、一向に気にならなかった。尾崎の生家は地方の豪家であった。或るとき、父祖代々のお出入りの大工であったと言う、勇み肌の棟領が訪ねて来て、「ええい、わっしが建てやしょう」と言って建ててくれたもので、金はあるとき払いで好い、と言うことであった。

坂の上に建てた家は、夜になると、窓の灯が遠くまで見えた。そのために、下の家にいたときよりも、客がおおぜい来た。いつでも談論風発で、そのあとは酒になった。尾崎はそれらの客を相手に、吃《ども》り癖のある、あの一種の話し方で、斬りつけるように言うのであった。「そ、それは君、間違っているよ。そ、そんなことで、復讐を受けるのが気になるなんて、そんな卑怯な考え方があるものか」。話の内容が、どんなに鋭いものであっても、その語調には少しの毒もなかった。この尾崎の発想の、万人に愛せられる習性は、尾崎自身にとって何を意味するものであったか。

あれはあの、関東大震災と呼ばれる大地震のときであった。私は大森駅の近くにある郵便局で、田舎に送る為替を組み、町に出た瞬間であった。眼の前のコンクリートの道がかっと裂け、その裂けた穴の上を跨《また》いで馬込まで駆け抜けたときの恐ろしさは、いまでも忘れることが出来ない。坂の上から見る東京方面は、火の海であった。朝鮮人が襲撃して来ると言う噂があって、すぐに逃げろ、と言う隣り組からの通達があった。

どの方面から襲撃して来るのか、どの方角へ逃げたら、逃げることになるのか、それは分からなかった。「ど、どっちへ逃げろと言うんだ。どっちから襲撃して来ると言うんだ」「分かんないわ」。私たちは畑の中で途惑《とまど》っていた。

「ねえ、私たちはどこへも逃げないのよ。この家の天井裏へ隠れるのよ」と私は言った。どこから襲撃して来るのかも分からない。どこへ逃げたら好いのかも分からない。そんなら、どこへも逃げないで、この家の中へ隠れるのが、一番好いのではないか。私たちは下の家の土間の柱からよじ上って、厚い藁屋根と天井裏の間へ這い上がった。垂木《たるき》の間から、僅かな陽がさした。私たちは息を殺していた。周囲の家の人たちはどこへ逃げたのか、物音ひとつ聞こえなかった。暑い夏の午後であった。

尾崎士郎が身じろぎをした。

「こ、ここで小、小便しても好いかな」と言ったとき、あれは、何と言うおかしな思い違いであったことか、その小便が家の下まで伝わり落ちたら、この天井裏に人が隠れていることが分かる。咄嗟《とっさ》の間に、私はそう思ったものであった。「ここへして、この中へして」。私は自分の着ていた浴衣《ゆかた》の袂《たもと》を拡げた。勢いよく、その袂の中から水が流れた。これがこのとき私たちのとった最善の処置であったとは。「ははははは」とふいに尾崎が大声を上げて笑い出した。

私は六十年たったいまでも、このときの尾崎のあの大きな笑い声の中にあった天真さを、いま聞きとったもののように思い出す。これだ。これが尾崎の、いつのときでも人の気持に逆らうことなく、誰の心をも囚《とら》えて離さないものは。

凶夢（抄）

尾崎士郎

四

弥生は鏡台の前に坐って首を屈めながら化粧をしていた。その後姿を見ると信彦は胸がむせ返えるような妬たましさが湧いてきた。――

彼は黙って立上った。そして荒々しく彼女の背ろを通りぬけて玄関に出た。

「あなた――」

彼が敷台の上に下りて下駄を穿こうとしたとき弥生が疳高《かんだか》い声で呼びとめた。

「あなた、今日はいらっしゃらないの？」

その声は鋭い顫るえを帯びて詰問するように彼の胸に迫ってきた。

今日は二人で浅草へゆく筈であった。それを信彦は忘れていた。そう言われてみると、そういう約束をしたことがほんとうのような気もした。

「あ、そう、そう——だから化粧をしていたんだね」

こう言ってから信彦は、とんでもないことを言ってしまったと思った。一口毎に彼女の一番厭がるに違いないであろう言葉がきちんと心の底に用意されているのをもうどうすることも出来なくなっていた。彼はひとりでに顔が赤くなってきた。そして、その瞬間に恐ろしく険悪になった弥生の顔が頭の中にちらっと閃いた。

「あなた——そんなことを仰っていいの。非道いわね」

それは割合いに朗らかな声であった。そのとおりだ。何という俺は非道い男なのだ。そう思うと彼は自分を踏躙《ふみにじ》ってやりたいほど情けない気がした。そして慌てて格子戸をがらがらとあけた。家の外には百坪ほどの広ッ場があった。

朝の大気が冷々と迫ってきた。晴れた空から静かな明るい光が流れてくるのがわかった。

彼はわざと胸を高々と反らせて、生い繁った雑草の上を大股で歩いた。

しかし、すぐ自分のみすぼらしい惨めな姿がぼんやり浮かんできた。自分だけが世の中で一番不幸な悲しい人間のような気がした。さまざまな女の顔が頭の中を通り過ぎた。それはみな懐しい顔であった。そして、その顔がみな意地の悪い冷笑を泛《う》かべているのであった。

こんなとき、——こうやって歩いているとき、ひょっこり大野が自分の前に現われたらどうであろう。

「——やい！　色魔！　俺は貴様を殺しに来たのだ！」——少しの妥協も憐愍《れんびん》も許さないその声が信

彦の心の底の方から聞えてきた。そこには真蒼になって狼狽えている自分がいた。どうにかして生きたい！　というさもしい欲望に顫るえている自分の醜い姿がありありと見えてくるのであった。

――大野よ、悪かった。俺はいま後悔しているのだ。お前の苦しみを俺はいま俺の苦しみといっしょに苦しんでいるのだ。お前のために、お前の苦しみのために俺はどんなことでもするであろう。だから、大野よ、――俺を生かしてくれ、生かしてくれ――。彼は何時の間にかありとあらゆる哀願の言葉を並べたてて大野の前に膝間づいているのである。

けれども、もう一つの自分がすぐ頭を擡《もた》げかける。

「――貴様は何の用があって来たのだ。殺しに来たのか！　馬鹿奴、俺は堂々と貴様から奪い取ったのだ。そして、それがどうしたというのだ！」

弥生はもうすっかり化粧を済まして着物を着替えていた。その顔は美くしかった。新調したばかりの薄い藍色のセルが彼女の顔に相応しかった。

五

瑠璃玉の光を漲らしたような、ほの蒼くすきとおった空が彼等の頭の上に掩いかぶさっていた。彼等の前や後を若い男女がぞろぞろと列をつくって通っていった。さまざまな響が疲かれきった信彦の神経を、ぐいぐいと引き締めるように刺戟した。

弥生はときどきハンケチを唇のところまで持っていっては、さも堪まらないように街をきょろきょろと見廻わしていた。――彼等の前には何だかわからない動物のような大きな銅像が群集を見下ろしていた。自働車が通った。俥が通った。電車が絶えず物凄い響を残して去っていった。太陽の光が急にくるくると彼の頭の上で動き出した。頭の中の骨の位置が一本一本変ってしまって、いびつに曲ってしまったような気がした。そしてそういううちにも、群集の間から、空の間から、立ち並らんだ建築の間から絶えず自分をねらっている大野の眼がきらきらと輝やいていた。

途端――彼の踏みしめている大地が急にどしんどしんと波を打って大きく動きだした。気魂ましい音が彼のすぐ背ろに聞えた。砂塵を捲いてくる熱風が一時に彼の顔に吹きつけてきた。信彦は慌てて眼を瞑じた。そして、両手をぐっと前に伸ばしたまま狂犬のように当度もなく走り出した。

三層楼の建築が彼のすぐ前で、ごくりごくりと動きながら彼の方へ近かづいてきた。信彦は急に竦《すく》んだように立ちどまった。足が硬ばって身動きも出来なくなってしまった。急に恐しい響がした。彼は眼を瞑じたまま街の真中に立ちになっていた。その瞬間、彼の頭の中には万事がありありと見えたような気がした。――

眼を開いてみると真暗であった。彼の心の中からは一切のものがみんな一個所に集中してしまったような気がして少しの恐れもなかった。自分が死んでいるのか生きているのかということすらもわからなかった。

此の暗闇の中でひょっこり行き交う人間が彼と同じ人間であるかどうかということすら解からなかった。――（たった二三秒の間に自分というものの存在がひっくり返えされてしまったのだ！）

大地はときどき動いてはまた静かになった。何処を自分がいま歩いているのかということすらも信彦は知らなかった。唯、空間をもぐるようにしてこうやって歩いてゆく、――それが信彦のすべてでなければならなかった。何も考える必要はなかった。此処には唯一人の人間が動いているのであった。ただそれだけであった。恋愛も道徳も、社会も、国家も、生活も――何も彼もがみんなたった二三秒間のうちにひっくり返えされ粉砕されてしまったのだ。

弥生はどうしたろう。――急にいままで忘れ切っていた弥生のことが小さく判を捺したように彼の頭の中に滅入りこんできた。

彼は慌てて背ろを振向いた。――そこには蟻のように踏み潰された人間が、よろよろとよろめきながら一塊りになってぐるぐる廻っていた。

すべてのものがこれで終ったのだ！　信彦の心の中には始めて彼自身が蘇ってきた。たとえようもない怖れが一時に噴きあがってきた。――あの集団の中に弥生も挟さまれているのだ。それは、ありありとわかっていた。しかし、ただそれだけのことだ。弥生よ！　あきらめてくれ！　俺は生きたいのだ！　俺はたった一人で逃がれてゆきたいのだ！

　そのとき、ぐらぐらと大地が再び動き出した。

　彼の前に聳びえ立った大建築が根こそぎに彼の上に仆うれかかった。――彼はその瞬間自分の死を鋭く直感した。しかし、その突嗟の間に、――彼の住んでいる地球が彼とともに滅びてしまうのだ！ということを同時に稲妻のように感じていた。

「おーい」――という声が聞えた。彼のすぐそばであった。もうあたりにあるものは物の響きだけであった。「おーい」と、また聞えてきた。

「誰れだ！」――すると手前の闇の中から手が二本ふらふらと動いているのが見えた。

「誰れだ！」――不思議にその声は彼のすぐ足元から聞えてきた。おお、そこには大野が土台石の間に挟さまれて両手だけを宙に浮かしたままいまにも絶え入りそうな声で呻めいているのであった。

「大野か！」――こう言いかけて信彦はどきっとした。その声は何という哀れさであろう。

　彼は唯、どうして生きようかということだけにあせりぬいているのだ。彼の前に現われた者は人間でありさえすれば誰れであってもいいのだ。敵であろうと味方であろうと、ただこの窮地から自分を救い出してくれる人間であれば誰れでもいいのだ。――

「大野よ、俺だ。俺だ。――久田だ！」と言ったとき、信彦の頭には毒々しい考が浮かんできた。――大野よ、俺は始終貴様の幻影に苦しめられてきたのだ。貴様のような男が生きていたばっかりに俺は自分の存在を滅茶滅茶にしてしまったのだ。どうして今、貴様なんぞを助けることが出来るものか！」

「久田！　助けてくれ！　俺はお前をちょっぴりだって憎んでなんぞいなかったのだ！　どうぞ俺を助けてくれ！」

「馬鹿！　助けることなんか出来るものか！　俺が生きるためには貴様は死ななければならないのだ！」


半鐘が鳴り出した。――信彦は慌てて立ちあがった。半鐘は気魂ましく鳴り出した。

「――あなた。火事ですわ。向うの空がすっかり赤く染っていますわ、――早く起きていらっしゃい。阪の上までゆくとよく見えますから――」

弥生が彼の耳許で饒舌《しゃべ》っていた。信彦は目が眩むような気がした。野天に寝そべっていた彼の顔の上には真黒な空が垂れ下っているのであった。何だか、いろいろなものがもやもやとしてしまって夢と現実との境目が無かった。――

しかし、間もなく心が昔の状態に落ちついてきた。そうして、彼は弥生の顔を見た。其処に彼は何ヶ月振りかで愛すべき彼女の瞳を見出した。四辺はすっかり夜になっていた。

夢の中の大野の顔が黒い紙に鉛筆でなすりつけた絵のように、輪廓だけが鮮に残っていた。

彼は激げしい胸の鼓動を感じた。――その鼓動だけが夢と現実との境界をぎっしりと結びつけていた。

六

坂の上にはもう五六人の村の人たちが出ていた。一間ほど離れた崕の下には消防隊の提灯が夜を脅かしていた。

彼の真正面には赤く染った入道雲のように空の一角がはっきりと劃られて、それがときどき薄くなったり濃くなったりした。

「――いま、Mの火薬庫が燃えているところなんです。どうも此様子じゃあ、東京は丸焼けですな――」

信彦のすぐ横に立っていた在郷軍人の服を着た男が誰れに言うともなくこう言って話しかけた。信彦は一心に夕焼雲のような赤い空を見詰めていた。東京が焼けている！　という気持ちは彼にはどうしてもしなかった。よし焼けていたとしたところでそれが何であろうという気がした。赤い入道雲は段々と大きく左右に伸び拡ろがってきた。

「此様子じゃあ、もう火は芝あたりまで来ていますぜ！」――その男は今度は、はっきりと信彦に向って言った。彼も軽く点頭いてみせた。急にうすら寒くなってきたので彼はぼんやりしている弥生を促し立てて坂を下りていった。

途中で定紋の入った提灯を持った男に会った。その男は彼の前まで来ると立ち停った。

「久田さんで御座いますか？」

「ええ、そうです――」

それは彼の家から一町ほど離れた所に住んでいる小泉であった。小泉は此あたりに地所を持っている百姓であった。もう四十近い温厚な人であった。近所に住んでいるというだけで彼は信彦のところへいろいろな野菜を持って来てくれたりしていた。

「――どうも大変で御座いましたな。どうで御座います。皆様お変りは御座いませんか」

小泉はもじもじしながら言った。

「――ええ、お蔭様で、」と、彼が言いかけたとき、小泉は彼の背ろから出てきた弥生に同じように丁寧な挨拶をしていた。

「――奥様、驚ろきで御座いましたろう？」

「ええ――ほんとに大変で御座いましたね、もう少しのところで危なかったので御座いますよ。ちょうどあのとき停車場にいたんで御座います――」

「はあ――。東京へでもお出掛けになるところだったんですか？」

「――いや、新橋まで行ったんですよ。これから一つ浅草の方へでも出掛けようか、と思っていたんですがね。何しろ街へ出るともう暑くて堪まらないものですからね。そのまま電車でまた帰っちゃったんです。――そしてちょうど此処の停車場へ着いたときにぐらぐらと来たんです」

信彦は弥生の言葉を奪い取るようにして早口に言った。小泉は口を開けたまま感心したようにして聴いていた。

家の前の広ッ場まで帰ってくると、そこには近所の人が七八人塊りになって話し込んでいた。皆、それぞれが自分の生命をぎっしりと抱き締めていた。

「――今夜は未だやってくるそうです。とても家の中では寝られませんよ」――こう言いながら一町足らずもある自分の家から戸板と畳とを運んで来て野宿の準備をする人などもあった。

「畳だけじゃあ大変ですよ。――あとでもう使えなくなりますからね」こう言って注意されたので信彦も戸板を運んで来ることにした。畳の裏はもう夜露でべとべとに濡れていた。地震のために森の中からはたき出されたものと見えて藪蚊が群を成して彼等の周囲をとり巻いていた。

家の柱が曲ってしまって入口が前にのめり潰ぶされたので自分の家の中へ入ってゆくことの出来ない人もあった。それぞれの被害についてみんな懐しそうに話し合ったりした。此一夜だけは彼等は善良な臆病な人間であった。一人でも余計に彼等以外の人間が生きていてくれることを同じように希っていた。――

町の方で惨害の情況を見て来た人もあった。大きな銀行の建築がそのまま平押しに倒うれてしまったので、何十人という人間がその下敷きになって死んでしまったという話や、屋根から落ちてきたトタン板のために首をえぐられて死んでしまった女の話なぞをちょうど彼がその場に居合わせて見て来たてでもあるように話すのであった。

信彦は戸板の上に畳を二枚並らべて、その上に蒲団を敷いた。そうして、弥生と一緒に枕を並らべて寝た。眼を瞑って少しうとうととしたかと思うと直ぐに眼が醒めた。恐ろしい夢の断れ断れがいろいろな形になって頭の中に纏《まと》わりついて来た。

弥生は少しも寝付かれないようであった。彼女の唇からは絶間なしに呻めき声のような微かな吐息が洩れていた。信彦の頭には今更のように沁々《しみじみ》と人間の脆ろさが考えられた。

人間の持つ必然とは結局人間だけについての必然ではないのか？　不可思議な天地の凶変というものを予測することのできない必然ではないのか！　生きるということ――それは一体何を意味するのか？　過去も現在も未来も信ずべきものは何一つとして無いではないか！

彼の頭の中には、文明の精華を誇る大建築が微塵になって消えてゆく有様が描き出されてきた。――東京市が丸焼けになって、そのまま地の底に陥没してしまったとき、誰れか、一人の科学者が何十年間を費して偉大なる発明に肝胆を砕いていたということを知るであろう。一人の大芸術家が心血を傾けて恐るべき暗示に充ちた雄篇を完成しかけていたという尊い事実の前に誰れが頭を下げるであろう。――

虚無だ。虚無だ。――ありとあらゆるものが虚無だ。此の呪うべき人生にあって未来を信じようとすることの愚かさを彼は思った。人類の幸福のために新らしい共産社会を建設しようとする努力が一体どれだけの価値があるのか！　兇悪な資本家が跳梁して、人間と人間とがいがみ合い、男はすべて強盗になり、女はすべて淫売になって、狂踏乱舞しながら地獄の底へ沈んでゆく人間の姿を彼はありありと見出したような気がした。

「——もし、もし、このままで寝ていらっしゃっては夜露がかかって毒ですよ——」

　彼等の頭の上で声が聞えた。——弥生が驚ろいたように跳ね起きた。

七

　時間は少しも解からなかった。朝に近いのか、夕方からまだ間もないのか、それすら、明瞭《はっき》りと解からないのであった。彼等は起きて歩いてみたり、腰を掛けてみたり、寝そべってみたりした。昂奮が胸に停滞してしまって物を言うことも出来なかった。

　彼はまた少しうとうとした。が、急にあたりが騒がしくなったので慌てて眼を醒ました。——過敏になり切った神経が、どんな微かな響ですらも、どんなに小さい物音ですらも聞き逃すまいとしていた。

「奥様、——大丈夫で御座いますよ。大丈夫で御座いますよ。旦那様はきっと帰っていらっしゃいます。男一人ですもの、どうしたって逃げられないことがあるもんですか！」

一人の女が堤のそばにしゃがんでしくしくと泣いていた。その傍には二三人の人が寄り集まって慰め合っているのであった。

その女の夫は神奈川のある会社に勤めていた。毎朝出かけるように、その朝も早く出かけていった。そして何時も夕方帰ってくるのであったが、その日は夜になっても帰って来ないのであった。

女は人に顔を見られまいとするように袂で顔を押さえつけていた。

「――いや、夜道がこんな風で危ないもんですからね。きっと何処かでお泊りにでもなったものと思いますが――」

形式張った慰めの言葉がいろいろな風に人々の口から流れ出てきた。しかし、そのいかなる言葉も彼女の苦しみを癒やすことは出来なかった。彼女は顔を上げようともしなかった。

信彦もそのぐるりにしゃがんだ。――何か言おうと思ったのであった。が、しかし、彼には何も言えなかった。弥生と二人でこうやって生きていることの出来る自分の口からこの女を慰めることは結局この女を一層苦しめることに過ぎないであろうことを彼は知っていた。人々は、女のそばを離れると互いに目くばせをしながら、――彼女の夫が大抵は死んだものにちがいないということを平気で話したりした。その眼は、そういう悲しい事実の前に、辛うじて得た自分たちの幸福を喜こんでいた。

「――お母さんのことがわたし急に気になりだして来たわ。あっちの方は大丈夫なんでしょうか？」

弥生は思い出したように大きい声で言った。

「大丈夫さ。——あんな遠くまで地震があるものか！」

「そうでしょうか。——でも弟が深川にいたんですもの。若しか間違いでもあったら、どんなに心配するかわからないわ。それを思うとね」

「いや、大丈夫だよ！」——信彦はこう言いながら、ちらっと中野の叔父の家に住んでいる年老った母親のことが思い出されてきた。

そのすぐあとから——、母親の狼狽している姿がちらついてきた。天井が落ちて、その下敷きにされて悶えている母親の姿がまざまざと閃いて通った。

「——あれ、あんなに赤くなって来たわ」

弥生が頓狂な声をあげて叫び出した。空の色が段々と赤く燃えあがってきた。

信彦は何時の間にか長い溜息を洩らしていた。

人々は急に慌て出した。そして、思い思いに阪の方に上っていった。——

弥生が急に泣き出した。

「馬鹿！　泣いたって仕方が無いじゃあないか。泣く奴があるか！」

信彦もおろおろ声になって叱りつけていた。赤い色は益々暗い空に拡ろがっていた。

半鐘が、慌ただしく鳴り出した。

「——おい！　大変だ、大変だ！　A村が火事だ！」

一人の男が前の細い道を大声で怒鳴り散らしながら暗い闇の中へ消えていった。

「火事だ！」——最後の危険がいよいよ迫ってきたことを信彦は感じた。

「——一寸行ってくるからね。お前は此処に待っていろ」

信彦はこう言い捨てて一人で坂をのぼっていった。坂の上には、もう可成りな人数がわいわい騒ぎ合いながら立っていた。半鐘はだんだん間が遠くなっていった。——

赤い空にはもう火の線が次第に大きく濃くなってゆくのが一刻ごとに鮮かになってきていた。

「火事は何処です？」

「O町の近所らしいんですよ。——どうも此方へ伸びて来そうですね」

「——そんなにひどいんですかね？」

「さあ——此処までは大丈夫ですがね」

そう言った男の声の中には少しの不安も潜んでいなかった。

ときどき恐ろしい地響が伝わってきた。そして、そのたびごとに赤い空が一時にぼうっと明るくなるのであった。

彼等の立っている背ろの暗がりを消防隊が通っていった。自転車に乗って提灯を持った男が忙しそうに暗闇の中を幾つも幾つも並らんで走り過ぎる。空には月も星も見えなかった。——黒い雲が頭のすぐ上まで垂れ下って、いまにも地上のすべてのものを圧し潰ぶしてしまうかと思われた。

八

信彦は夜露を防ぐために顔から首のあたりまで、すっぽりとかぶった単衣物のすき間から潜り込んでくる蚊を一々手で払いながら、それでも少しは眠ったような気がしてきた。しかし、大地の動いているのは始終身体に感ぜられた。そして少し震動が大きくなりかかるとすぐに眼が醒めた。

――落着け、落着け、――しくしく泣いている彼の魂の上に誰れかがこう言って叫びかけているような気がした。

しかし、その声には何の底力もなかった。虚しい響だけがそのまま空間に消えてゆくだけであった。

幻想が鎖のように頭の中にぶら下ってきた。――真裸体になった若い女の群が悲鳴を上げながら、追駈けるように降り注いで来る火の子を浴びて逃げてゆく姿が見える。その中には彼の知っているいろいろな顔がある。

火に煽られた彼女たちの肉体が生々と燃えている。――彼女たちの最後の性欲が火の海の中でぢりぢりと焼かれているのだ。

何という壮厳な、呪わしい美しさであろう――大きな建築が矢継早にばたばたと仆れる。その下敷きになりながらも一人の労働者は女の肉を探していた。最後の享楽の前に傷ついた足を引きづりながら豊満の女の肉を追駈けている。——

そんな幻影ばかりが、あとからあとからと続いた。そして、夢が途切れたかと思うと、とろとろと追ってくる地響に眼が醒めるのであった。眼を開くと黒い空がすぐ鼻先きにあった。——

何ということだろう。——信彦はもう何を考え何を思う気力もなくなっていた。頭の中には、いびつに曲った神経が死にかかった蛙のようにへとへとになったままのた打ち廻っていた。

次の朝、彼が眼を醒ましたときは、もう清々しい太陽の光が森の間から射していた。弥生は、たった一人で起きあがって蒲団の上に腰をかけていた。

昨日までのことがすっかり夢であるような気がする。それにしても何という朗らかな静かな朝であろう。——いやこうやって太陽の光を望んでいることが夢であるのかも知れない。しかし、空はちょうど豪雨の前のように毒々しい黒雲が昨日と同じように垂れ下っているのである。黒雲の下には幾つかに別かれた真白い煙のような雲の塊りが大きな風船玉のように浮かんでいる。

顔を洗ってしまうと彼は弥生を促したてて家の中へ入っていった。昨夜、同じ場所に同じように野宿した人々も、みな、それぞれに蒲団を運んだり濡れた着物を乾したりしていた。

家の中へ入ってみると、其処は以前と何の変りもなかった。ただ所々に壁が落ちたり、器物が壊れたりしているだけであった。

で、信彦は昼までかかって家の中を整理することにきめた。こういうときにそんなことをすることが何の意味もないことを信彦は知っていた。しかし、そんなことでもするよりほかに気持ちを紛らす方法はなかった。

彼の神経はもう全く用に堪えなくなっていた。地震はまだ断続的にやってきた。昨夜から聞え始めた爆音も時を隔ててはひびいてきた。

しかし、もうそれは少しも彼を脅やかさなかった。ただ彼はたしかに自分が生きていることを知っていた。自分が知ることの出来るのはただそれだけのことである。それは喜びでもなく悲しみでもないのだ。いままで頭の中に詰め込まれたまま鬱積していたいろいろなものが一時に何処かへ発散していってしまってすべてが大きな空虚に還ってしまったのだ。——そんな感じがちょっとした。

少し家の中の整理がついたので彼は手を洗って坂の上の方へ出てみた。その少し先の方には十二三軒の家が並らんで一寸した通りのようになっている。そのあたりはすっかり昔の平静に返えっていた。空は朦朧《もうろう》としていた。しかし、それは曇っているのではなかった。陽の光はたしかに地上に流れているのであったけれども、太陽は何処にあるのか解からなかった。幾重にも折り重った煙が太陽の形を隠くしてしまっているのであった。

坂の上に立ってみると東京の方角には未だ絶間なしに煙がくるくると渦を巻いてはのぼっているのであった。しかし、それすらも彼の現実の生活からは遠く隔たった出来事のような気がした。

近所には行方の解からなくなった人も死んだ人も無かった。――彼の家の前の広場にはまた昨日のように人が集って材木を組み立てたり土を掘ったりして、思い思いに夜の用意を始めていた。今日もまた地震が危ないという流言が顫るえ切っている人々の胸を脅やかしているのであった。昨夜、夫の帰りを待ちくたびれて、しくしく泣いていた若い女房も今日は晴々しい顔をして働いていた。

その夫は夜遅くなってから帰ってきたのであった。――そして、彼女の夫は四五人の人々を集めて、彼がどんなに危険な場所をどんな風にして潜りぬけてきたかということを話していた。

たった二三十秒の間に長さ四十間に近い大きな倉庫が彼のすぐ前でがらがらっと崩れてしまったことや、泥海のようになった街の中を泳ぐようにして抜け出てきた話なぞをした。そして、それはすべて彼の行為の勇敢さを物語っているのであった。

昼近くなると太陽はだんだんはっきりしてきた。けれども、その形はそれが太陽であることを示すだけに止っていてただ鈍いぼやけた光が地上を明るくしているというだけのことであった。

信彦もそれ等の人たちに交って戸板を重ねたり杭を打ったりして二人が辛うじて寝ることの出来る場所を造った。そして、一人でその上に横になった。そのまま彼は眠ってしまった。眼が醒めてみるともう夕方であった。

九

急にあたりが騒々しくなってきた。藪の中に小屋をつくっていた人々や、森の蔭に避難所をこさえていた人々が続々と広場に集ってきた。

「――此先きの小学校へお行きなさい。みんな学校へ集って防ぐ準備をしなければなりません!」――重だった男がこう言いながら人々を制していた。何の事か信彦には解からなかった。

「どうしたのですか?」

「朝鮮人とY市の監獄から解放された囚人が押寄せて来たんです。ええ朝鮮人が――二千人ばかり刀や鉄砲を持って、そこのR川の対岸まで来ているんです」――

群集は一塊りになって怯びえていた。彼等は何処に逃げていいのかということもわからなかった。

一人が駈け出すと二三人がすぐそのあとに続いて駈けてゆく。逃れる場所を求めて哀れな蛆虫のような人間がぞろぞろと、悲しそうな喚めき声をあげながら逃げ惑っているのであった。一間ほど駈けていっては彼等はまた同じ場所へ戻ってくるのであった。そして、今度は反対の方向に雪崩れをうってよろけていったかと思うと、また同じ場所をぐるぐる廻っていた。彼等は落ちついて物を言うことも出来なかった。人の言葉を聞くことも出来なかった。

ただほんのちょっとの間も身体をじっとしていることが出来ないのであった。信彦もそういう人々の間に雑じって往ったり来たりした。

「——あなた。何処へ逃げましょう」弥生はぎっしりと彼の右腕に縋《すが》りついていた。一塊りの群衆と一所になって彼等は藪を渡り畑を越えて走った。その畑越しに山の方に続いている大きな県道には、荷車を引いたり、荷物を背負ったりした男女がぞろぞろと逃げていった。

何処へいったらいいのか丸切り見当さえつかなかったのだ。そして同じように意識を失いかけた一団の群集が当度もなく道という道を勝手放題に走り廻っていた。妊娠何ヶ月かという大きな腹を抱えた女房の手を引いた三十前後の若い男が横合いの林の中から出て来た。

「——ああ来た、来た、殺しに来た！」その女房の眼は狂人のように充血したまま引き釣っていた。

「おい！　嘘だ。嘘だ。あれはみんな嘘だ！」

疳高い声を顫るわせながら男は女の手を引きながら、それでも夢中になった群集と一所になって走っていた。

「——あなた、R川ならこんな方へ逃げたら駄目じゃないの？」と、不意に弥生が踏み止って叫んだ。そうだ。そのとおりだ。R川ならこのすぐ先きだ。——信彦も始めてそういうことに気がついた。

しかし、その次の瞬間には自分の狼狽えている姿を弥生に見られたのが恥かしかった。

で、彼等はそこで立ちどまった。

「いっそのこと家へ入っていようか？」

「ええ、そうしましょう。――」弥生はこう答えた。その瞬間彼の頭には土間のすぐ上になっている天井裏が浮かんだ。

あの天井裏がいい。あそこに上れば見られる気遣いは無い。――と彼は思った。それが一番気安い逃げ場所のように思われたのであった。

暴行隊はどちらからやってくるのかわからなかった。そしてこういうときにどちらの道を行ても結局逃れることは出来ないように気がした。

彼等がもとの広場に帰ってきたとき其処にはもう誰れもいなかった。食い残しの握り飯や、茶碗や皿などが散らばっているばかりであった。七輪の中にはまだ火が燃えさかっているものもあった。そして、その上には金網がかけられて鮭の切身が焦げついていた。

土間へ入ると急に地の底へ沈められてゆくような冷めたい不安が胸を圧さえつけてきた。

天井は割合に高かった。それは下から見ると普通の天井と少しも変らなかったが壁に続いた一間ほどのところを下から小突くと蓋のように開くのであった。信彦は平常其処を物置の代りにして使っていた。

しかし、其処へ上るには梯子が無ければ駄目であった。――何時ものように梯子を一町も先きにある小泉の家まで借りにゆくなぞということはとても出来ないのだ。

「おい！　仕方がないね。押入へはいろうか！」

彼は慌ててこう言ったが、こんなことならあの群集と一所にうねうね歩き廻っている方がまだよかったような気がした。しかし、もうすべてが遅かった。――どやどやといまにも武装した朝鮮人の一隊が押寄せてくるような気がした。

意志も感情もみんな死んだように固くなっていた。生きて動いているものはただ彼の神経だけであった。

「――おい！　やっぱりこうした方がいい。この上へあがるのだ！」

彼は大きな下駄箱を土間のまん中に引きずり出した。そして、その上に椅子を二つ積み重ねた。

「これなら大丈夫だ。――お前一寸あがって御覧」――こう言いながらも、もう一町ほど手前から人の足音が聞えてくるような気がした。恐ろしい静かさであった。人の声がしないばかりか犬の鳴声も虫の声も一時にぱったりと消えてしまった。――そして、ほんの少しの物音もみんな朝鮮人の押寄せてくる気配のような感じがするのであった。

弥生は眼を大きく開いていた。信彦の眼に見ることの出来たものは唯彼女の眼だけであった。

「おい！　早くあがれよ！」

弥生は恐る恐る下駄箱の上へあがった。そして、やっとのことで最初の椅子に片足をかけた。

「あなた――」彼女は絶望的な声を出した。その声が信彦の神経をもう一度力強くどやしつけた。彼女は椅子の上に片足を掛けたまま動こうともしなかった。筋が硬くなって動くことが出来なくなってしまっているのであった。

「おい！　どうしたのだ！」――信彦は、こう言いながら彼女の足をつかんでいた。

「よし！　俺がさきに上ろう」――自分ながら驚ろくほど信彦は割合いに落ちついた声で言った。そして彼は慌ててもう一度台所の方へはいっていった。そして戸棚の上に置いてあった大きな雑具箱の中からぶるぶる顫える手で蝋燭を探り出した。そして二三本の蝋燭を慌てて袂の中に入れてしまうと、今度は一層気持ちが落ちついてきた。

ことによると二日も三日も彼処に寝ていなければならなくなるかも知れないぜ――という考が頭の中をかすめて通った。いや、身体さえ生きていられればいいじゃあないか！　愚図愚図していると逃げることも出来なくなるぞ！――心の中で早口にそう言って饒舌《しゃべ》るものがあった。彼の前には毒々しい顔をした暴徒の顔が一時に颯と入り乱れたと思うとすぐに消えた。

いや大丈夫だ、構うもんか――一番最後に残された落ちついた声が彼を励ました。信彦は台所と茶の間との境になっている障子を勢いよくあけた。

そして、座布団を二枚とり出した。台所へ出るとき、戸棚の下に置いてあったマッチの箱が眼についた。彼はそれも慌てて拾いあげ袂の中へ入れた。――

決死の勇士が漸く一つの役目を遣り終せたときのような軽い誇りが彼の心の底にあった。

土間に下りると弥生はまだ前と同じ位置に、前と同じ恰好をして、下駄箱と椅子との間に左右の足を片方づつかけて椅子の背にしがみついていた。

「おい！　下りろ――」彼は背ろから抱くようにして彼女を下へおろした。そして、下駄箱の上へ飛び乗ると、すぐに爪立てをして天井板の端しをつかんだ。力を入れてぐっと上へ持ちあげると、そのまま横の方へねじれながら上へ外ずれた。それから、こんどは椅子を足場にして胸を天井板のところまで持っていった。そして、機械体操のときの肘上りのような恰好で一息に身体を上まで持ちあげた。

「おい！　もう大丈夫だ。俺が上から釣り上げてやるから下駄箱の上まで上れ」――彼れは息をはづませながら怒鳴りつけていた。

弥生は中腰になって下駄箱の上から彼の方へ手を差し伸ばした。

十

上から足で椅子を一つづつ下へ蹴落してから彼は揚板をそっと音のしないように下ろした。するとあたりが急にぱったりと暗くなった。

遠くの方から入り乱れた靴音がだんだん聞えてくるような気がした。

もう一刻だ。――あともう一刻で殺されるところだったのだ。そう思うと、ひとりでに長い吐息がどきっと波を打つ胸の鼓動といっしょに洩れてくるのであった。

彼はじっとして坐っていた。身動きをすることすら出来なかった。彼の背ろには同じような恰好をして弥生が坐っていた。急に、ボーッという響が伝ってきた。それは法螺貝のようにも聞えた。押寄せてくる群集の喚めき声のようにも聞えた。——

此暗い天井の物置きには外の光の射してくるすき間がなかった。そして、隅々から出てきた蚊が一時に彼等の周囲に寄り集ってきた。

だんだん、むせ返すように息苦るしくなってくるのがわかった。信彦がそっと腰を伸ばそうとした拍子に、すぐ真下で、が、た、りという大きな音がした。彼は慌てて足をす、く、めた。しかし、物音は一つしただけで続いて聞えなかった。彼等のいる天井裏のすぐ下に、もう何人かの物凄い男が抜身の刀をひっさげたまま、そっと覗《うかが》っているような気がした。

「——蚊が、蚊が」——弥生が小さい声で彼の耳元に囁いた。絶間無しにやってくる蚊の襲来にはどうして防ぐ手段もなくなっていた。

「おいマッチを点けようか。——そして二三本線香を立てよう」——信彦も弥生の耳のそ、ばまで口を持っていらってこう言った。

「さあ——お前、ちょっとマッチをおつけ！　その間に俺は線香を探すからね」

信彦は右の手に握りしめていたマッチを弥生の手に渡した。弥生はそれを受けとると、箱の中から一本一本ぬき出しては擦ったが火はどうしてもつかなかった。

「駄目よ、あなた——湿めっているんですもの」

郵便はがき

料金受取人払郵便

神田局
承認

8979

差出有効期間
2025年2月28日
まで

101-8796

509

(受取人)
東京都千代田区神田
神保町3-10 宝栄ビル601

皓星社 編集部 御中

住所(〒　　—　　)

氏名		年齢	男・女
電　話　　—　　— FAX　　—　　—		職業	

メールアドレス

本のタイトル

本書を何でお知りになりましたか？

お買い上げの書店

書店　店

ご購入の目的、ご意見、ご感想などご自由にお書きください。

協力ありがとうございました。

意見などを弊社ホームページ等で紹介させていただくことがございます。　諾・否

「そんな筈があるもんか。二三本重ねてやって御覧！」

弥生は信彦の言ったとおりに二三本重ねたマッチの棒に力を入れて、しゅっと擦ってみた。が、何度やってもただかすれたような音がするばかりで火は少しもつかなかった。

「僕がやろう――」信彦は弥生の手からマッチ箱を奪い取ると急いで自分でやってみたが、矢張りつかなかった。マッチ箱は彼が手で握りしめている間にすっかり汗にぬれてしまっているのであった。

そのとき、ぐらぐらと家が動き出した。やってきたな！　と思った途端に、――彼はもういよいよ最後が来たことを感じた。

弥生は何時の間にか信彦の身体に抱きついていた。闇の中に彼女の顔の輪廓だけが薄々と見えた。

地震は少し静まったと思うと、すぐにまたやってきた。その度毎に彼等は深い堀抜井戸の底に沈められてゆくような気がした。外の明るさは屋根のちょっとしたすき間からも射して来なかった。もうすっかり夜になっているに違いないのだ。

こうやって座ってから、かなりに長い時間が経ったような気がした。どしいん、どしいんと、地をえぐるような音は益々激げしくなってきた。

――東京が滅びるのだ。あの一つ一つの地響の中に文明の一片づつが打ち壊わされてゆくのだ。

――そういう恐ろしい時の来ることを彼は前から知っていたような気がした。

すぐ近くで銃声が聞えた。――続いてもう一つ聞えた。いまはもう微かに洩らすことの出来る溜息さえ、ぶるぶる顫るえていた。

靴の音がすぐ家の前でとまったような気がした。

幻影がまたくるくると目まぐるしい速さで動き出した。いろいろな色彩が一時に眼の前に現われる。

——その中から大きな人間の顔が現われてきた。それは人間であるような気もするしそうでないような気もする——

むざむざと斬り殺ろされている死骸が見える。それはみな若い女の死骸であった。

——やい！出ろ！　こんなところに隠くれたって駄目だ。さあどうだ！　女さえ渡せば命だけは助けてやる——色の黒い顔中髭で埋まっている男が彼の前に日本刀を突きつけている——そりゃあ君、惨酷だ。僕たちが一体どんな悪いことをしたのだろう。——此処にあるもので何でも欲しいものがあったらみんな持っていってくれ給え、それでどうぞ命だけは勘弁してくれたまえ——（彼は口の中でそのときの言葉を用意してみた。しかし、こんなことでは許して呉れそうな気がしなかった）——すると、その男は凄い眼玉をぎょろつかせながら——馬鹿奴！　理窟なぞというものはこんなときに言うもんじゃあないぞ。俺の欲しいのは貴様の女房だ！　いま貴様に、命と女房とどっちが欲しいか聞いているのだ。それとも貴様には両方とも要らないのか！

その間に、背ろにいたもう一人の男は何時の間にか弥生の手を握って前へつかみ出すのである。——貴様は一寸渋皮がむけていやがる。さあ俺たちと一所に来い。——厭なら手と足とを縛りあげて運んでゆこうか？　どっちでも貴様の勝手だ。貴様の背ろで青ぶくれになって顫えている意気地無しの亭主の代りに今夜から俺たちが代る代る可愛がってやるのだ。

　すると、さっきの髭面の親方らしい男が意地の悪そうな笑いで険悪な形相をしかめながら、彼女の前に突立つ。――何だか暗闇の中にその周囲には多勢の人間が立ちはだかっているような気がした。

　髭面のその男は弥生の前に右手を突き出している。――握り拳のあたりがぎらぎらと光っている。ピストルだ。ピストルだ。あの男はピストルを握っているのだ。

「――やい！帯を解け、帯を。解かなければ一思いに撃ち殺すぞ！」と。弥生の眼の先きに突きつけられたピストルが彼女に向って、そう言っているのである。弥生は口をあんぐりとあいたまま、それでも手だけはぶるぶると顫《ふる》わせ乍《なが》ら立ちあがる。軽い衣ずれの音を立てて彼女の胸から帯がずるずると解け落ちる。

「――今度は着物だ。その次は襦袢《じゅばん》だ。その次は――」

　弥生の身体からはその一枚一枚がめくり取られるように消えてゆくのだ。おお、そうして、其処には一物も纏いつけていない彼女が立っている。――ただ一つの生命をたよっていかなる屈辱の前にも眼を瞑じているようと命ずる、そのひとときの彼女の魂だけが彼女の肉体から離れてありありと空間におどっていた。

　その瞬間であった。――大野の顔が、いままで全く何処かへ追いやられていた大野の顔が一間ほど離れた壁の間からぬっと現われてきた。

「――大野だ！大野だ！」――彼は心の中で叫びつづける。それは此の世の中で彼がたよることの出来るたった一つの顔であるような気がする。――

「――いい気味だ！」その顔は冷めたい薄ら笑いを泛かべたまま闇の中に消えてしまう。

信彦は力一ぱい弥生を抱きしめていた。そうして心の中で弥生に叫びかけた。――

弥生よ、――どうぞゆるしてくれ。俺がお前を大野の手から奪いとってきたばっかりに到頭こんなことになってしまったのだ。俺はお前を愛している。このとおり愛している。けれども俺は死にたくないのだ。乞食になっても、犬のように地面を這って歩いても、俺は生きていたいのだ！　俺はたった一人になっても、どんな屈辱を受けても生きていたいのだ！

弥生よ――だから、どうぞ、俺のために死んでくれ。俺と同じようにお前も生きたいのだろう。どんな残酷な、生活にも堪えて生きてゆきたいのだろう。しかし、弥生よ、俺はお前を愛しているのだ。愛しているからこそ、お前の身体を蹂躙《ふみにじ》られるのをじっとして見ていることが出来ないのだ。――俺はいまからお前を殺ろして逃げてゆくのだ。――

信彦の眼からは涙が湧きあがってきた。細い弥生の首は彼が両手で、このままぎゅっと抑えつけただけでも息の根が止まってしまうような気がした。

彼は慌てて弥生の首を抑えていた手を振りほどいた。そして今度は彼女の肩に右手をあてながら、その耳元へ唇を持っていった。

「弥生！　俺と一所に死んでくれ！　俺と一所に！」

弥生は黙って彼の顔を見上げた。そして再び力強く彼の胸に抱きついた。

「弥生――ゆるしてくれ！」――顫え声でこう囁やきながら一気に弥生の首を締めあげている彼自身が其処にいた。弥生は激げしく身悶えしながら夢中になって彼の手から逃げようとしていた。

「――あなた、あなた、――あなたは非道い人です。あなたは自分のために私を殺そうとなさるのです。私だってあなたが生きていたいように生きたいのです。あなたの妻にならなくったって私は生きる道があるのです――」

信彦は頭の中が一時に破壊されたようにぐらぐらっとする眩暈《めまい》を感じて、そのまま背ろへ仆うれてしまった。


「あなた、――あなた、もう大丈夫ですよ」

不意に耳元で弥生の声が聞える。信彦の眼には暗闇の中に組み合わせた天井の丸太がその縄の結び目も鮮かにくっきりと見えた。そして彼の意識が蘇ってきたのであった。やっぱり信彦は前と同じように弥生の右手をぎゅっと彼の膝の上で握りしめて座っているのであった。

「あなた、――もう近所の人たちが帰ってきていますよ。早く先きに下りて下さい！」

何時ものようにすきとおった朗らかな彼女の声であった。

Ｒ川の付近に強盗殺人の一隊が押寄せてきたということはただ流言に過ぎなかった。

そうして、その夜も脅かされた人たちは信彦の家の前の広場に眠らねばならなかった。――

信彦の神経はすっかり歪み切っていた。眼を瞑じると不可思議なものばかりが見えた。此処に眠っている多くの人々がみな自分を殺しにかかっているような気がした。彼の横に眠っている弥生すらも、今は彼の信ずることの出来ない人間になっているのだ。

気狂いだ！　気狂いだ――俺はいま発狂しかけているのだ！　彼の頭の中には、まだ屋根裏の幻想がしっかりと沁《し》みついていた。それは現実の出来事であるよりももっと確実な出来事であるような気がした。――

その夜も前の夜と同じように空は赤い毒々しい色に染められているのであった。強い地響は前の夜と同じように響いてきた。しかし、間もなく彼は眠ってしまった。その眠りの中で彼は段々自分の気持ちが明るく晴れてゆくような快よさを存分に味っているのであった。そして、万事が夢であって、東京の街には昔のように明るい電灯の下を潜るようにして、平和そうな顔をした人間がぞろぞろ通っているような気がした。（大正十二年十月四日朝）

露宿

泉鏡花

二日の真夜中――せめてただ夜の明くるばかりをと、一時千秋《ひとときせんしゅう》の思で待つ――三日の午前三時、半ばならんとする時であった。……

殆ど、五分置き六分置きに揺返す地震を恐れ、また火を避け、はかなく焼出された人々などが、おもいおもいに急難、危厄《きやく》をにげのびた、四谷見附そと、新公園の内外、幾千万の群集は、皆苦き睡眠《ねむり》に落ちた。……残らず眠ったと言っても可《よ》い。荷と荷を合せ、ござ、莚を隣して、外濠を隔てた空の凄じい炎の影に、目の及ぶあたりの人々は、老も若きも、算を乱して、ころころ成って、そして萎たように皆倒れて居た。

――言うまでの事ではあるまい。昨日……大正十二年九月一日午前十一時五十八分に起った大地震このかた、誰も一睡もしたものはないのであるから。

麹町、番町の火事は、私たち隣家二三軒が、皆跣足《はだし》で遁出して、此の片側の平家の屋根から、瓦が土煙を揚げて崩るる向側を駆抜けて、いくら危険の少なそうな、四角を曲った、一方が広庭を囲んだ黒板塀で、向側が平家の押潰れても一二尺の距離はあろう、其の黒塀に真俯向《まうつむ》けに取り縋った。……手のまだ離れない中に、さしわたし一町とは離れない、中六番町から黒煙を挙げたのがはじまりである。——同時に、警鐘を乱打した。が、恁《か》くまでの激震に、四谷見附の、高い、あの、火の見の頂辺《てっぺん》に、活きて人があろうとは思われない。私たちは、雲の底で、天が摺半《ずりはん》鐘を打つと思って戦慄した。

——「水が出ない、水道が留まった」と言う声が、其処に一団に成って、足と地とともに震える私たちの耳を貫いた。息つぎに水を求めたが、火の注意に水道の如何を試みた誰かが早速に警告したのであろう。夢中で誰とも覚えて居ない。其の間近な火は樹に隠れ、棟に伏って、却って、斜の空はるかに、一柱の炎か煙を捲いて真直に立った。続いて、地軸も砕くるかと思う凄じい爆音が聞こえた。婦《おんな》たちの、あッと言って地に領伏《うぶ》したのも少くない。その時、横町を縦に見通しの真空へ更に黒煙が舞起って、北東の一天が一寸を余さず真暗に代ると、忽《たちま》ち、どどどどどどどどどと言う陰々たる律を帯びた、重く凄い、殆ど形容の出来ない音が響いて、炎の筋を畝らした可恐《こわ》い黒雲が、更に煙の中を波がしらの立つ如く、烈風に駆廻る！……ああ加具土《かぐつち》の神の鉄車を駆って大都会を焼亡す車輪の轟くかと疑われた。——「あれは何の音でしょうか。」——「然《さ》よう何の音でしょうな。」近隣の人の分別だけでは足りない。其処に居合わせた禿頭白髯の、見も知らない老紳士に聞く、私の声も震えれば、老紳士の唇の色も、尾花の中に、たとえば、なめくじの這う如く土気色に変って居た。

——前のは砲兵工廠の焚けた時で、続いて、日本橋本町に軒を連ねた薬問屋の薬ぐらが破裂したと知ったのは、五六日も過ぎての事。……当時のもの可恐さは、われ等の乗漾《のりただよ》う地の底から、火焔を噴くかと疑われたほどである。

が、銀座、日本橋をはじめ、深川、本所、浅草などの、一時に八ヶ所、九ヶ所、十幾ヶ所から火の手の上ったのに較べれば、山の手は扠《さ》て何でもないもののようである。が、それは後に言う事で。……地震とともに焼出した中六番町の火が、……いま言った、三日の真夜中に及んで、約二十六時間、尚お熾《さかん》に燃えたのであった。

しかし、其の当時、風は荒かったが、真南から吹いたので、聊《いささ》か身がってのようではあるけれども、町内は風上だ。差《さし》あたり、火に襲わるる懼《おそれ》はない。其処で各自《めいめい》が、かの親不知、子不知の浪を、巌穴《いわあな》へ逃げる状《さま》で、衝《つ》と入っては颯《さっ》と出つつ、勝手元、居室《いま》などの火を消して、要心して、それに第一たしなんだのは、足袋と穿《はき》もので、驚破《すは》、遁出すと言う時に、わが家への出入りにも、硝子、瀬戸ものの欠片、折釘で怪我をしない注意であった。そのうち隙を見て、椽台《えんだい》に、薄べりなどを持出した。何が何《ど》うあろうも、今夜は戸外にあかす覚悟して、まだ湯にも水にもありつけないが、吻《ほっ》と息をついた処で——

前日みそか、阿波の徳島から出京した、浜野英二さんが駆けつけた。英語の教鞭を取る、神田三崎町の御五中学へ開校式に臨んだが、小使が一人梁に挫《ひし》がれたのとすれ違いに遁出したと言うのである。

あわれ、此こそ今度の震災のために、人の死を聞いたはじめであった。——ただ此にさて、一同は顔を見合わせた。

内の女中の情で……敢て女中の情と言う。——此の際、台所から葡萄酒を二壜持出すと言うに到っては生命《いのち》がけである。けちに貯えた正宗は台所へ皆流れた。葡萄酒は安値《やす》いのだが、厚意《こころざし》は高価《たか》い。ただし人目がある。大道へ持出して、一杯でもあるまいから、土間へ入って、框《かまち》に堆《うずたか》く崩れつんだ壁土の中に、あれを見よ、蕈《きのこ》の生えたような瓶から、遁腰で、茶碗で煽った。——言うべき場合ではないけれども、まことに天の美禄である。家内も一口した。不断一滴も嗜まない、一軒となりの歯科の白井さんも、白い仕事着のままで傾けた。

　これを二碗と傾けた隣家の辻井さんは向う顱巻《はちまき》の膚肌《よだ》の元気に成って、「さあ、こい、もう一度揺って見ろ。」と胸を叩いた。

　婦《おんな》たちは怨んだ。が、結句此がために勢づいて、莫蓙椽台《ござえんだい》を引摺り引摺り、とにかく黒塀について、折曲って、我家我家の向うまで取って返す事が出来た。

　襖障子が縦横に入乱れ、雑式家具の狼狽として、化性の如く、地の震《ゆ》るたびに立ち跳《おど》る、誰も居ない、我が二階家を、狭い町の、正面に熟《じっ》と見て、塀越のよその立樹を廂に、桜のわくら葉のぱらぱらと落ちかかるにさえ、婦《おんな》は声を立て、男はひやりと肝を冷して居るのであった。が、もの音、人声さえ定かには聞取れず、たまに駈る自動車の響も、燃え熾る火の音に紛れつつ、日も雲も次第次第に黄昏れた。地震も、小やみらしいので、風上とは言いながら、模様は何うかと、中六の広通りの市ヶ谷近い十字街へ出て見ると、一度やや安心をしただけに、口も利けず、一驚を吃した。

半町ばかり目の前を火の燃通る状《さま》は、真赤な大川の流るるようで、然も凪ぎた風が北にかわって、一旦九段上へやけ抜けたのが、燃返って、然も低地から、高台へ家々の大巌《おおいわ》に激して、逆流して居たのである。

もはや、……少々なりとも荷もつをと、きょときょとと引返した。が、僅にたのみなのは、火先が僅かばかり斜にふれて下、中、上の番町を、南はずれに、東へ……五番町の方へ燃進む事であった。火の雲をかくした桜の樹立も、黒塀も暗く成った。旧暦七月二十一日ばかりの宵闇に、覚束ない提灯の灯一つ二つ、婦《おんな》たちは落人が夜鷹蕎麦の荷に踞《しゃが》んだ形で、溝端で、のどに支《つか》える茶漬を流した。誰れひとり昼食《ひる》を済まして居なかったのである。

火を見るな、火を見るな、で、私たちは、すぐ其《そ》の傍《かたわら》の四角《よすみ》に彳《たたず》んで、突通《つきとお》しに天を浸す炎の波に人心地もなく酔って居た。

時々、魔の腕のような真黒な煙が、偉《おおい》なる拳をかためて、世を打ちひしぐ如くむくむく立つ。其処《そこ》だけ、火が消えかかり、下火に成るのだろうと、思ったのは空頼みで「ああ、悪いな、あれが不可《いけね》え。……火の中へふすぶった煙の立つのは、新しく燃えついたんで……」と通りかかりの消防夫が言って通った――

（――小稿……まだ持出した荷も解かず、框をすぐの小間で……ここを草する時……

「何うしました。」

と、はぎれのいい声を掛けて、水上さんが、格子へ立った。私は、家内と駆出して、ともに顔を見て手を握った。——悉《くわし》い事は預るが、水上さんは、先月三十一日に、鎌倉稲瀬川の別荘に遊んだのである。別荘は潰れた。家族の一人は下敷に成んなすった。が無事だったのである。——途中で出あったと言って、吉井勇さんが一所に見えた。これは、四谷に居て無事だった。が、家の裏の竹藪に蚊帳を釣って難を避けたのだそうである——)

——前の続ける。……

其処へ——

「如何。」

と声を掛けた一人《にん》があった。……可懐《なつかし》い声だ、と見ると、弴さんである。

「やあ、御無事で。」

弴さんは、手拭を喧嘩被り、白地の浴衣の尻端折でいま遁出したと言う形だが、手を曳いて……は居なかった。引添って手拭を吉原かぶりで、艶な蹴出しの褄端折をした、前髪のかかり、鬢《びん》のおくれ毛、明眸皓歯の婦人がある。しっかりした、さかり場の女中らしいのがもう一人後についていた。

執筆の都合上、赤坂の某旅館に滞在した、家は一堪りもなく潰れた。——不思議に窓の空所へ橋に掛った襖《ふすま》を伝って、上りざまに屋根へ出て、それから宝様の山へ遁上ったが、其処も火に追われて逃るる途中おなじ難に逢って焼出されたため、道傍に落ちて居た、此の美人を拾って来たのだそうである。

　正面の二階の障子は紅である。

　黒塀の、溝端の莫蓙へ、然《さ》も疲れたように、ほっとくの字に膝をついて、婦連《おんなれん》がいたわって汲んで出した、ぬるま湯で軽く胸をさすったその婦《おんな》の風情は媚《なまめ》かしい。

　やがて、合方もなしに、此の落人はすぐ横町の有嶋家へ入った。ただで通す関所ではないけれど、下六同町内だから大目に見て置く。

　次手《ついで》だから話そう。此と対をなすのは浅草の万ちゃんである。おきょうさんが円髷《まるまげ》の姉さんかぶりで、三才のあかちゃんを十の字に背中に引背負《ひっしょ》い、たびはだし、万ちゃんのは振分の荷を肩に、わらじ穿《ばき》で、雨のような火の粉の中を上野をさして落ちて行くと、揉返す群集が、

「似合います。」

　と湧いた、ひやかしたのではない、まったく同情を表《ひょう》したので、

「いたわしいナ、畜生。」いや、嘘でない。

　と言ったと言う――真個《ほんとう》か知らん、此は私の内へ来て（久保勘）と染めた印袢纏《しるしばんてん》で、脚絆の片あしを挙げながら、冷酒のいきづきで御当人の直話なのである。

「何《ど》うなすって。」

少時《しばらく》すると、うしろへ悠然として立った女性《にょしょう》があった。

「ああ……いまも風説《うわさ》をして、案じて居ました。お住居は渋谷だがあなたは下町へお出掛けがちだから。」

と私は息せいて言った、八千代さんが来たのである。四谷坂町の小山内さん（阪地滞在中）の留守見舞に、渋谷から出て来なすったと言う……御主人の女の弟子が、提灯を持って連立った。八千代さんは、一寸薄化粧か何かで、鬢も乱さず、杖を片手に、しゃんと、きちんとしたものであった。

「御主人は？」

「……冷蔵庫に、紅茶があるだろう……なんか言って、呆れッ了《ちま》いますわ。」

之《これ》は偉い？……画伯の自若たるにも我折《がお》った。が、御当人の、すまして、此から又渋谷まで、火を潜って帰ると言うには舌を巻いた。

「雨戸をおしめに成らんと不可《いけ》ません。些《ちっ》とは火の粉が見えて来ました。あれ、屋根の上を飛びます。……あれがお二階へ入りますと、まったく危うございますで、ございますよ。」

と余所で……経験のある近所の産婆さんが注意をされた。

実は、炎に飽いて、炎に背いて、此の火たとい家を焚くとも、せめて清しき月出でよ、と祈れる甲斐に、天の水晶宮の棟は桜の葉の中に顕われて、朱を塗ったような二階の障子が、いま其の影にやや薄れて、凄くも優しい、威あって、美しい、薄桃色に成ると同時に、中天に聳《そび》えた番町小学校の鉄柱の、火柱の如く見えたのさえ、ふと紫にかわったので、消すに水のない劫火は月の雫が冷すのであろう。火勢は衰えたように思って、微かに慰められて居た処であったのに――

私は途方にくれた。――成程ちらちらと、……

「ながれ星だ。」

「いや、火の粉だ。」

空《くう》を飛ぶ――火事の激しさに紛れた、が、地震が可恐《おそろし》いために町にうろついて居るのである。二階へ上るのは、いのち懸でなければ成らない。私は意気地なしの臆病の第一人である。然《そ》うかと言って、焚えても構いませんと言われた義理ではない。

浜野さんは、其の元園町の下宿の様子を見に行って居た。――気の毒にも、其の宿では沢山の書籍と衣類とを焚いた。

家内と二人で飛込もうとするのを視て、

「私がしめてあげます。お待ちなさい。」

白井さんが懐中電灯をキラリと点けて、然《そ》う言って下すった。私は口吃《くちきっ》しつつ頭《つむり》を下げた。

「俺も一番《ひとつ》。」

で、来合わせた馴染の床屋の親方が一所に入った。

白井さんの姿は、火よりも月に照らされて正面の椽に立って、雨戸は一枚づつがらがらと閉って行く。此の勢に乗って、私は夢中で駆上って、懐中電灯の灯を借りて、戸袋の棚から、観世音の塑像を一体懐中し、机の下を、壁土の中を探って、なき父が彫ってくれた、私の真鍮の迷子札を小さな硯の蓋にはめ込んで、大切にしたのを幸に拾って、これを袂にした。

私たちは、それから、御所前の広場を志して立退くのに間はなかった。火は、尾の二筋に裂けた燃ゆる大蛇の両岐《ふたまた》の尾の如く、一筋は前のまま五番町へ向い、一筋は、別に麹町の大通を包んで、此の火の手が襲い近《ちかづ》いたからである。

「はぐれては不可《いけな》い。」

「荷を棄てても手を取るように。」

口々に言い交して、寂《しん》然とした道ながら往来《ゆきき》の慌しい町を、白井さんの家族ともろともに立退いた。

「泉さんですか。」

「はい。」

「荷もつを持って上げましょう。」

おなじむきに連立った学生の方が、大方居まわりで見知越《みしりごし》であったろう。言うより早く引担《ひっかつ》いで下すった。

私は、其の好意に感謝しながら、手に持おもりのした欲を恥じて、やせた杖《ステッキ》をついて、うつむいて歩行き出した。

横町の道の両側は、荷と人と、両側二列の人のただずまいである。私たちより、もっと火に近いのが先んじて此の町内へ避難したので、……皆茫然として火の手を見て居る。赤い額、蒼い頬——辛うじて煙を払った糸のような残月と、火と、炎の雲と、埃のもやと、……其の間を地上に綴って、住める人もないような家家の籬《まがき》に朝顔の莟《つぼみ》は露も乾いて萎れつつ、おしろいの花は、緋は燃え、白きは霧を吐いて咲いて居た。

公園の広場は、既に幾万の人で満ちて居た。私たちは、其の外側の濠に向ったまま傍に、ようよう地のままの蓆《むしろ》を得た。

「お邪魔をいたします。」

「いいえ、お互様。」

「御無事で。」

「あなたも御無事で。」

つい、隣に居た十四五人の、殆ど十二三人が婦人の一家は、浅草から火に追われ、火に追われて、ここに息を吐《つ》いたのだそうである。

見ると……見渡すと……東南に、芝、品川あたりと思うあたりから、北に千住浅草と思うあたりまで此の大都の三面を孤に包んで、一面の火の天である。中を縫いつつ、渦を重ねて燃上って居るのは、われらの借家に寄せつつある炎であった。

尾籠《びろう》ながら、私はハタと小用に困った。辻便所に何にもない。家内が才覚して、此の避難場に近い、四谷の髪結さんの許をたよって、人を分け、荷を避けつつ辿って行く。……ずいぶん露路を入組んだ裏屋だから、恐る恐る、それでも、崩れ瓦の上を踏んで行きつくと、戸は開いたけれども、中に人気は更にない。おなじく難を避けて居るのであった。

「さあ、此方へ。」

馴染がいに、家内が茶の間へ導いた。

「どうも恐縮です。」

と、うっかり言って、挨拶して、私たちは顔を見て苦笑した。

手を浄めようとすると、白濁りでぬらぬらする。

「大丈夫よ――かみゆいさんは、きれい好で、それは消毒が入って居るんですから。」

私は、とる帽もなしに一礼して感佩《かんぱい》した。

夜が白んで、もう大釜で湯の摂待《せったい》をして居る処がある。

此の帰途《かえり》に公園の木の下で、小枝に首をうなだれた、洋傘《パラソル》を畳んだばかり、バスケット一つ持たない、薄色の服を着けた、中年の華奢な西洋婦人を視た――紙づつみの塩煎餅と、夏蜜柑を持って、立寄って、言も通ぜず慰めた人がある。私は、人のあわれと、人の情に涙ぐんだ――。今も泣かるる。

二日――此の日の正午のころ、麹町の火は一度消えた。立派に消口を取ったのを見届けた人があって、もう大丈夫と言う端に、待構えたのが皆帰仕度をする。家内も風呂敷包を提げて駆け戻った。女中も一荷背負ってくれようとする処を、其処が急所だと消口を取った処から、再び、猛然として煤のような煙が黒焦げに舞上った。渦も大い。巾も広い。尾と頭を以て撃った炎の大蛇《おろち》は、黒蛇に変じて、剰《あまつさ》え胴中《どうなか》を畝《うね》らして家々を巻きはじめたのである。それから更に燃え続け、焚け拡がりつつ舐め近づく。

一度内へ入って、神棚と、せめて、一間だけもと、玄関の三畳の土を払った家内が、又此の野天へ遁戻った私たちばかりでない。――皆もう半ば自棄に成った。

もの凄いと言っては、浜野さんが、家内と一所に何か缶詰ものでもあるまいかと、四谷通《よつやどおり》へ夜に入って出向いた時だった。……裏町、横通りも、物音ひとつも聞こえないで、静まり返った中に、彼方此方の窓から、どしんどしんと戸外へ荷物を投げて居る。火は此処の方が却って押つつまれたように激しく見えた。灯一つない真暗な中に、町を歩行くものと言っては、まだ八時と言うのに殆ど二人のほかはなかったと言う。

缶詰どころか、蝋燭も燐寸《マッチ》もない。

通りかかった見知越の、みうらと言う書店の厚意で、莫蓙を二枚と、番傘を借りて、砂の吹まわす中を這々の体で皈《かえ》って来た。

で、何につけても、殆どふて寝でもするように、疲れて倒れて寝たのであった。

却説《さて》――その白井さんの四才《よつ》に成る男の児の、「おうへ皈《かえ》ろうよ、皈《かえ》ろうよ。」と言って、うら若い母さんとともに、私たちの胸を疼《いた》ませたのも、その母さんの末の妹の十二に成るのが、一生懸命に学校用の革鞄一つ膝に抱いて、少女のお伽の絵本を開けて、「何です、こんな処で」と、叱られて、おとなしくたたんでほろりとさせたのも、宵の間《うち》で。……今はもう死んだように皆睡《ねむ》った――

深夜、

二時を過ぎても鶏の声も聞こえない。鳴かないのではあるまい、燃え近づく火の、ぱらぱらぱち、がうがうどッと鳴る音に紛るるのであろう。唯此の時、大路を時に響いたのは、粛然たる騎馬のひづめの音である。火のあかりに映るのは騎士の真剣の影である。二人三人づつ、いずくへ行くとも知らず、いずくから来るとも分《わ》かず、とぼとぼとした女と男と、女と男と、影のように辿《ただよ》い徉徜《さまよ》う。

私はじっとして、又ただひとえに月影を待った。

白井さんの家族が四人、――主人はまだ焼けない家を守ってここにはみえない――私たちと……浜野さんは八千代さんが折紙をつけた、いい男だそうだが、仕方がない。公園の囲の草畝を、枕にして、うちの女中と一つ毛布にくるまった。これに隣って、あの床屋子が、子供弟子づれで、仰向けに倒れて居る。僅に二坪たらずの処へ、荷を左右に積んで、此の人数である。もの干棹にさしかけの莫蓙のしのぎをもれて、外にあふれた人たちには、傘をさしかけて夜露を防いだ。

が、夜風も、白露も、皆夢である。其の風は黒く、其の露も赤かろう。

唯、ここに、低い草畝の内側に、露とともに次第に消え行く、提灯の中に、ほの白く幽に見えて、一張の天幕《テント》があった。——昼間赤い旗が立って居た。此の旗が音もなく北の方へ斜に靡く。何処の大商店の避難した……其の店員たちが交代に貨もつの番をするらしくて、くれ方には七三の髪で、真白で、この中で友染模様の派手な単衣を着た、女優まがいの女店員、二三人の姿が見えた。——其の天幕《テント》の中で、此の深更に、忽ち笛を吹くような、鳥の唄のような声が立った。

「……泊って行けよ、泊って行けよ。」

「可厭《いや》よ、可厭《いや》よ、可厭《いや》よう。」

声を殺して、

「あれ、おほほほほ。」

やがて接吻《キス》の音がした。天幕《テント》にほんのりとあかみが潮《さ》した。が、やがて暗く成って。もやに沈むように消えた。魔の所為《なりわざ》ではない、人間の挙動《ふるまい》である。

私は此を、難ずるのでも嘲けるのでもない。況や決して羨むのでない。寧ろ其の勇気を称《とな》うるのであった。

天幕《テント》が消えると、二十二日の月は幽《かすか》に煙を離れた。が向う土手の松も照らさず、此の莫蓙の廂にも漏れず、煙を開いたのと思うと、又閉される。下へ、下へ煙を押して、押分けて松の梢にかかるとすると、忽ち又煙が空へ空へとのぼる。斜面の玉女が、咽《むせ》ぶようで悩ましく、息ぐるしそうであった。

衣紋を細く、円髷を、おくれ毛のまま、ブリキの缶に枕して、緊乎《しっか》と、白井さんの若い母さんが胸に抱いた幼児が、怯えるように海軍服でひょっくりと起きるとものを熟《じっ》と視て、みつめて、むくりと半ば起きたが、小さい娘さんの胸の上へ乗って乗ると辷《すべ》って、ころりと俵にころがって、すやすやと其のまま寝た。

私は膝をついて総毛立った。

唯今、寝おびれた幼いの、熟《じっ》とみたものに目を遣ると、狼とも、虎とも、鬼とも、魔とも分らない、凄じい面が、ずらりと並んだ。……いずれも差置いた荷の恰好が異類異形の相を顕わしたのである。

最も間近かったのを、よく見た。が、白い風呂敷の裂けめは、四角にクワッとあいて、しかも曲めたる口である。結目が耳である。墨絵の模様が八角の眼《まなこ》である。たたみ目が皺である。其の皺一つづつ、いやな黄味を帯びて、消えかかる提灯の影で、ひくひくと皆揺れる狒々《ひひ》に似て化猫である。

私は鵺《ぬえ》と云うは此かと思った。

其の隣、其の隣、其の上、其の下、並んで、重って或は青く、或は赤く、或は黒く、凡そ臼ほどの変な可厭《いや》な獣《けだもの》が幾つともなく並んだ。

皆可恐《おそろし》い夢を見て居よう。いや、其の夢の徴《しるし》であろう。

其の手近なの、裂目の口を、私は余りの事に、手でふさいだ。ふさいでも、開く、開く、開いて垂れると、舌を出したように見えて甘渋くニヤリと笑った。

続いてどの獣の面も皆笑った。

爾時《そのとき》であった。あの四谷見附の火の見櫓は、窓に血をはめたような両眼を睜《みひら》いて、天に冲する、素裸の魔の形に変じた。

土手の松の、一樹、一幹、阿斥に肱《ひじ》を張って突立った、赤き、黒き、青き鬼に見えた。が、あらず、それも、後に思えば、火を防がんがために粉骨したもう憔身《しょうしん》の仁王の像であった。

早や煙に包まれたように息苦しい。

私は婦人と婦人との間を拾って、密《そっ》と大道の夜気に頭を冷そうとした。——若い母さんに触るまいと、ひょいと腰を浮して出た、はずみに、此の婦人の上にかざした蛇目傘の下へ入って、頭が支《つか》えた。ガサリと落すと、微に一時のうつつの睡を覚すであろう、手を其の傘を支えてほし棹にかけたまま、ふやふやと宙に泳いだ。……此の中でも可笑い事がある。

——前刻、草あぜに立てた傘が、バサリと、ひとりで倒れると、下に寝た女中が、

「地震。」

と言って、むくと起返る背中に、ひったりと其の傘《からかさ》をかぶって、首と両手をばたばたと動かした。

……

いや、人ごとではない。

私は露を吸って、道に立った。

火の見と松との間を、火の粉が、何の鳥が鳥とともに飛散った。

が、炎の勢は其の頃から衰えた。火は下六番町を焼かずに消え、人の力は我が町を亡ぼさずに消した。

「少し、しめったよ。起きて御覧。起きて御覧。」

婦人たちの、一度に目をさました時、あの不思議な面は、上臈のように、翁のように、稚児のように、和やかに、やさしく成って莞爾《にっこり》した。


朝日は、御所の門に輝き、月は戎剣の閃影を照らした。

——江戸のなごりも東京もその大抵は焦土と成んぬ。ながき夜の虫は鳴きすだく。茫々たる焼野原に、いかに虫は鳴くであろうか。私はそれを、人に聞くのさえ憚《はばか》らる。

しかはあれど、見よ。確に聞く。浅草寺の観世音は八方の火の中に、幾十万の生命を助けて、秋の樹立《こだち》もみどりにして、仁王門、五重の塔とともに、柳もしだれて、露のしたたるばかり厳《おごそか》に気高く焼残った。塔の上には鳩が群れ居、群れ遊ぶそうである。尚お聞く。花屋敷の火をのがれた象は此の塔の下に生きた。象は宝塔を背にして白い……

普賢《ふげん》も影向ましますか。

若有持是観世音菩薩名者《にゃくうじぜかんぜおんぼさつみょうしゃ》。設入大火《せつにゅうたいか》。火不能焼《かふのうしょう》。由是菩薩《ゆぜぼさつ》。威神力《いじんりき》。

かの子と観世音（抄）

岡本一平

かの子の喪を発表して間もなく、弔問に来た宮尾しげを君が「奥さまのおなくなりになった日は、やはり奥さまに御縁のある日でございますね」といいました。訊いてみると十八日という日は観音さまの日で、それがまつってある寺々には、特にお詣りが多い日だそうです。そしてかの子の眠ったのは二月の十八日でした。

絵を描く宮尾しげを君は、私の最古参の弟子で、朴歯の下駄を穿きいが栗頭の十六七の時分から、私の家へ来ました。その恰好がよく似ているので私が揶揄《からか》って「按摩按摩」といいますと、かの子は「よしなさいましょ。いつか当人の気位が低くなりますから」と、蔭で私をとめていました。かの子は、他人のこういう潜在的意識に響くことまで気を使い、蔭で当人のためを慮《おも》う女でした。宮尾君が今日とにかく児童漫画の方では会長さんという肩書を担わせられ、大ぜいの同業者のために図る格になったのには、師匠の私よりも、私を通して薫習したかの女の親切が、与って力が多いと思います。

その宮尾君は、かの女の観音信仰をよく知っていて、かの女の眠った日が観音の日に当ることを、そういう知識に疎い私に知らせて呉れたのも、何かの因縁でございましょう。

私はこれを聞きまして「自分の日に眠った。やっぱり、かの子はかの子だな」と涙をこぼしました。かの子には、迷信といえばそれ迄ですが、何か神秘めく性質の、カンを生み付けられて来たように、私には思われます。その一例として、忘れもしません関東震災のときの事です。その日の午前、私たち親子三人は、滞在中の鎌倉の旅館を立ちまして、東京へ帰ろうとしていました。だが、のろ臭やで有名なかの女です。やれ下締の紐が見つからないとか、帯がうまく締らないとかいい、ぐづぐつして、とうとうお昼まえになってしまいました。では、まだ少し早いけれど、序に昼ご飯も食べてから立とうと、かの女はいい出しまして、ちょうどそれを食べ終えたとき地震でした。あとで判ったことですが、もし私たちが、前に乗ろうと定めていた電車に乗っていたら、それは藤沢駅の外れで転覆し、もしまた昼ご飯を食べずに、次の電車を待合すべく鎌倉駅へ行っていたら、プラットフォームの屋根の墜落に出遭っていました。時間を計って見ますのに、私たちはどっちみち惨死の運命を免れませんでした。私は怖気《おじけ》をふるって妙だなといいますと、かの女は、ただ何気なく「だから、あたしののろ臭やも、万更《まんざら》役に立たないこともないでしょう」といって笑いました。

鎌倉にて遭難

岡本かの子

わが命ありやなしさへ分《わか》ぬ間に助け呼ぶ人のこゑ耳をうつ。
いづかたに人さけぶらん右ゆけば右にもあらず左にもあらじ。
起《た》ち上《あが》りしばし眺むる眼界《まなかい》は立樹のほかに何物もなし。
屋の棟はみな地に敷きてさやりなき風わたるなり樹々の梢を。
立ち迷ふ土砂の底より起《お》き上《あが》りまづほの白き空を見にけり。
傷つきし片手まげつつ片手もてともしき糧《かて》を貫ひてし行く。
倒れたるそれさへかなしその家をなむるほのほよ何業《なにわざ》ならん。
ひとしなみに焼けたるむくろそがなかに子を抱《いだ》く母かひたよりて見るも。
惨《むご》たらしさ眼になれたれど子を抱《いだ》く母のかばねしひた泣かれけり。
子を抱《いだ》く母のしかばね正眼《まさめ》には視て停《た》ちがたしただに伏しおがむ。

III

入道雲

内田百閒

その朝は雲脚の速い空が段段に暗くなって、叩きつける様な雨が降り出した。降っている間に空が明かるくなったり、又かぶさったりした後、まだ降っている儘にその雲が何処かへ行ってしまったと思われる様な霽《は》れ方で、急に青空が輝やいて、すがすがしい風が吹き渡った。

しかし雨は上がっても、道がぬれたので、歩いて行って電車に乗ったり、乗り換えたりすれば白靴がよごれるであろう。午後一時に上野駅を出る東北線の急行に乗って、青森から羽越線に廻る旅行に出かけようと思っていたのである。一緒に連れて行く事にしていた近所の学生の家まで女中をやって、自分は俥で出かける事にしたから、そちらは少し早目に家を出て、電車で行って上野駅の入口に待っている様にと伝言した。

お午《ひる》少し前に俥の迎えが来たから、麻の洋服にヘルメット帽をかぶり、綺麗な白靴の爪先を薄い膝掛けの裾から覗かせて、威勢よく俥で家の門を出た。蹴込みに置いた手頃のトランクには歯磨、楊子、紙、着換えの襯衣《シャツ》などの身のまわりの物が一式詰め込んである。ポケットには今朝小切手で受取ったばかりの前金のうち、晦日を払わずに月を越した家の払いに残して来た後の二百何十円が旅費として嵩張っている。空は拭き取った様に晴れ渡って、日ざしは強いけれども、日覆をかけた俥の上は涼しい。今日は九月朔日で、事によると二百十日の厄日にあたっているかも知れない。俥が町の角を曲がった時見えた遠くの空の隅には、まだむくむくした雲の塊りが溜まっていた。朝のうちの雨もその気配で降ったのであろう。

その当時の私の家は小石川雑司ケ谷の盲学校の前にあったので、そこから俥は細い横町を幾曲りして、目白新坂の広い往来に出た。左に天主教の会堂を見て、右側の交番の前には巡査が起っていた。道が少し下り坂にかかって、左手の石垣が段段高くなる所まで来ると、突然後の方から非常に騒騒しい貨物自動車が追っかけて来る様であった。地響をたてて私の俥に迫るのかと思いかけた途端に、乗っているのをひどい力で右左にゆすぶられる様な気がして、轟轟と云う物凄い響が前後左右からかぶさって来た。

「地震だ。大地震だ」と咄嗟に考えた。

俥屋が立ち竦んでいる地面から、どんどん突き上げて来るものがある様で、俥の上にじっとしていられない。

「降ろしてくれ、大地震だ」と私が云った。

俥屋が二三歩前にのめる様に出て、やっと舵棒を下ろした。

地面に飛び降りたけれど、持っていた洋杖で突っかい棒をしていても、足許がぐらついて倒れそうであった。

今、俥の上から見たばかりの左側の石垣が崩れ落ちて、大きな岩が幾つか私共の足許に転がっている。その後から砂煙が立ち騰った。

向うの、坂の曲がる所の突き当りにある石の門柱が倒れて、往来で二つか三つに折れている。

少し静まったらしい。

「ひどい地震だねえ、僕は初めはトラックが来たのかと思った」と私が云った。口の重い俥屋は、何か口の中でぼそぼそ云っただけで、ぼんやりしていた。

「兎に角帰ろう。線路もこわれたかも知れないから、汽車は駄目だろう」

「帰りますか」と云って、俥屋はまた私を俥に乗せて坂を引返した。

何もかも滅茶苦茶になってしまえばいい、とこの頃しょっちゅう考えていた。時時独り言にまでそんな事を云った。自分の力では、自分を十重二十重に取り巻いている煩累《はんるい》の絆を解く事も打ち切る事も出来ない。する事なす事がみな新らしい矛盾を重ねる事になって、現に今朝お金に換えた小切手も、前前から取引のあった金貸の振出したものである。新秋の旅行で新らしい借金をつくりに出かけるところであった。何もかも滅茶苦茶になってしまえばいいと云う念願が、今の地震で達せられたかどうか解らないが、俥の上でゆすぶられた時の気持は、生まれてこの方味わった事のない恐ろしさであった。しかし、その恐ろしさの底に、痛快とでも云いたい様な気持がある。家の外で地震に遭った為に、門の倒れるのや、石垣の崩れるところは見ても、戸障子が外れて、壁が落ち、瓦の飛ぶ音を身近かに聞かなかったから、案外のんきであったのであろう。まだ大地の揺れ止んでいない往来の上をまた俥に乗って家に引返す途途、そんな事を考えていた。

さっきの交番の近くまで帰ると、巡査がこっちを向いて、大声で怒鳴った。

「あぶない、あぶない、その俥っ、真中を通れ、まだ揺れてるんだから」

交番の向う側の露地の奥から、二三人の人があわただしく馳け出して来た。その中の一人が背中にぐったりした男を負ぶっている。何かに打たれて怪我をしたんだなと思った。天主教の会堂の横は道が狭い。片側の塀はすっかり倒れている。

「俥屋さん、降りるよ」と云って、私は俥屋と並んで歩き出した。

それから横町に曲がって、狭い道を通った。急ぎ足にあっちこっちの角を曲がる度に、さっき通って来たばかりの町の様子が変っているので、段段恐ろしい気持がして来た。

盲学校の方に曲がる角で俥屋と別かれる時、早く家へ帰って見てやれと云ったのは、次第に不安になって来た自分の気持を俥屋に向かって云ったのである。私の家は古くもあるし、小さな子供や年寄りがいる。万一の事はなかったかと、急に心配になって、片手にさげたトランクを邪魔にしながら、馳け出す様にして家に帰った。

家の者はみんな盲学校の校庭に避難していた。家の中の壁が落ちて、二階の上り口は潰れたそうだけれど、幸い何人も怪我をしなかった。屋根の瓦がすっかり落ちてしまった為に、そのお蔭で古い家が潰れずにすんだのであろう。

私より少し前に出かけた筈の学生の家へ行って見た。まだ帰っていないのでお母さんが心配している。もう帰って来るでしょうと云って慰めたけれど、私も気がかりなので、二三度尋ねに行く内に、途中で又大きな地震に遭って、往来に倒れそうであった。その後、盲学校の校庭の葡萄棚の下にいる時にも又大きな地震が起こって、腰をかけていた木のベンチから前にのめりそうになった。段段容易ならぬ大地震だと云う事が解って来て、今までぼんやりしていた気持が引締り、恐ろしさが刻刻に増して来た。

その内にその学生も帰って来た。電車で本郷三丁目まで行った時に地震が起こり、両側の店が電車の窓に近づいて来た様な気がしたと話した。電車を降りて歩いて帰る途中、方方に火事があったが、一番近いのは今、音羽通の江戸川橋に近い一画が燃えていると云った。

盲学校の校庭に避難して来た近所の人人の口からも、下町の諸所に火事が起こっている話を聞かされて、ここいらも今に焼けて来るのではないかと思った。そうなれば、もっと町外れの田舎の方に逃げなければならない。又そうでなくても、家の中は壁が落ちて柱が傾いている上に、殆んど絶え間もなく大地は揺れ続けているのだから、当分家の中に這入る事は出来ないであろう。そう云う事になると、私はトランクの中に身の廻りの必要な物一式を入れているので、家の者みんなで使っても暫らくは不自由しないであろう。おまけに私のポケットにはお金が沢山這入っている。家に残した分もまだ使うひまがなかったので、その儘ある。どこの家でも昨日の晦日に払いをした後だから、お金は余りないに違いない。こう言う変事の起こった際に、偶然何百円と云う金を、私ばかりがちゃんと手許に持っていると云う幸運にめぐり会った。

それから何日かの間が私の一生の全盛時代であった様な気がする。お金が有り余って買う物がなかった。盲学校の雨天体操場に幾夜かを明かしたが、家の外の生活で不自由はしたけれども、それはお金がない為ではなかった。蝋燭でも煙草でも近所の店にあるだけは買って来るし、又どこそこの米屋でお米を一人に一升づつ売り出したと云う話を聞くと、すぐにお金を持たせて買いにやった。しかしそんな事をしても、札束の中の一枚をくずしただけで、まだお釣りが沢山残る。いつまでもポケットの中が嵩張って、お金を持て余ました。

しかし当日の午後はまだそう云う有り難味を感じるどころではなかった。校庭の葡萄棚の下に家族を集めて、無言でじっと向うの空を眺めていた。小さな地震にはもう一一驚かないが、時時ひどいのが地鳴りを伴って来ると、さっと顔色が変る様な気がする。東南の空に湧き上がった大きな雲の峰が色色の形に変りながら、段段伸びて行く様であった。雲の峰かと思ったが、或は煙の塊りかも知れない。塊りの中腹の辺りが渦を巻いているのが見える。汚れた様な黒い色の中に、時時赤味を射す様に思われた。渦の真中に大変な旋風が起こっているらしく思われた。午後三時を過ぎた頃から、雲だか煙だか解らないその大きな塊りの中から、どろどろと云う遠雷の様な音が起った。段段に大きくなって、音が一続きになり、唸る様な響が轟轟と伝わって来だした。赤黒い色の中に、ぴかりぴかりと鋭く光る小さな物が飛び交った。何の物音とも解らずに、ただ独りでに頭の下がる様な恐ろしさであった。本所深川一帯の火炎が大川縁に吹きつけて、縺《もつ》れて撚《よ》れ上がっているのであるとは知らなかった。被服廠跡を包んだ炎の声であったかと後になって、その唸る様な響をもう一度耳の底に聞こうとした。私の「長春香」はここから始まるのである。

長春香

内田百閒

長野初《ながのはつ》さんは、初め野上臼川《のがみきゅうせん》氏の御紹介で私の許に独逸語《ドイツ》を習いに来た。目白の女子大学を出て、その当時帝大が初めて設けた女子聴講制度の、最初の聴講生の一人として帝大文科の社会学科に通っていた。女子大学では英文科の出身なので、独逸語を知らないから、大学の講義を聴くのに困ると言うので、私に教わりに来たのである。私はその頃は陸軍士官学校と海軍機関学校と法政大学との先生を兼ねて、勤務時間は多くて忙しかったけれど、家に帰れば法政大学の学生が訪ねて来るのをお伴にして、活動写真を見て廻ったり、一緒に麦酒《ビール》を飲んで騒いだりしていた時分だから、長野一人を教えてやる時間を繰合わせる位の事は何でもなかった。のみならず、私は自分の教師としての経験から、語学の初歩をゆっくりやっていては、いつ迄たっても埒は明かない。当分のうちは毎日来る事、決して差支を拵《こしら》えて休んではいけない、時間ははっきりした約束は出来ないから、早くから来て、待っていて貰いたいと申し渡した。私の休みの日には朝からやるつもりで、あらかじめそう言って置くと、長野はその通りの時間にやって来て、もうさっきから待っていると家の者から聞いても、私は中々起きる気になれないので、愚図愚図しているうちに又うつらうつら寝入ってしまう。お午《ひる》になると、長野は家の子供達と一緒に御飯をよばれて、待っているのである。

前の日にやった事は、必ず全部暗記して来なさい、解っても解らなくても、それが何のつながりになるかという様な事は、後日の詮議に譲るとして、ただ棒を嚥《の》み込む様に覚えて来ればいい。解らないと思った事でも、覚えて見れば、解って来る。覚えない前に解ろうとする料間《りょうけん》は生意気であると私は宣告した。

長野はそういう私の難題を甘受して、私が課しただけの復習と予習と宿題をやって来た。雨が土砂降りに降っている日の午後、今日も来るか知らと思っていると、長野は束髪の鬢《びん》に雨滴《あまだれ》を載せて、私の書斎に這入って来た。夕方になって、益々雨がひどくなり、風も少し加わって、荒れ模様になった中を帰って行った後から、いつまでも、もう電車に乗ったか知ら、もう家に帰ったか知らと思う事があった。

勉強家で、素質もよく、私の方で意外に思う位進歩が速かった。間もなく、ハウプトマンやシュニツレルの短篇を、字引を引いて読んで来るようになった。切りまで講談を終った後、長野は自分の身の上話をした事がある。以前に不幸な結婚をした事があるという話は、うすうす聞いていた。そういう話を長野は、さらさらとした調子で話して聞かせた。その話の中に、台湾の岸を船が離れて、煙がなびくところがあった。長野が船に乗っていたのだか、出て行く船を岸から見送ったのだか、私は覚えていない。子供の時の話の様でもあり、結婚にからまった一くさりの様にも思われるし、何だかその時聞いた話は、全体がぼんやりした儘、切れ切れになって私の記憶の中に散らかってしまった。

初めて生んだ子供が死んだ話も、私は忘れていた。ついこないだ長野の手紙が、どういうわけだか一通だけ出て来た。その中に『御病人のことを伺ったせいか、昨夜は死んだ子供の夢を見て、苦しい思いをしました。子供の死ぬ時の光景をくり返したのです。目が覚めてからも、まだ泣いていました。私がほんとうに母らしい気のしたのは、子供が病気になって死ぬまでの二三日です。一睡もしないで、ただじっと小さな手から通じる脈の音をきいていたあの時ほど、真剣になったことはありませんでした。私は此の世を去り際の子供の顔を忘れる事が出来ません。いえそれより他は思い出せないのです。今日は夢の後味にたたられて、一日感傷的な気分を離れることが出来ません。学校でも大塚先生のヹルレエヌの話で、あやうく涙を落すところでした』とあるのを読んで、そう言えば、小さな骨壺を持ち歩く話を聞かされた事があったと思った。

一度長野の家に私を招待したいと言うので、私は日をきめて、御馳走によばれる事にした。当日の夕方、細雨の中を長野が迎えに来てくれたので、一緒に出て、護国寺の前の広い道を歩いた。その時分電車道はまだ護国寺の前まで来ていなかったから、坂を登って、大塚仲町に出て、本所行の電車に乗った。長野の家は本所の石原町にあって、お父さんは開業医であった。

私はその日は朝から胃が痛かった。夕方までには癒《なお》るだろうと思っていたけれど、少しもらくにならないので御馳走によばれて行くのは気が進まなかった。電車の中で長野と話をするのも退儀になって、曇った窓硝子の外をぼんやり眺めている内に、富坂の砲兵工廠の塀が暮れかけているのを見たら、急にねむくなって、厩橋《うまやばし》近くで長野に起こされるまで、私は車中で昏々《こんこん》と眠りつづけた。

御馳走は鳥鍋で、私が前に骨がかじり度《た》いと言っておいたものだから、別の大皿に鶏肋《けいろく》が盛り上げてあった。長野のお父さんやお母さんが、私に挨拶をして、いろいろともてなした。平生《ふだん》めったに出した事のないという蒔絵の盃に酒をついで私に薦めたり、長野とお母さんが代《かわ》る番子《ばんこ》にお銚子を持って、二階を上がったり下りたりした。

鍋の中を突っつき、骨をかじった。骨を噛む音がその儘、胃壁に響いて、痛みを伝える様な気がした。笹身の小さな切れが咽喉から下りて行くと、その落ちつく所で、それだけの新しい痛みの塊りが、急に動き出す様に思われた。

盃を押え、箸を止めて暫らくぼんやりしていた。壁際に長野の机があって、その上に、今私がこの稿を草する机の上に置いている鳥の形をした一輪挿があった様な気もするし、そんな事は後から無意識のうちにつけ加えた根もない思い出の様な気もする。

来る途中、電車の中で居睡りをした話を聞いて、お医者様のお父さんが、それは余っ程胃が悪いのだと言った。無理に飲んだお酒の酔と、胃の鈍痛の為に私は額に汗をかいた。お父さんの言いつけで、長野が下の薬局で調合した胃の薬を白い紙に包んで持って来た。

まだ止まない糠雨《ぬかあめ》の中を、俥で送られて、石原町の狭い通を出た。見なれない町の様子を、幌の窓から覗いても、方角もたたなかった。ぬかるみを踏む車夫の足音ばかりが耳にたって、変に淋しい所を通ると思ったら、後から考えるとそれは被服廠の塀の陰を伝っていたのである。

二三年後に長野は養子を迎えて結婚した。たまにしか来なくなったので、どうしているだろうと思っていると赤ちゃんがもう直《じ》き生まれるという話を聞いた。

間もなく九月一日の大地震とそれに続いた大火が起り、長野の消息は解らなくなった。

余燼《よじん》のまだ消えない幾日目かに、私は橋桁《はしげた》の上に板を渡したあぶなかしい厩橋を渡って、本所石原町の焼跡を探した。川沿いの道一面に、真黒焦げの亜鉛板が散らばり、その間に、焼死した人人の亡骸がころころと転がっていた。道の左寄りに一つ、頭を西に向けて、ころりと寝ている真黒な屍体があった。子供よりは大きく、大人にしては小柄であった。目をおおって通り過ぎた後で、何だか長野ではないかと思われ出した。歯並だけが白く美しく残っていたのが、いつまでも目の底から消えなかった。長野は稍《やや》小柄の、色の白い、目の澄んだ美人であったから、そんな事を思ったのかも知れない。

焼野原の中に、見当をつけて、長野の家の焼跡に起った。暑い日が真上から、かんかん照りつけて、汗が両頬をたらたらと流れた。目がくらむ様な気がして、辺りがぼやけて来た時、焼けた灰の上に、瑕《きず》もつかずに突っ起っていた一輪挿を見つけて、家に持ち帰って以来、もう十一年過ぎたのである。

その時は花瓶の底の上薬の塗ってないところは真黒焦げで、胴を握ると、手の平が熱い程、天日に焼かれたのか、火事の灰に蒸されたのか知らないが、あつくて、小石川雑司ヶ谷の家に帰っても、まだ温かかった。私は薄暗くなりかけた自分の机の上にその花瓶をおき、温かい胴を撫でて、涙が止まらなかった。

江東の惨状を人の噂に聞き、又自分で焼け跡と、死屍《しし》のなお累々としている被服廠を見て、長野の死んだ事を信じた。しかし又、千人に一人の例に入って、事によると生きてはいないだろうかとも疑って見た。

後になって、長野は、まだ火に襲われる前、既に地震の為に重傷を負った母親を援《たす》けて、その血を身重の自分の背にしたたらしながら、一家揃って被服廠跡に這入ったところまでは知っているという人の話を又聞きした。日がたつに従い、愛惜の心を紛らす事が出来なかった。

何日目かに、私はまた石原町の焼跡に行って見た。その時は、もう道も大分片づいていた。長野の家の土台の上に起って、一服煙草を吹かして帰って来た。

余震も次第に遠ざかり、雑司ヶ谷の公孫樹《いちょう》の葉が落ちつくした頃、過ぎ去った何年の間に私の許で長野と知り合った学生達と、同じく長野を知っている盲人の宮城道雄氏も加わって、一夕の追悼会を営む事にした。町会に話して、盲学校の傍の、腰掛稲荷の前にある夜警小屋を借りて、会場に充てた。誰かが音羽の通の葬儀屋から買って来た白木の位牌に、私が墨を磨って、「南無長野初之霊」と書いた。小屋の正面に小さな机を据えて、その上に位牌をまつり、霊前には、水菓子や饅頭の外に、後で闇汁の鍋にぶち込む当夜の御馳走全部を供え、長春香を炷《た》いて、冥福を祈った。

　何処かで借りて来た差し渡し二尺位もある大鍋の下に、炭火がかんかん起こっている。牛肉のこま切れをだしにして、その中に手でぽきぽき折った葱、まるごとの甘薯、長い儘の干瓢、焼麸の棒、饂飩の玉等をごちゃごちゃに入れた。灰汁を抜かない牛蒡が煮えて来るに従って、鍋の中が真黒けになって、何が何だか解らなくなった。その廻りにみんな輪座して、麦酒や酒を飲みながら、鍋の中を掻き廻して、箸にかかる物を何でも食った。

『闇汁だって、月夜汁だって、宮城先生にはおんなじ事だぜ』とだれかが言った。

『このおさつは、まだ中の方が煮えていませんね』と宮城さんが、隣座の者の取ってくれた薩摩芋をかじりながら言った。

『宮城先生には、この席のどこかに、長野さんが坐っているとしても、いいでしょう』

『そりゃ構いませんが、声を出されては困りますよ』

　その内に、もう酔払って来た一人が、中腰になって、私に言った。

『先生、駄目だ。みんなでうまそうに食ってばかりいて、肝心のお初つぁんは、うしろの方に一人ぽっちじゃありませんか』

　そうだ、そうだと言って、みんなが座をつめて、一人分の席を明けた所へ、酔払ったのが、がたがたとお位牌を机ごと持って来た。

『お供えの饅頭も柿も煮てしまえ』とだれかが言って、霊前のお供えをみんな鍋の中にうつし込んだ。

『お初さん一人だけお行儀がよくて、気の毒だ、食わしてやろう』

お位牌の上を湯気のたつ蒟蒻で撫でている者がある。

『お位牌を煮て食おうか』と私が言った。『それがいい』と言ったかと思うと、膝頭にあてて、二つに折る音がした。『こうした方が、汁がよく沁みて柔らかくなる』

『何事が始まりました』と宮城さんがきいた。

『今お位牌を鍋に入れたところです』『やれやれ』と言って、それから後は、あんまり食わなくなった。

何だか座がざわめいて、そこいらの者が起ったり坐ったりした。急に頭がふらふらしたと思ったら、そうではなくて、ひどい地震である。宮城さんが中腰になりかけた時、小屋のうしろで、人の笑う声がした。学生が二人夜警小屋を持ち上げる様にして、ゆすぶったのである。

それから今年で十二年目である。九月一日に東京にいなかった一年をのぞいて、私は毎年その日になると、被服廠跡の記念堂から、裏門を出て、石原町の長野の家のあった辺りを一廻りして帰って来る。石原町も二三年前から町幅が広くなって、昔の様子とは違って来たけれど、もと長野の家のあった筋向いに、寺島さんという大きな煎餅屋があって、今日は私の方に差支があるから、教わりに来るのを止めてくれという様な連絡には、その煎餅屋さんの電話を借りたのである。寺島さんも一家全滅して、その家のあった後に今、石原町界隈の焼死者をまつる小さなお寺が建っている。だから長野の霊もそのお寺の中にいるのである。私は年年その小さなお寺の前に起って薄暗い奥にともっている蝋燭の焔を眺めて、それから慌ててその前を立ち去るのである。

荻窪風土記（抄）——関東大震災直後・震災避難民——

井伏鱒二

ここで関東大震災のときのことを書きたくなった。

あの日は（大正十二年九月一日）夜明け頃、物すごい雨が降りだした。いきなり土砂降りとなったものらしい。私はその音で目をさました。雨脚の太さはステッキほどの太さがあるかというようで、話に聞く南洋で降るスコールというのはこんな太い雨ではないかと思った。

その雨が不意に止んで、朝、日の出の後は空が真青になっていた。後日の読物雑誌などの記録には、この日は空が抜けるほど青く、蒸し暑い朝であったと言ってあるが、それは少し違っている。雨後の朝、夏の清涼な朝といった感じであった。ところがじりじりと暑くなって、いつの間にか東の空に大きな入道雲が出た。それも今まで私の見たこともないような、繊細な襞を持つ珍しい雲であった。後日の新聞でわかったが、これは積乱雲という雲である。今、「広辞苑」を引いてみると、この雲は

「積雲よりも低く、層雲よりも高くあらわれる雲。上面は隆起した山形をなし、下底は雨雲をなすもの。入道雲、雷雲、驟雨《しゅうう》雲、記号はＣｂ」と言ってある。堂々としていて美しい雲であった。

地震が揺れたのは、午前十一時五十八分から三分間。後は余震の連続だが、私が外に飛び出して、階段を降りると同時に私の跳び降りた階段の裾が少し宙に浮き、私の後から駈け降りる者には階段の用をなさなくなった。下戸塚で一番古参の古ぼけた下宿屋だから、二階の屋根が少しのめるように道路の方に向って傾いで来たように見えた。コの字型に出来ている二階屋だから、倒壊することだけは助かった。私たち止宿人は（夏休みの続きだから、私を加えて、四、五人しかいなかったが）誰が言いだしたともなく一団となって早稲田大学の下戸塚球場へ避難した。不断、選手の練習を見たり早慶戦を見たりしていたグラウンドである。（当時は、まだ神宮球場で試合をしていなかった。）私は三塁側のスタンドに入って行った。そこへ早稲田の文科で同級だった文芸評論家の小島徳弥がやって来て、私たちは並んでスタンドの三塁寄りに腰をかけた。

「お宅、どうだった」と小島徳弥に訊くと、借家普請だが平屋のせいか、柱時計が落ち瓶が砕ける程度の災難で、新婚の細君も両親も異状なく、さっきから一塁側スタンドに避難しているところだと言った。見れば一塁側のホーム寄りのところに、小島君の細君が白地の着物をきて腰をかけ、その両脇に小島君のお父さんと蝙蝠傘をさしたお母さんがいた。それはホーム寄りの下から何段階か上の場所で、いつも早稲田の野球選手が練習のとき、野球部長の安部磯雄先生が腰をかけているところであった。安部先生はどんなことがあっても、練習のときには必ず同じ場所に腰をかけ、初めから終りまで片方の目を閉じたきりで選手たちのプレーを見守っていた。

（小島君は学生時代から文芸評論や月評を書いて、文芸雑誌や「読売新聞」の学芸欄などに出していた。田舎の両親から学費を送ってもらうのでなくて、原稿料を稼ぎながら両親を田舎から呼んで一緒に暮していた。しかも田舎から細君を貰っていた。文芸時評や月評だけでは収入充分とは言えないので、身すぎ世すぎでゾッキ本の原稿をときたま書いていた。

ゾッキ本というのは、投売りの本と一緒にゾッキ屋が販売に当っていた。出版界が不況でありすぎるため生れた商売だろう。変名を使わして安い原稿料で書かした興味本位の読物を印刷して、思いきり安い値で小売に卸し、発行元は零細な口銭で稼いで行く。ゾッキ本とはどういう漢字を宛てるのか正確にはわからない。いつか泊鷗会の旅行のとき博識の馬場孤蝶先生に聞くと、ゾッキ屋とは殺屋《そぎや》のことで、書籍を皆殺しにするからゾッキ屋本という熟語が出来たということであった。）

ここのグラウンドは、下戸塚の高台に上る坂の途中に所在する。三塁側のスタンドから見ると、女子大のある目白台が正面に当り、そこからずっと右手寄りに伝通院の高み、その先が丸山福山町か本郷あたりという見当である。火事は地震と同時にそこかしこから出ていたかもしれないが、目白台も伝通院の方にも本郷あたりにも、まだ火の手も煙もあがっていなかった。すぐ目の下に見える早大応用化学の校舎だけは単独に燃えつづけていたが、その先の一六様の森から市電の早稲田終点の方では火の手も煙も出ていなかった。グラウンドの外の坂路には、火事を逃れた人たちが引きつづき先を急いでいた。高田馬場の方へ逃げて行く人たちのようであった。（後からわかったが、応用化学の校舎は薬品の入っている瓶が独りで床に落ち、床を焦がして火事になったものであるそうだ。）

私と小島君が坐っているすぐ下の段に、人足風の男が二人やって来て、「お前、後で学校の事務へ行って、ありのまま言った方がいいぜ」と一人が言い、「それは言う」と一人が言った。地震で早大の煉瓦建の大講堂が一度に崩れ、人足の一人が足を挫かれているのがわかった。

スタンドの人数は、時がたつにつれて次第に殖えて来る一方であった。余震が揺れつづけ、ときどき思い出したように大きく揺れるので、家のなかに入っている者はそのつど外へ飛び出して行く。その煩らわしさを略し、まとめて避難するとしたらスタンドにいると都合がいい。

私は夕飯の時間に下宿へ引返したが、地震でびっくりさせられすぎたためか、それとも恐怖のためか食欲がちっともなかった。船に酔ったときのようであった。下宿のお上さんは壁の崩れ落ちた部屋にお膳を出すことも出来ないので、粗壁だけ仕上って新築しかけていた離れに夕飯の膳を並べていた。止宿人たちは全員そろっていた。食欲のある人はがつがつ食べ、そうでない人はお茶しか飲まなかった。お上さんは米屋が白米を売ってくれないからと言って、玄米を少し入れたビールの空瓶と棒切れを止宿人の数だけ持って来て、みんなお互に自分の食べる分だけこの棒で米を搗いてくれと言った。弱り目に祟り目で、出入りの米屋が仕入不能のため玄米しか売ってくれないと言う。私は食欲がないのでビール瓶はそのままにして、すこし無謀だと思ったが、毀れた階段を這って壁の崩れた自分の部屋に入って、カンカン帽と財布と歯楊子と手拭を持って階下に降りて来た。廊下の壁は、上塗が粉々になっているものと、大型に剥がれているのと二種類あった。お上さんに訊くと、止宿人たちが夏休みで帰郷している間に塗りなおした壁は大きく剥がれ、冬休みで帰郷しているとき塗りなおした上壁は粉々になっていると言った。同じ左官屋に請負わした仕事だそうだ。

鳶職人が数人やって来て、半ばのめりかけていた家の梁に丸太の突支棒をして、一つ一つ根元を木の楔で留めた。ただこれだけのことで、しっかりした感じが出た。鳶職たちの話では、ある人たちが群をつくって暴動を起し、この地震騒ぎを汐に町家の井戸に毒を入れようとしているそうであった。私は容易ならぬことだと思って、カンカン帽を被り野球グラウンドへ急いで行った。小島君は一塁側の席の細君のところにいた。私が井戸のことを言う前に、小島君が先に言った。スタンドにいる人たちも、みんな暴動の噂を知っているようであった。彼等が井戸に毒を入れる家の便所の汲取口には、白いチョークで記号が書いてあるからすぐわかると言う人がいた。その秘密は軍部が発表したと言う人もいた。

その当時、早稲田界隈の鶴巻町や榎町などでは、旧式の配水による内井戸を使っている家と共同井戸を使っているところを見かけたが、下戸塚などの高台では一様に手押しポンプで板の蓋を置いた井戸を使っていた。蓋を取れば井戸のなかが丸見えで、毒を入れられたら一溜りもない。

日暮れが近づいて、小島君の細君は両親と一緒に帰って行った。そのときには、もう空いちめんに積乱雲がはびこって、下町方面は火の海になっていた。その間にも余震は絶えないのである。私は子供のとき近所の農家が燃えるのを見ている間じゅう、ずっと五体が震えつづけるのを感じていた。そのことを小島君と話し合ったりして、二人は一緒に、下町の方の火の海がよく見える三塁側スタンドに移って行った。積乱雲は日が暮れると下界の火の海の光りを受けて真赤な色に見え、夜明け頃になるとすっかり黒一色に変り、朝日が出ると細かい襞を見せる真白な雲になる。はっきりと赤、黒、白と、変化自在に三通りの色に変って行った。

この日、夜が明けてから下宿に引返し、離れの粗壁、板敷の部屋に臥た。震災二日目である。夕方までぐっすり寝て、日が暮れてから三塁側スタンドへ出かけて行くと、昨日と同じところに小島君がしょんぼり腰をかけていた。暴動のことを訊くと、大川端の方で彼等と日本兵との間に、鉄砲の撃ちあいがあったそうだと言った。もし下戸塚方面で撃ちあいが始まったら、我々はどうなるかという不安が強くなった。どこへ行くあてもない。小島君は握飯を食べると言って、水筒を肩からはずしニユームの弁当箱を取出して、握飯を二つ蓋に入れて私に持たせて会食を始めた。梅干を入れた普通の握飯だが、これは食欲不振というような抵抗は皆無で美味しく食べられた。

日が沈むと、昨日と同じように下町の方の火の海が空の積乱雲を真赤に見せ、夜明けになると雲は黒く変色し、太陽が出ると真白に見えた。私は三日目もスタンドで小島君と一緒に夜を明かした。東京の街は三日三晩にわたって、火焔地獄を展開したのであった。

「あの火の海で、三日間のうちに火柱を高く噴いたのは、日本橋の白木屋が燃えるときと、帝大の大講堂が燃えるときだった。」と小島君が言った。コンクリート建の大廈高楼は炎を高く噴きあげる。

四日目には、燃えるものは燃えてしまった。積乱雲は熱気と関連があるせいか、四日目にも空に出た。地震は月の盈昃《えいしょく》と関連があるのかも知れぬ。私は四日目の夜、下宿のお上さんが出したビール瓶の玄米を搗棒で搗いて、五日目に味噌汁で不味い朝飯を食べた。腹ごしらえが出来たのでカンカン帽を被り、焼けただれた焼跡を辿りながら市電の万世橋終点までまっすぐに歩いて行った。そこから方向を変え、春日町から白山を通って、小石川植物園近くに私の従兄の下宿している家を訪ねた。ここは大した被害がなかった。庭の隅に埋けてある大きな水甕の水が、地震のとき飛沫を跳返らして金魚を地面に飛出させたそうだ。地震のとき役所にいた従兄は、窓から偶然、目の前の東京駅のドームの屋根が波をうつのを見たが、破損したところは一つもなかったと言った。従兄は勤先の鉄道省へ出かける間際だったので、家を一緒に出た。竹橋のところで別れて来るとき、もし丸の内の郵便局が事務をしていたら、私の郷里の生家へ私のために電報を打ってくれると言った。

（その電報は、一週間あまり経過して、私が中央線廻りの名古屋経由で郷里に帰って三日目に、私のうちへ郵送された。電文用の用紙でなくて、従兄のカンカン帽の裏を剝がした紙片に、「マスジブジ」とだけ書いてあった。丸の内郵便局の窓口には頼信紙もなかったらしい。）

竹橋のところはお濠の水がすっかり乾上がって、むくろがそこかしこに散らばっていた。有名な店屋のしるしがついている買物包みをぶら下げて、盛装して倒れている女体が石垣のすぐ真下に横たわっていた。目に見える限り、女はすべて仰向けになっていた。男はすべて俯伏せになっていた。この人たちはお濠に水がいっぱいあるときここへ逃げこんで、火炎で一と嘗めにされた後、お濠が排水されたかと思われる。私はお濠の向うの石垣を見ているうちに、頭がふらふらになったのを覚えている。


下戸塚の自警団員に聞くと、七日になれば中央線の汽車が立川まで来るようになると言った。箱根の山が鉄道線路と一緒に吹きとんで、小田原、国府津、平塚は全面的に壊滅したと言われていた。中央線だけ息を吹き返しそうになったので、立川まで歩いて行けば、そこから乗車させてくれると言う。広島行ならば、塩尻経由で名古屋で乗換えればいい。

「七日と言えば、今日のことではないか。今月今日、東京を退散だ。」

もうお昼すぎになっていたが、急に思い立ったので郷里へ帰ることにした。財布は帯に捩込んで、カンカン帽に日和下駄をはき、下宿のお上や止宿人に私は左様ならをした。中央線の大久保駅まで歩いて行き、街道には暴動連中の警戒で自警団が出ているので、大久保から先は線路伝いに歩いて行った。この道は線路道と言われている。誰も私のほかには歩いている者はいなかった。ときどき余震の来るたびに、線路沿いの電信柱が揺れて無気味だが、見通しのいい一本道だから暴動連中が襲って来れば遠くからでもすぐわかる。

東中野駅のプラットフォームに上ってみると、猫車のような小型車にぼんやり腰をかけている中年男のほかには、人の姿は一人もなかった。その男に、立川駅まで行けば汽車が来るというのは本当かと訊くと、黙ってこっくりして見せた。「どうも有難う」と言うと、「はい、お静かに」と挨拶してくれた。

中野駅まで行くと、駅のすぐ先の線路がブリッジになって、這って渡るかどうかしなくては難しいように見えた。相当の高さのガードである。この場所は以前には踏切になっていたが、ちょっと前の道路工事で線路の下に広い道が通じたので、踏切がガードに変じたわけである。高田馬場駅のところのガード、新大久保のガードなども、最近までは路面に続く踏切であった。

私はガードを渡るのを止して駅に引返し、南口に出て線路沿いの薯畑の畦道に入った。もう日が暮れかけていた。いずれにしても一晩くらい野宿しなくては立川まで行けないので、薯畑に立込んでカンカン帽を枕に寝ることにした。その場所は、現在の中野駅付近の図面で言うと、丸井百貨店の正面入口から七、八メートルばかり西に寄ったところである。

現在、このあたり一帯は、繁華街のなかでも目抜の場所となっているが、震災直後の頃は、道を拡げるため傾斜のある薯畑の裾が削られて、六尺ぐらいの高さで赤土の崖になっていた。その対面には、新しい大通りのほとりにトントン葺でバラック式の棟割長屋が、鰻の寝床のように三十棟ばかりも続いていた。現在、丸井百貨店の向側で賑やかな商店街になっているところである。

薯畑は軽く傾斜していたので、野宿するのに都合がよかった。高みの方を頭にして、畝の波の窪みにお尻を沈め、五体をほんの少し斜にひねる。カンカン帽は伏せて、出っぱりの山のところに頭を載せる。その段取で私が薯蔓を掻きまわしていると、「お前さん、日本人か」と私を咎める者があった。見れば、六尺棒を持って草鞋脚絆に身をかためた四十前後の男が、枕元に立っていた。

私は日本人だと答え、立川から汽車に乗るためここまで来ている者だと言った。相手は私が日本人であることをすぐ認め、「お前さん、こんなところで寝ると風邪を引くよ。薯畑だって、蚊が来るからね。うちへ来て寝るといいよ」と言って、新しい大通りのほとりにあるトントン葺の長屋に連れて行ってくれた。

その家には、入口の土間の壁に大きな鋸や普通の鋸が掛かっていて、薄べりを敷いた板張りの部屋には、束ねた蚊帳と箱膳のような黒っぽい箱が一つ置いてあった。この部屋一つだけの家らしい。電灯が引いてあったかどうかも私は覚えていない。トントン葺の天井は軽そうだから、揺れ返しがあったくらいでは心配あるまいと思ったことは覚えている。ぐっと疲れが出て融けるように寝てしまった。

翌朝、目が醒めたとき、私は蚊帳のなかにいるのに気がついた。締めた帯もそのままに、煎餅蒲団の上で仰向けになっていた。家のなかには誰もいなかった。暴動の連中を警戒するため、消防団か青年団に狩出されて行ったものと思われる。それにしても、一宿一飯の恩義という昔の成語もある。私はお礼の置手紙をして行きたいと思ったが、鼻紙だけで鉛筆がないのでそのまま家を出た。出入口に表札はなかった。東京の方角は薄い灰色にぼかされていた。

中野駅の方に引返してガードをくぐり、中野電信隊の正門前を通って、広い道を高円寺の方に向って行った。このあたり一帯の土地は、江戸時代、生類憐みの命令が出て、中野村から高円寺村をくるめて犬屋敷として収用されたので、中野駅も中野電信隊の地所も南口の薯畑も、みんな犬公方綱吉将軍の犬屋敷の地所になっていた。この辺の樹木のよく茂った広々とした土地は、幕府としては将軍御玩弄用のものとして、勝手に処分されていたに違いない。お犬屋敷として三十万坪の土地が収用され、千匹、万匹を越える駄犬が飼育されたと言い伝えられている。犬の食う米代だけでも大したものであったろう。犬公方はそれでもまだ飽足らなくて、犬屋敷をまだ十万坪も殖やしたと言われている。土地を玩弄すると、いつかは罰が当るのだ。

私は高円寺駅に出る途中、急に下腹が痛くなったので、道傍に出ていた臨時接待所で牀几に腰をかけてお茶を飲んだ。うまいお茶であった。目の前の電信柱に「どなたでも、御自由にお茶を召上って下さい」という貼紙があって、地べたに並べたニス塗の机の上に、土瓶と湯呑が置いてあった。

大通りの四つ角には、鳶口を持った消防団員や六尺棒を持った警防団員が、三人四人ぐらいづつ立って見張をつづけていた。蟻の這い出る隙もないといった警戒ぶりである。高円寺の消防と中野の消防は互に連絡を取っている風で、自転車に乗った消防が中野の方に向って走って行き、それと反対の方に走って行く消防がいた。この人たちの着ている印絆纏の赤い線が頼もしく見えた。

私は牀几で休みながら、今、自分の訪ねて行くことにきめた友人の住所を思い出そうと、躍起になっていた。町名番地は名刺で教わったきりで忘れたが、当人の話で覚えていることは、高円寺駅の北口から西に向けて少し行ったところで、桐の木畑のなかに二十軒ばかり同じような作りで並んでいる借家の一つである。昔、幕府の鳥見番所があった場所で、三代将軍家光のとき将軍直轄の鷹場として開設され、綱吉のときには生類憐みの令で鷹場が禁止、吉宗のとき復活して、幕府終焉まで管理されていたという。この程度の記憶だが、通りすがりの警防団員に訊くと、四つ辻に立っている長老らしい団員のところに連れて行ってくれた。

「鳥見番所のあったところなら、南口だね」と長老らしいのが言った。それで私の探している家は、桐の木畑のなかにある二十軒あまりの借家の一つだと言うと、「名前は。それから職業は」と言った。「新聞記者で、名前は光成信男」と答えると、「ああ、あのうちだ」と言って、道を精しく教えてくれた。現在と違って、その頃は他所から移って来る者も少く、この辺の土地の人にはすぐ知られていたようだ。ところが昭和二年に私が荻窪に移って行く頃には、土地の者は私たちのことを移住民または他所者と呼ぶようになっていた。私たちとしては、彼等のことをアパッチと言ったらどうだという説も出るようだ。

（光成信男は私が早稲田で文科の予科一年のとき、政経学部の本科三年の学生であったが小説の習作をやっていて、たまたま下戸塚の下宿で私と部屋が隣合わせのため知合いになった。私を岩野泡鳴の創作月評会に連れて行ってくれたのも光成信男であった。

「若い文学青年にとって、初めて会った先輩作家の言動は、非常に刺戟的だ。自然、その先輩作家にどこか似たところが出来て来るものだ」光成はそう言った。

それは私が十九歳か二十歳の頃であった。光成信男の言ったことは私にはとても刺戟的で、今だにその言葉をはっきり覚えている。光成自身も、初めて会った先輩作家は岩野泡鳴であったそうだ。いつだったか年月は忘れたが、戦争中か戦争直後の頃、ある文学雑誌に「初めて会った作家」という題でアンケートが出たことがある。思い出すままに記してみると、芹沢光治良は鶴見祐輔、浜本浩は竹久夢二、中山義秀は吉田絃二郎、井伏鱒二は岩野泡鳴……。）

私は長老の警防団員に教わった通り、桐の木畑のなかを探して光成信男の家を訪ねた。中年すぎの来客が、玄関の小椽に腰をかけて、巻きゲートルを解いたり巻きなおしたりしながら、家が焼かれて家族をみんな失った話を繰返していた。光成はその人と一緒に非常警戒に出て行ったので、私も後からついて行った。六尺棒がないので光成のステッキを借りた。昼夜交替の立番である。

高円寺での夜警には、私は光成信男に連れられて駅南側の自警団に入って立番をした。女子供は別として、仮にも男は、それぞれ自警団の仲間入りをしなくてはいけないのである。暴漢騒ぎで、みんな気が立っていた。夜のしらじら明けに引揚げるとき、田圃のなかの稲荷様の赤い鳥居が錯覚かと思われるほど小さく見えた。

朝飯は、桐の木畑のなかの光成のうちで食べた。光成は一と眠りしてから行けと言うのだが、とても寝る気になれなくてすぐ出発し、野良道につづく踏切のところから線路道に入った。立川へ何時までに行けば間に合うか不明である。とにかく線路づたいに歩いて行った。余震はまだときどき来て、何だか船暈しているような気持であった。

阿佐ヶ谷駅はホームが崩れて駅舎が潰れていた。荻窪駅では線路の交叉している場所に、大きな深い角井戸があって、そのなかに鉄道の太い枕木が二本も三本も放り込まれていた。何かの呪《まじない》ではないかと思われた。貨物積みのホームがちょっと崩れていたが、大した被害は受けていなかった。ここから駅の南口に出て、人だかりがしているところに近づくと、蕎麦屋の前の広場で茶の接待をして、消防の袢纏を着た男と巡査が、数人の避難民に鉄道の情報を知らせていた。（蕎麦屋は南口の稲葉屋さんであったことが後年になってわかった。）

悪くない情報であった。中央線の鉄道は、立川・八王子間の鉄橋が破損していたが、徐行できる程度に修理が完了したという。その先の、小仏峠のトンネルも点検が完了した。鳥沢・塩山間は、笹子トンネルを含めて、不通になっていた箇所が修理され徐行できるようになっている。ところが今度の大地震の続きとして、九月二日、越後の柏崎地方に柏崎駅前の倉庫が倒潰するほどの強烈な余震があったので、松本から先の運転は難しいかもわからない。京阪方面、九州方面に行く人は、塩尻で乗替えて名古屋経由で行けばいいという。

（後日になって聞いたが、九月一日の関東の地震と九月二日の柏崎地方の地震は、別の系統に属するものであったそうだ。九月一日の大地震は、東京から北でなく西南に向けて天変地異を起している。駿河湾に大海嘯があった。浮島沼は水位が六尺も高くなって荒れ狂い、三保の松原では何十艘もの船を町のなかに置き去って行くほどの大津波が起った。三浦三崎では、城ケ島と三崎の町の間の海水が二時間あまりも干上がって、旅館の女中が海底の鮑を拾って歩いたそうだ。なぜ海が二つに裂けて干上がるのか、理由がわからない。）

私は荻窪駅からまた線路道に入った。西荻窪駅に近づいた頃、右手にあたって茂るにまかせたクヌギ林があるのを目に留めた。クヌギの木は夏の終りになっても新しい芽を出しつづけ、遠目には新緑の森を思わせる。私はその木立のなかに入って行った。クヌギでありながら一と抱えもあるような大きな幹のもの、太い幹に洞を穿って老大木の貫禄を見せるもの。これほどの堂々たる森が東京のすぐ近くにあるとは知らなかった。

クヌギ林を通りぬけ線路道に帰り、私はてくてく歩け、てくてく歩けと、実際てくてく歩いて行った。立川駅には避難民が乗るのを待っている汽車があった。駅員が乗客に向って、震災で避難する人は乗車券が不要だと言った。

車中、私の座席の片方には、眠ったきりになっている少年がいた。病気か、怪我をしているのかと訊いても、顔をあげようとしなかった。対面の席には、東京下町で三味線の師匠をしているという二十五、六歳の和服の男と、帝国大学の法科の学生だという至って口数の少い青年がいた。この大学生は白地の着物を着ていたが、地震が揺れて下宿屋を飛び出すとき、帯を締めそこねたと言って荒縄の帯を締めていた。サルマタでなくて六尺を締めているのがわかった。九州の方から来ていた学生だろう。

三味線の師匠は地味な単衣に角帯を締め、現在、自分の三味線の弟子が長崎に住んでいるから、それを頼って長崎に行くつもりだと言った。「罪なくして配所の月を見るわけです」と言ったが、師匠はこの言葉が気に入っているのか、隣の大学生にも同じことを言った。わざとらしい気がした。長崎にいる三味線の弟子というのは、花柳界にいる女弟子ではないかと思われた。

師匠は砕けた感じを見せる男であった。私に向って、「あなた、三味線関係の人を、どなたか御存じですか」と言った。

私は咄嗟に名前を思い出せなかった。一箇月ばかり前の新聞に、杵屋佐吉という三味線の師匠の写真が出ているのを思い出した。棹の長さ六尺、胴の太さ一尺四方くらいの大きな三味線を抱えていた。

「三味線芸術に新機軸を開く杵屋佐吉の三味線」という意味の説明がしてあった。芸達者かもしれないが、奇を衒う芸人らしいという印象を受けた。「杵屋佐吉という名前を知っています」と答えると、相手は軽く「あ、薬研堀のサッちゃんね」と言った。

汽車はのろのろと進んでいた。保線の狂いを手探りしながら運転していたのだろう。甲府に着いたときにはもう夕方近くなって、ホームに多勢の人が集まっていた。罹災民を乗せた汽車の到着が前もって発表されたのだろう。慰安のために、町の人たちが駅に来ていたわけである。私たちの乗っていた汽車は、避難列車第一号であった。

私は自分の目を疑った。ホームには、紋服に愛国婦人会の大襷《おおだすき》をかけた婦人の団体が整列し、女学生の一団がお揃いの海老茶の袴をはいて一列に並んでいた。町を挙げての盛儀かと思い違いさせられそうであった。(同じ避難列車を迎えるにしても、後年の太平洋戦争の頃、地方に逃げだす難民や疎開学童の群を迎える駅頭風景とは違っている。)

愛国婦人会の人たちは、市販の弾豆《はじけまめ》の入っている三角袋を避難民に差入れるため、車窓すれすれのところに近寄って来た。私たちは「有難う、有難う」と窓から入り代り立ち代り手を出してそれを受取った。三角の紙袋に赤一色で模様を印刷し、袋のなかに焼いた空豆、油で揚げた弾豆が入っている。甲府地方で言う雪割豆である。東京でも下宿屋の近所の子供たちは、三時の間食にこれを食っていた。次に、愛国婦人会の団体と入れ代りに、女学生の列が窓のそばに寄って来て、弾豆の袋を乗客に差入れた。私の対面の席にいた大学生が立って手を差出すと、この学生の締めている荒縄の帯が窓の外の人たちの目についたようであった。数人の女学生の間に、ちょっとした動揺の色が見えた。そのなかの一人が、袴の襠《まち》に手を入れると、その連れの一人も袴の襠に手を入れた。どちらも殆ど本能的な仕種《しぐさ》のようであった。一人の方は襠の中から素早く赤い腰紐を抜き取って、弾豆の袋と一緒に大学生に手渡した。

「すみません。有難う」と大学生が言った。見たところ、腰紐を貰った大学生よりも、腰紐を無くして着物をたくし上げている女学生の方が得意げであった。大学生は立って窓の方に向いたまま、荒縄の帯を解いて赤い腰紐を結んだ。三味線の師匠が私の耳元に顔を寄せて「小唄の情緒ですな」と言った。

汽車はゆっくり停車した後、のろのろと進んで行った。私たちは上諏訪駅でも弾豆を貰った。塩尻駅では、自由散歩が出来るほど待ち時間があった。ここでも弾豆を貰った。私はホームに降りる拍子に下駄を割ったので、片跛《かたちんば》で街に出て、だらだら坂の突当りにある雑貨屋で麻裏草履を買った。店のお上は塩たれた私の身なりで気がついたか、避難民から草履代を貰うことは出来ないと言った。お金を出しても突返し、「草鞋銭なら、こちらが差上げなくては……」と洒落を言った。雑貨屋というよりも、荒物屋といった感じの店である。

塩尻駅から名古屋行になった後はぐっすり眠り、中津川駅で眼がさめると夜が明けていた。避難民をホームで待ち受けていた人たちは、私たちを窓にのぞかせて一つ宛て飯茶碗を手に持たせ、大バケツに入れた味噌汁を注いでまわった。もう車内は混んでなかったので、みんなゆっくり味噌汁を啜《すす》ることが出来た。握飯も貰った。味噌汁が美味しいので私はお代りをした。寝ぼけて啜る味噌汁はうまいものだと知った。三味線の師匠も大学生もお代りした。味噌汁の後で、この町の名物だと言われる饅頭の接待になった。

名古屋駅では、ホームの隅に出したベンチに、水の入った洗面器を並べてタオルが添えてあった。ここでも饅頭の接待があった。

名古屋から普通の列車に乗替えて福山駅に着いた。

生れ在所に帰った日の夜、小さな地震があった。私はみんなより先に寝ていたが、地震で目をさますと同時に、雨戸を明けて椽側から庭に飛び出した。田舎の旧式な家だから、雨戸の用心は木造の小猿になっている。私は何年来、東京の下宿住いをしていたので、小猿の明けかたも半ば忘れていた筈である。それを暗がりのなかで、咄嗟に手探りで明けたので、われながら感心した。外は暗がりであった。お袋が手燭を持って来て、庭先の池で私が足を洗うところを照しながら、あんな小さな地震で飛び出すとは、東京の地震で余程のこと威かされて来たのだろうと、声に出して笑った。

それから三日目に、東京から私の従兄のよこしてくれた電報が着いた。先にも言ったように、東京で地震が揺れて四日目に、私は小石川植物園近くの従兄を訪ね、一緒に焼跡に出て竹橋の濠端のところで分れて来た。そのとき従兄が、東京駅前の郵便局は焼け残っているから、私が地震に助かったことを田舎へ電報で知らせてやると約束してくれた。その電報が、数日にわたる遅配で来たわけだ。それが電文用紙でなくて、カンカン帽の底に貼ってあるのを剥がした紙で、その裏に鉛筆書きで「マスジブジ」と書いてあった。唐草模様のデザインが印刷された紙片である。郵便局は立川・塩尻・名古屋経由の汽車便か、品川・大阪経由の船便で輸送したかと思われる。

その次に半月ばかりたって、下戸塚の小島徳弥のよこした手紙を受取った。「焦土だより」という小見出しをつけ、文学青年たちの間で話の種になりそうなゴシップが書いてあった。遠い昔の手紙だから、私は今ここで興味中心にそれを再生する。こんな意味である。

「今度の震災で東京の大半が焼けた。本所、深川、浅草、下谷は殆ど全部、日本橋、京橋、神田は一戸を残さず、小石川、芝、麻布、赤坂、麹町番町、丸の内の大部分、新宿の一部焼失、東京駅付近は助かった。

目白台、早稲田界隈、雑司ヶ谷などは焼け残った。雑司ヶ谷で「文芸春秋」を発行している菊池寛は、愛弟子横光利一の安否を気づかって、目白台、雑司ヶ谷、早稲田界隈にかけ、「横光利一、無事であるか、無事なら出て来い」という意味のことを書いた旗を立てて歩いた。その菊池寛の後ろには、「文芸春秋」編集同人の斎藤龍太郎、石浜金作などが従っていた。

横光はまだ現れない。横光と一緒に同人雑誌「塔」を出していた古賀龍視の話では、横光は地震が揺れると小石川初音町の下宿を飛び出して、難を逃れたらしいから案ずるほどのこともないだろうという。しかるに文壇の元締菊池寛が血相変えて、横光ヤーイの幟を立て東京の焼け残りの街を歩く。今、我々は満目荒涼の焦土に対し、一片清涼の気が湧くのを覚えて来る。」

小島徳弥は「追伸」として、もう一つ「焦土だより」を書いていた。走り書きにしたこんな意味のものであった。やはり私は多く忘れてしまったので、興味中心にそれを再生する。

「下戸塚野球場の三塁側スタンドで、君と一緒に見ていた通り、東京の業火は三日夜半に鎮まった。四日目になって、剣劇俳優の沢田正二郎が新国劇一座の者を引率し、四谷見付に出張って炊出しをした。僕は実際に見たわけではない。十日目に馬場下の水稲荷、穴八幡あたりの荒廃ぶりを見に廻った帰路、ひょっこり逢った「塔」の同人、富ノ沢麟太郎から聞いた。新国劇の猛優沢田正二郎は、四谷見付を逃げて行く罹災者たちに握飯を提供した。

今年の二月、君と一緒に浅草の公園劇場で僕は「大菩薩峠」の沢正を見た。あのときの観客の熱狂ぶりは僕の頬を火照らすほどであった。僕は富ノ沢麟太郎から沢正の炊出しの話を聞いたとき、公園劇場で感じた頬の火照りを思い出した。清涼の気と頬の火照りには一脈の関連があるらしい。――僕がこの「焦土だより」を君に送るのは、東京の焼跡にも何か人臭い気が芽生えて来ている事実を、君に伝えたいためである。君が習作をつづけて行くためには、田舎よりも東京の方が向いているのではないだろうか。」

小島君の言う富ノ沢麟太郎も古賀龍視も横光利一も、早稲田文科の同級生で、小島君や私などとクラスが別であったが、新大学令で同じクラスになった。みんな早く小説家または文士になりたくて、学校の勉強よりも同人雑誌を出すことに力を入れていた。小島君は早くから評論家として認められていたから別として、私は「世紀」という同人雑誌に入っていた。横光利一は古賀龍視、藤森淳三などと「街」という同人雑誌を出していた。

そのころの文学青年の動向は複雑多岐にわたっていた。もう私の記憶は薄れたので、「横光利一全集」の「年譜」を参考にしたい。

大正十年六月、横光は富ノ沢麟太郎、藤森淳三、古賀龍視と同人雑誌「街」を創刊し、「顔を斬る男」を発表。八月、「月夜」を「街」二号に発表したが、この雑誌は二号で中絶した。大正十一年二月、「南北」という短篇を「人間」に発表。五月、富ノ沢、古賀、中山義秀、小島勗と同人雑誌「塔」を創刊、「面」（後に「笑われた子」として加筆、改題）を発表、八月、この雑誌は第二号をもって廃刊となった。（お互にお茶も飲めないほど貧乏だから雑誌経営は難しい。ところが翌大正十二年一月、菊池寛によって「文芸春秋」が創刊され、二月、横光はその編集同人に加わった。）五月、「蠅」を「文芸春秋」に、長篇「日輪」を「新小説」に発表、八月、「マルクスの審判」を「新潮」に発表。新進作家としての地歩を固めた。九月、小石川区初音町で震災に遇い、同区餌差町三四、野村方の二階に移転……。

以上のように「年譜」に言ってあるが、大正十二年五月からの僅か十八字の記録が重要である。五月、「蠅」を「文芸春秋」に、「日輪」を「新小説」に発表……。

「蠅」も「日輪」も文学青年たちの間に大きな反響を呼んだ。そのころ私は文学青年たちのほかにはあまり付合がなかったので、どこに行っても「日輪」や「蠅」の話ばかり出た。島田清次郎の「地上」が出たとき以来の騒ぎである。当時、東京には文士志望の文学青年が二万人、釣師が二十万人いると査定した人がいたそうだが、文学青年の殆どみんな、一日も早く自分の作品も認めてもらいたいと思っていた筈である。早く認められなくては、必ず始末の悪い問題が起って来る。私も早く認めてもらいたいと思っていた。

横光は時めく花形作家になって、私の生涯のうちで、こんな華々しい文壇進出をした人を見ない。暫くすると、新感覚派運動を実作で推進する態度を明確にした。やがて文学の神様という代詞が定着し、たくさんの模倣者が続出するようになった。展覧会場に並べる絵画と違って、それでは困るのである。聡明な横光は、自然それを打開する方向に進んで行くようであった。それはずっと後年になってからのことで、初期の「日輪」「蠅」の評判は、日本の過去の作品の影を薄れさすほど強烈豪華なるものであった。河上徹太郎は筑摩書房版「横光利一集」の解説でもこう言っている。

「日輪」は二年がかりで完成されたものだが、その虚構に満ちた大胆な構成、物語の空想の豊かさ、その文学の視覚的絢爛さなどの点で、その出現は当時の文壇の一大驚異であった……。

この作家の登場は、明らかに自然主義や近代心理主義に対する挑戦である。この狙いは確かに中《あた》った。物語の非情さ、その「唯物的」といえる辞句の絵画的な修飾、それは後年新感覚派といわれる、言語のアラベスク趣味の運動主唱者としての資格を備えている。

この作品がフロベールの「サランボー」の模倣であることは、自他ともに認めるところである。「サランボー」はローマ人のカルタゴ征服を描いた、古代史に則る絢爛非情の叙事詩である。この定義だけ見れば「日輪」も同じことになるが、その内容は明瞭に異った方法論によっている……。

——後は省略するが、「サランボー」はリアリズムの歴史小説であり、「日輪」は高踏派《パルナシアン》の文学であると言っている。河上は「日輪」と「サランボー」の優劣真贋を論じているのではない。「日輪」には横光の初期作品の本質があり、それが一世を風靡した横光の全作品を通じて基調をなしていると言っている。

この恵まれた作家の初登場ほやほやの当人の安否を心配して、菊池さんが血まなこで幟を立てて焼け残りの町を歩いて行く。菊池さんのことだから、布がだらんと垂れて字が読みにくい旗でなくて、正確にはっきりわかるように、長い布に乳《ち》をつけて竿に通した幟であったろう。戦陣のとき、または端午の節句のとき立てる形式の幟である。

私は田舎の生家で二箇月ばかり静養し、農繁期に田舎でぶらぶらしているのは世間体が悪いので、稲刈が始まる前に上京した。早稲田界隈の下宿は満員だと聞いたので、元の下戸塚の茗渓館に下宿した。毀れた階段は修理され、壁の塗り替が出来て、傾いた軒は水平になっていた。お上さんに部屋を定めてもらって、さっそく小島徳弥を訪ねると、「文壇は変るぞ。これからの文壇は左翼だ」と言った。出合いがしらに、左翼だと聞かされる。困ったことになったと思っていると、小島君が仲を取持つように「しかし僕は左傾しない」と言った。横光のことを訊くと、小石川餌差町の素人下宿で注文原稿を書いているところだと言った。注文原稿という言葉に、何とも言えない重みが感じられた。

小島君のところを出て、すぐ近くの松葉館に下宿している古賀龍視を訪ねると、同人雑誌「塔」の連中は、横光、古賀、富ノ沢麟太郎、中山義秀、小島勗、藤森淳三など、みんな震災に無事だったことがわかった。古賀も横光のことでは、やはり注文原稿を書いているところだと言った。（横光利一全集にある年譜を見ると、『大正十三年一月、「芋と指環」（新潮）、「敵」（新小説）』と言ってある。どちらかその原稿を書いていたところだろう。）私は横光のことを聞くごとに、何か慌しい気持を煽られるのを覚えたが、「これは邪道だ。諸君、どうぞお先に、と思わなくてはならん。自分は第三流の作家をもって任じるのだ」と私自身に言い聞かせるべきであった。

古賀龍視に聞いた話では、私たちの知っている文学青年はみんな震災に助かった。私が同人になっていた「世紀」の連中も無事息災であった。

小島君のうちのすぐ近く——当時の早大理工学部教室の裏手に当り、すぐ崖上にある住宅地に——「世紀」同人の小林龍男が住んでいた。そこで小林君を訪ねると、「世紀」は九段坂の印刷屋で第三号を本刷にかけていたところ、そのとき工場が崩れ落ちて、原稿も用紙も共々に焼けてしまったそうだと言った。その印刷屋には、折から江部鴨村の大蔵経の口語訳の原稿も、光成信男の「カンディンスキーの絵画と画論」の原稿も来ていたが、無残にも焼け失せたそうだ。

江部鴨村と光成信男は、以前、岩野泡鳴の創作月評会の会員であった。江部さんは宗教の研究をしている人だが、「三越百貨店の「今日は三越、明日は帝劇」という標語と、カルピスの「初恋の味」という標語を発案した。世間では何と言っているか知らないが、実際の発案者は江部さんであるそうだ。いつか光成信男が、大秘密を明かすかのようにそう言ったことがあった。

光成は絵や骨董が好きで、どこで習ったのかデッサンがうまかった。カンディンスキーの画論は、神谷書店から叢書の一つとして出すために書いた。私たちの「世紀」第一号の校正が出たとき、光成は私の下宿に来て校正の仕方をあれこれ教えてくれた。それからまた一家言として、文学青年の最初に出す同人雑誌の性格は、小説家としてのその当人の血統を定めるものだと言った。

「世紀」の同人は三人の例外を除くほか、早稲田の文科で同じクラスの者だけ十七、八名であった。深瀬春一という京都の資産家が費用全部を負担して、印刷は神田の神谷書店が引受けた。同人は互に誰がどんなものを書くか知らないので、書きたい者が勝手なものを書いた。同人一同の小説の指導者は山崎隆春という同人が連れて来た画家、栗原信であった。この人には私は後々まで縁があった。後年の太平洋戦争が始まる一箇月前、私が陸軍徴用で大阪の兵隊屋敷に入隊すると、栗原信も徴用で同じ班に入って来た。輸送船にも一緒に乗せられた。タイ国のシンゴラ港に上陸し、戦争をする兵隊の後ろからついて行ってシンガポールに入城した。栗原は進軍中に班長の許可を得て、現地で買ったセコハンの自転車を操縦し、前線を駆けまわる栗原小隊という部隊を組織した。勇敢な行動であったので、宣伝班の尾高少佐という隊長が「栗原信は宣伝班の花である」と推賞した。前線での栗原小隊の行動は、栗原の出した「六人の報道小隊」という戦記物に精しく書いてある。

この栗原のほかに、「世紀」の同人で他から入ったのは、三宅昭という年輩の人と、後に朝日新聞社に入った古垣鉄郎の二人であった。三宅は「文芸春秋」に「法律」という短篇を発表し、達者な小説だと批評されたが、他からの原稿の注文はなかった。ところが二十枚の短篇が出来たので「サンデー毎日」に持込む考えで、紹介してもらいに福富洋公（仮名）という作家のところへ持って行くと、この作品が福富洋公の名前で「サンデー毎日」に出た。三宅昭が立腹して福富洋公に詰問の手紙を出すと、福富の細君が三宅のところに来て、玄関で三宅を散々に叱りつけて帰ったという。私はその後の三宅に会わないが、元「世紀」同人の話では、小説を書くことを止めた三宅昭は、窯を築いて作陶に転業したということであった。

もう一人、例外の古垣鉄郎は、深瀬春一の紹介で同人になった。古垣がリオン大学に学んだ関係で知りあいになったらしい。「世紀」第一号に、古垣は中篇小説くらいな長さの巻頭論文を書いた。私は読まなかったが、読んでも私にはわからない文章に違いなかった。レオン・ブルムに関する論文である。「世紀」第二号を編集するころには、古垣はもう朝日新聞社に入っていたのではないかと思う。爾来、古垣が新聞人としてどんなことをしていたのか知らないが、さっき言ったように私が徴用されていたとき、シンガポールで私の勤めていた昭南タイムス社へ、古垣が社長秘書として村山社長と一緒にやって来た。ちょうどその数日前、私は昭南タイムス社を辞職して、広西君という徴用者で朝日新聞の記者が、私の後任として社の責任者になっていた。ところが村山社長は、用件を話すより先に金一封を広西君にくれた。

広西君は面くらってしまったらしい。自分の勤務していた新聞社の社長が、幹部社員を秘書に連れて不意に現れたので、外地のことでもあるし応待に困ったのだろう。社長が帰ったあと古山君という通訳を連れ、宿舎の私のところにやって来て、朝日の社長から金一封を貰ったが、どう始末つけたらいいだろうと言った。

わけを聞けば、広西君は責任を気にする必要はないようだ。司令部からも宣伝班長からの予告も何もなしに、村山社長はいきなりやって来た。古垣が名刺を出し、社長が名刺を出し、何か混み入ったような話を切りだしかけた。広西君も名刺を出したが、止せばいいのに朝日新聞記者という肩書のついた名刺を出した。社長はその名刺を手に取ったが、自分の出した名刺を取上げてポケットに入れ、陣中慰問と書いた金一封を置いた。後は、何も言わずに古垣を連れて帰って行った。

この金一封をどうしたらいいか、先日までの昭南タイムス社の責任者として、私の判断を願いたいと広西君は言った。「お固いことです」と言って私は考えた。社長さんも秘書の古垣も、まだひとことも言わないうちに陣中慰問の紙包みを出した。そうして、何も言わずに堂々たる態度で引揚げて行った。とすれば、金一封は袖の下とは言われない。遠征羈旅《きりょ》にある身の我々は、陣中慰問の金は有難く受取っていい。

「でも、この金どうするか」と、広西君がまだ迷っているので、「飲んでしまえ」と私は言った。そこで、古山君を入れて三人、ジャランブッサールという繁華街へ人力車で行って飲んだ。とても飲みきれるものではなかった。また飲んだ。

戦後、古垣はフランス大使になったかと思うと、NHKの会長になったりした。端的に言って評判は悪くなかった。同人雑誌には面白い作品は出ていないかも知れないが、そんなものに興味を持つ気持を失っていなかったのではないかと思う。私の知っている範囲だけでも、水上瀧太郎、阿部真之助というような優秀な人たちは、他の職業を持ちながらそういう傾向を持っていた。

ここで話を元に戻すが、大震災に遭って避難民の経験を持ったことのある者は、何十年たっても地震に怯えていなくてはならないのだろうか。私も今では腰痛のため、ちょっとくらいの地震では腰を上げるくらいだが、四、五年前までは、ちょっと揺れても外に飛び出していた。そのために椽先の沓脱石の上には、すぐ履ける下駄を置いてある。その一方、怖いもの見たさで震源地の方角を調べるため、鳶職に頼んで御影石の手洗鉢を軒先に据えた。その鉢に水をいっぱい張って置く。地震がきたとき飛び出して見ると、水は震源地の方向から波を起し、反対の方角の鉢のふちを水で浸している。小さな地震のときも急いで行ってみると、震源地の方角ぐらいなら見当つけることが出来る。十何年ぐらい前か、秩父の地震のときは、まぐれ当りだが震源地の位置を言い当てることが出来た。そんなことをして何の益になるか。ただ怖いもの見たさの致すところである。

つい三、四年前まで、私のうちの南正面に、道一つ隔てて矢口さんというお宅があった。（今はその家を取払った跡に、薛さんという貿易家の豪華な二階屋が建っている。）矢口さんは昭和六年の春、そこへ家を建てて牛込の方から移って来た。中年の矢口さん夫妻、小学生の長男、長女、幼い次女、三女の六人家族であった。引越して来た当日、四面道の寿々木蕎麦屋の主人が、矢口さんのうちから届けた引越蕎麦の蕎麦券を二枚、私のうちに持って来た。よく覚えないが、たぶん「矢口さんのお宅からです。どうか宜しく。」と言ったに違いない。当時は牛込方面でも荻窪でも、引越のときには「向う三軒、両隣」へ蕎麦を贈る風習があった。今は、私のうちの付近では無くなっている。

矢口さんが引越して来て間もなく、四女が生れ、長女が亡くなった。後は無事に経過して、次女、三女、四女と嫁に行き、長男が医者の学校を出ると嫁を貰って病院勤めをした。矢口さんはもう銀行勤めを止していたが、一つ悪い癖があって、地震があると夜でも外に飛び出していた。一家の不幸と言えば、矢口さんにその悪癖があることであった。若いとき大地震に遭って、避難民になった辛さが骨身にこたえていたらしい。自然、私は矢口さんに親近感を持つようになっていたが、昭和四十五、六年頃から矢口さんは中気になって、地震があっても横着をして飛び出さなくなった。「飛び出すのは、もう井伏さんに任す」と言っていたそうだ。

開業した。

矢口さんが亡くなると、長男君が家屋敷を左隣の薛さんに売って、一家を連れ小田急沿線に移って開業した。私は昭和六年に矢口さんが新築しているところを毎日のように見た。次に二、三年前には家を取毀すところも見て、薛さんが家を建てるところも見た。町内の変遷を見たわけである。矢口さんが家を建てているときには、二度か三度か私は椅子を持って行って腰をかけ、職人たちの仕事を観察した。通りすがりの人が「あんたは現場監督ですか」と言った。

――ここまで書いて、書き落しをしていたことに気がついた。大正十二年九月中旬、郷里に身を寄せていた避難民の私に宛て、小島徳弥のよこした「焦土だより」に、沢正の炊出しについて書いてあった。あれを思い出さなくてはならなかった。

この事実は調べてから記録する必要があった。そこで日本演劇に精しい中村君に問い合わせたところ、箇条書のようにして返事をくれた。忙しい中村君に手数をかけてしまった。

仰せの件について、さっそく報告します。念のため文献で調べました。

① 大正十二年八月二十九日から、三十一日まで、沢田正二郎たちは象潟署に留置され、九月一日午前十時、警視庁の留置場に入れられたことがわかりました。

② 新国劇一座は八月二十九日夜、池田大伍作「名月八幡祭」を浅草公園劇場で公演していたが、座員数人が楽屋で車座になって鮨を食っていると、臨検に来た刑事が博奕をしていると疑った。ちょうど花札を引いているように見えたのです。刑事は俳優の一人を摑えた。血の気の多い演劇研究部の生徒が腹を立てて刑事を殴った。結果は、全員が象潟署に連行されるという事件が起った。九月一日の午前十時、沢正らは象潟署から警視庁に移された。沢正は殴られて顔に怪我をしたので、「俺をこんな目に遭わせて、今に天変地異が起るぞ」と言った。そしたら、グラグラッと来た。それで一同、数珠つなぎにされて、宮城前の広場に引出されて行った。久松喜世子が後日の座談会でそう伝えています。この一座が編纂した「新国劇五十年」に載っています。

③ 沢正が炊出しをした件について、関係者に尋ねたところ「彼らの気風から言って充分に考えられるが、どこでそれをしたか、紀録も言い伝えもない」とのことでした。頓首。

——以上のような解答であった。まさか小島徳弥が沢正贔屓といっても、故意に大法螺を吹く筈はない。震災騒ぎで乱発した流言蜚語の一つであったと思いたい。

あのころ沢田正二郎の人気は大したものであった。沢正らが浅草公園劇場に進出したのは大正十一年十月。第一回公演の芸題は、中村吉蔵作「責任者」額田六福作「小梶丸」仲木貞一作「社会の礎」など。大当りをしたのは、翌十二年一月の「大菩薩峠」で四月まで続演。大入り祝の笊蕎麦代だけで一箇月百数十円に達する有様であった。当時、笊蕎麦は市電の料金と同じ値段で、五銭から七銭、八銭、十銭と上がっていた。十二年には七銭か八銭ではなかったかと思う。

沢田正二郎は大阪で謂わゆる旗揚げをして、東京に進出した。いつか坪内逍遙先生が学校の課外講義で言っていたが、沢田は大阪にいったん落着いて修業の苦労して、次に東京に出て来たから成功した。そうするように逍遙先生が先に助言したそうだ。

震災画報（抄）

宮武外骨

上野公園に集った避難者　二日には約五十万人

其後焼残りの親族方へ行った者、友達の家へ同居する者、府市の救護所へ転じた者、徒歩で郷里へ帰る者、無賃汽車で他地方へ行った者等が日々数万組あって、昨今（十七八日頃）は居残りが千軒位に減じている、焼跡からトタン板を拾って来て屋根に葺き、蓆《むしろ》を敷き戸を立てかけて乞食小屋同様の住家を作って居る、タヨル先の無い哀れな者ばかり

尋ね人の貼紙

父に離れた子、娘を見失った母、行方の知れぬ兄、安否の分らない妹、夫にハグレた妻、主人思いの店員、焼落ちた親族の立退先、仲の善い友達の消息、これを尋ねる張紙が塀、壁、墓碑、樹木、電柱、電車、警察署の前、交番所の周囲等、あらゆる個所にはられたが、谷中天王寺の五重塔下には上の如きハリ紙があった、法学博士の著名人其門弟が先生は既に先夜本所被服廠跡で焼死された事をも知らず、全市へ斯かるハリ紙をしたのであろうが、後に何人かが『逝去』の二字を書き加えたので、一層哀悼の情を深くせしめた

貴族院議員
磯部四郎先生ノ
居所ヲ御知ラセ下サイ
逝去

此ハリ紙の外「何町の何某様」と書いた木札又は厚紙を棒に打付けて手に持ち、「神田多町の山口さん

は居ませんか」とか「本石町の松本サーン」とか哀れな声で、避難者群集の中を叫びながら歩いた者が数知れず、既に焼死した者、溺死した者とは知らず、否「モシや生きて居りはせぬか」と頼りなくも尋ね廻った者が多かったらしい、上野公園内には一時五十万人の避難者が居たので「何町の何某さん」と叫ぶ声が数日間の昼夜絶え間がなかった、此公園に接近する著者の居宅、深更の二時三時頃には、全山の其叫び声が寝耳に徹して、何とも云い知られぬ悲痛の感に打たれた、尋ね当てた人々の喜びは勿論だが、数日声をからして終に効の無かった人々の失望は察するに余りがある

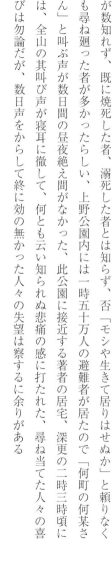

●上野山王台の西郷隆盛銅像
尋ね人の貼紙數百枚
前例の無い悲痛な奇現象
歴史にも記録にも小説にも口碑にもない
哀れな共通的人情の發露

吉原の遊女

今回の大事変中、聞くにも語るにも悲惨の極なのは、本所被服廠あとでの三万余人焼死と吉原娼妓の事である、これは委細を書くに忍びないが、ソラ火事だと圧死を免れた娼婦共は、廓内の公園に避難したが、火に追われて遁るに途なく、池水に投じて溺れたり焼死した者が多数であった、昨今は廓内の空地にトウバを建てて回向して居る

貧富平等の無差別生活

大事変の際には、法律無視の小行為は看過されるものである事を今度実地に目撃した、裸体で大道を歩いても構わず大小便は何処へ垂れても咎める者なく、他人の邸宅へ侵入して水を汲んだり、無免

許で商売を始める者、公園の樹木を折り、シカモ居住権のあるかの如く仮小屋を作るなど、枚挙に暇なしであるが、又法律外の問題としても、常時にはない事が行われた、粗服粗食など貧富無差別、貴賤平等でヤヤ原始的の世態に近い事であった

悲惨の中で滑稽なのは、大人が小児の衣服を着、裸体で焼出された小児が綿入のドテラを貰って着て居た事である

東京を去った百万の避難者

東京上野駅は全滅であったので、日暮里駅から京阪へも東北地方へも汽車開通、シカモ罹災者は無賃乗車とあるので、我も我もと帰郷又は関西地方へ逃げた者が多かった、これは東京に居ても住むべき家がなく、執るべき職業がないから、早く遠走りするに限ると、東京を見くびった者が少くなかったからであろうが、我な先きにと押寄せて、既に満員であるにも拘らず、窓から飛込んで他人の頭を踏みにじッたり、列車の屋上に飛乗り転び落ちて死んだ者もあった、女子供は迚も乗れないので、次

の列車列車を待つのみで、終日乗れずに停車場で夜明かしした者もあった

斯く帰郷又は逃避を急いだのは、食料と住居の問題もあったが、一つには、元の商売をするには全焼で資本がないとか、勤め先の会社は全焼で復活も覚束ないとか云う理由もある、元来は都会地にアコガレて来た人々であったに、今度の大震で都会生活が畏ろしくなった者もあろうが、昔から「焼け太り」という語がある、残存の東京人は、是から大いに働いて大いに遊び、大いに懐中を肥やし大いに身体を肥やすに違いないと予想して居る者もあろう

然し東京市が復活すると、ノコノコ帰京する者もあろう

火の子を浴びつつ神田橋一つ橋間を脱走す　菊池寛

死生の境に出入するなど云うことは、すべて戦国乱世の事と思いしに、九月一日三時半頃我日本橋より本郷への帰途、万世橋を渡らんと思いしが、濛々たる煙に襲われ居るを見て、引返せしに、三越の背後と思しき所に、新しき煙出ず。南は本石町の火すさまじき迄に焼け広がれり。北を望めば、錦町を焼く火と、大手町を焼く火との間に、わずかに一体の青天残れり。兹《ここ》を唯一の活路と思い、人と車との間をくぐりぬけて、神田橋と青年会館との間なる電車通に出ずることを得たり。

神田橋の彼方は印刷局を焼きたる火、まさに橋の袂を嘗めんとす。辛うじて神田橋と一つ橋との間なる濠端に出ず。左手も燃え、右手も焼け、行手には商科大学焼けつつあり。わずかに一つ橋に至る通路の煙を浴びざるのみ。しかも濠端には避難民群集し、小児は火の迫れるを見て悲鳴を挙げ、火の子は時々頭上に降り来る。荷物を積む手車、大八、荷馬車など混乱し、身動きも容易ならず、車の下をくぐり、人波に押し動かされて、一つ橋を渡りて、漸く蘇生の思いをなせり。翌日、神田橋と一つ橋との間に死屍の累々たるを聞きて、われも今十分も遅かりしならばなどと思いて、慄然たる思いあり。

死生の境を辿ることは、得易からざる体験ならん。聞くならく、将棊の上手大崎七段は、日露戦争に死生の間をくぐりてより、心眼開けて、将棊の技倆忽ちにして進めりと。我も亦、死生の間に、一歩を踏み入れし機縁として、人生観、芸術観に於て百尺竿頭一歩を進め得んことを期すべし。

（大正十二年十月）

震災余譚（一幕）

菊池寛

人物

河村吉太郎。年三十三。洋服屋

妻おとよ。二十六。

おしん。吉太郎の母。

吉三
およし ─ 彼等の子。

岡野茂助。おとよの父親。鳶頭。

吉次郎。吉太郎の弟。二十九。

弟子。

時。十二年九月五日。

所。小石川区初音町。

　情景。電車通より、狭き路次を三間ばかりは入りたる家。入口が土間になってい、直ぐ六畳がある。ミシン台、大小の型を交え五つ六つ一隅へ取り片づけてある。土間にも、腰かけてやる踏みミシン台を置いている。おとよ、小柄な善良そうな女、蝋燭に火をともし、ミシン台の上に立てる。灯影で老母のおしんが片隅に坐っているのが分る。午後七時頃。弟子甲斐甲斐しく身つくろいをし、手に棒を持って帰って来る。

弟子。お神さん、朝鮮人が湯島天神の井戸へ毒を入れたので、六十人ばかり死んだそうですよ。

おとよ。（眉をひそめる）まあ。おそろしい事をするんだね。

弟子。松坂屋が焼けたのも、やっぱり朝鮮人だそうですよ。松坂屋へは、どうしても火が点かないので、前の岡野へ爆弾を投げ込んだそうですよ。

おしん。おお恐い！　恐い！　此方へも、来やしないかね。

弟子。本郷と小石川丈は、何うも出来ないのが、残念だと云ってるそうですよ。

おとよ。あんなに下町を焼いときながら、まだ足りないのかしら。

弟子。でも、もう此方だって、警戒しているから大丈夫ですよ。先刻も、こんにゃく閻魔のところで、朝鮮人が一人捕まったそうですよ。

（その時、家かすかにゆれる。）

弟子。おや、ゆれていますね。

おしん。本当にいやになってしまうね。妾も今年で六十一だけども、こんな恐しい目に逢ったことは初てだよ。

おとよ。本当に、いつが来たら安心が出来るのだろう。まだ電灯は来ないし……水道は出ないし……豆腐屋さんの井戸は大丈夫かしら……。

弟子。大丈夫ですとも。あの井戸は、寝ず番をしているんですもの……お神さん。何か喰物はありませんかね。どうもお腹がすいちゃって……。

おとよ。ああそうそう。いつか、本所のお母さんに貰ったほしいかがあったよ。

（おとよ、立って、箪笥の開き戸棚から、缶を出してやる。）

弟子。こいつは、ありがたい！　少し貰って置きますぜ。じゃ、行って来よう。

おとよ。お前今晩は、十二時から先きじゃないのかい。宵の裡寝ていたらどうだ。

弟子。気が立っていて、ちっとも寝られませんや。今日は夜になったら、通行する人を、一々調べるんですよ。

おとよ。今日もぞろぞろ随分通ったわねえ。一体何処から何処へ行くんだろう。

弟子。春日町へ行って御覧なさい。この前の通の三倍位、通っていますよ。一旦逃げた人達が、自分の家の焼跡を見に行くんですよ。中には、乞食のような恰好をしているのが沢山いますよ。

おしん。焼けた人達に比べたら妾達は仕合せだね。

弟子。仕合せどころか、お殿さまですよ。親方は遅いな、今日あたり何とか、手がかりがあればいいですね。……さあ、出かけよう。

おとよ。お前親方が帰るまでは、あんまり遠方に行かないでおくれ。

弟子。大丈夫ですよ。角の薬屋の前に居ますよ。

(弟子出てゆく。)

おとよ。やっぱりお母さんと兄さんは被服廠へは入ったんでしょうか。

おしん。そうだね。何とも分らないけれど、お前のお母さんにしろ兄さんにしろ、落着いて居る方だから、案外たすかっているかも知れないよ。

おとよ。ほんとうに、お母さんは何うしてお父さんと手を離したんでしょう。……ああ、孰《ど》ちらかにきまってくれないとじっとして居られませんよ。

おしん。ほんとうに察しますよ。でも、今日は何とか手がかりがありますよ。

(子供の吉三とおよしと帰って来る。吉三は七つ位、およしは五つ。)

おとよ。お前達、何していたの! 日が暮れるまで、何処へ行っていたの。先刻もあんなに云ったじゃないか。家の前に居なければいけないって。

吉三。だって、おっ母さん。お閻魔さまへ炊出しを貰いに行っていたのだもの。

おとよ。（直ぐおだやかになって）まあ、おむすびを呉れたのかい。

（兄妹、右の手を差し出す。二人とも大きい玄米のむすびを持っている。）

おとよ。（前よりはずっとやさしく）でも、日が暮れる前に帰らないといけませんよ。

吉三。（うなずく。）……

おとよ。そんなに、大きいおむすびなら、一つをお前達二人で半分わけにして、一つの方はお婆さんにお上げなさい。

吉三。うん。よし子お前のをお婆さんにお上げ、兄さんがお前に半分やろう。

（よし子、おしんに渡そうとする。おしんそれをさえぎる）

おしん。妾は、けっこうだよ。折角お前達が、貰って来たものだから、お前達でお上り。

おとよ。お母さん、いいじゃありませんか。こんなに、大きいのですもの。

おしん。じゃ、半分丈貰おうかね。お前に、半分上げましょう。

おとよ。妾は結構ですよ。

おしん。そんなに云わないで、お前も半分お上り。

おとよ。そう。じゃ半分いただきましょう。

（おとよ、おしんの分けたむすびを受取る）

おしん。でもこうして、みんなが揃って、おむすびをいただけるなんて、ほんとうにありがたいよ。

おとよ。ほんとうに、そうですわねえ。

吉三。（戸外を見ていたが）お父さんだよ。

おとよ。（そそくさと立ち上りながら出迎える）お帰りなさい！　あなた何うして。

吉太郎。（頭を振りながら）駄目駄目。いくら探しても駄目だ。まだお父さんは帰って来ないか。

おとよ。ええまだ。一所じゃなかったの。

吉太郎。今日は両国を渡ると、二手に別れて探そうと云うもんだから、別れたんだよ。

おとよ。まあ、そう。

吉太郎。いくら、探してもとても駄目だ。

（上りがまちへ、へたばるように腰を下す。）

おとよ。（涙くんでいる）まあ！　そう。

吉太郎。今日はお前、兵隊さんに頼んで、被服廠へ入れて貰って、探したがあれじゃ分りっこはないなあ。

おとよ。まあ。

吉太郎。十の死骸が、八つまでは黒こげで、男だか女だか年寄だか若い者だか、かいくれ分らないんだもの。

おしん。南無阿弥陀仏南無阿弥陀仏。

吉太郎。被服廠を出てからも、大川の岸をずっと探してみたが、あれじゃとても分りっこはないや。

おとよ。明日は、妾が行こうかしら。

吉太郎。俺も、もう二三日は行くつもりだから、お前もあきらめのために一緒に行こう。

おとよ。ええ、連れて行って下さい。

吉太郎。俺達のような居職の者は、一日あるくと、とても堪らない。足が、木のようになってしまう。でも、ひきがえるのような恰好をして、大川を流れている仏に比べると、俺達は幸せだよ。

おとよ。お母さんやお兄さんなんかも、そんな恰好をしているのかしら。

吉太郎。そら分らないよ。

おとよ。ああいやだ。いやだ。考えた丈でも、ぞっとするわねえ。

吉三。お父さん、僕死人が見たいな。

吉太郎。何を云ってやがるんだい、この小僧め！

吉三。水道橋のとこにも居たってねえ。

吉太郎。うん、彼処にも四五人いたよ。

よし子。お父さん、馬の死人も居るんだってねえ。

吉太郎。馬の死人って奴があるかい。馬の死骸だよ。馬の死骸ならあるよ。吾妻橋の手前に、馬の死骸に石灰をかけてあるので、何うしたかって、訊いたら、罹災者が肉をすっかり喰ってしまったので、見っともないから、石灰をかけたんだって。

おとよ。まあ、お腹がすくと、獣のようになるんだね。……さあ、御飯を喰べましょうか。

吉太郎。喰べてもいいが、鼻の先にまだ死骸の臭が喰ついているようで、飯がのどを通らないや。

おとよ。じゃ、少し待ちましょうか。私達は、九時に喰べることにしたのよ。

吉太郎。うむ、俺も道で一杯十銭の牛乳と、梨をかじったので、胸が変につかえている……それよりも、横になろう。お父さんは、遅いね。

おとよ。何うしているんでしょう。一人で大丈夫かしら。

（吉太郎、奥へゆく。電車道から、さわがしい声や警笛の音がきこえる。）

吉三。おっ母さん。一寸電車通へ行ってもいい。

おとよ。いけないったら。

（吉三、叱られて、つまらなさそうに横になる。）

よし子。（突然歌う）小さい子！　小さい子！　お前は何をしています。

おとよ。いけません。こんなときに、歌なんか歌っちゃ。

（よし子、だまってしまう。おしん、南無阿弥陀仏南無阿弥陀仏と、ほのかに唱える。急に戸外が、さわがしくなる。「此方だ」「此方だ」「此方へつれて来りゃ分るんだ。」などと四五人の声がする。弟子を先頭に、自警団の人々、銘々に提灯を下げて、一人の罹災民らしい男を連れて来る。）

弟子。お神さん。この人知っていますか。

おとよ。（駭《おどろ》きながら、近づいて提灯の光で見る。）いえ知りません。

自警団の人々。それ見ろ！　怪しい。……曲者だ！　やっつけてしまえ！　警察へ渡せ！

その男。怪しい者じゃない。本所の罹災民だ。

自警団の人々。ウソを付け！　じゃなぜ、お神さんが知らないのだ。

その男。茲《ここ》は、たしかに河村吉太郎さんの家ですか。

弟子。そうだよ。俺の家なんだ。ねえ、お神さんこの人が、本所から焼出されて此方を訪ねて来たと
　云うんですが。お神さん、御存じありませんか。

おとよ。知りませんね。もしや、貴君は岡野茂助の家の人々から、何かことづてを聞いて来たのじゃ
　ありませんか。

その男。いいえ、違います……私はあのう……あのう……

おしん。（片隅で、ぼんやり聞いていたが、このときふと何かを認めたように上りがまちへ近づく）

　一体、何うしたの……

おとよ。おっ母さん。貴女、この方知りませんか……

おしん。ええ……どの人ですって……

（おしん、眼鏡を取り出そうとする）

その男。（急に）おっ母さんじゃありませんか。

おしん。ええっ（見つめて）誰！

その男。吉次郎です！　おっ母さん。

おしん。吉次郎だって……ええ……（よく見る。駭《おどろ》く）ほんとうに、吉次郎じゃ。吉次郎じゃ。まあ、何うおしだの。まあ何うおしだのえ。吉太郎や、吉次郎が帰って来ましたよ。

吉次郎。兄さんは、御無事ですか。

おしん。ああ、奥に居ますよ。吉太郎や。

自警団の人々。じゃ、やっぱり此方の身寄の方ですな。それで安心しました。さあ、行こう。

（皆去る。弟子、ジロジロ吉次郎を見ていたが同じく去る。）

おしん。まあ、お前何うしたんだい。お前東京に居たのかい。

吉次郎。本所に居たのです。（オドオドしながら）おっ母さん、兄さんは。

おしん。吉太郎おいで、吉次郎が、帰って来ましたよ。

吉太郎。（無言のまま出て来る。激しい憎悪の色）……。

吉次郎。兄さん、お久しゅう。御無事でけっこうです。何のおかわりもなく。

吉太郎。手前は、なぜ帰って来たのだい。

吉次郎。兄さん、すみません。私が悪うございました。

吉太郎。何がすみませんだい。手前は、お天道さまが、ひっくり返ったって、帰って来られた義理じゃないぞ。こんな地震位で、帰って来られる義理じゃないぞ。

吉次郎。よく分って居ます、兄さんの仰っしゃることは、一々御尤もです。どんな事があったって、この家の敷居を跨げられる義理じゃありません。でも兄さん、本所の被服廠で命からがらの目にあって、女房子は眼の前で焼け死ぬし……

おとよ。まあ……。

吉次郎。外にたよる所がないものですから、それにお母さんや兄さんのお身の上も心配になって久し振りで……

吉太郎。（やや意とけて）お前、東京に居たのかい。北海道に居ると云うことは、聞いていたが……。

吉次郎。去年の暮に、東京へ出たのです。死んだ父ちゃんや兄さんに迷惑をかけて、家を飛び出したもののいいことがありませんや。でも北海道で、住み込んでいた料理屋の主人がね、たいへん私に目をかけてくれましてね。去年の四月に女房を持してくれたのです、そして私が口ぐせのように、東京へ帰りたいと云うものですから、到頭去年の暮に暇をくれて、商売の元手として七百両ばかり呉れたのです。

おしん。それで、お前東京へ帰って来たのかい。

吉次郎。そうです。去年の暮に帰って、本所へ小料理屋を出しまして、この頃ではやっと得意も出来、どうかこうか店らしくなって来ましたので、一人前になったら、兄さんの所へお詫びに来ようと思って、それぱっかりを楽しみにしていると、今度のさわぎでしょう。女房と今年の春生れたばかりの男の子を、ムザムザと眼の前で殺してしまったのです（……とすすり泣をする）

おとよ。まあお気の毒ですね、貴君も被服廠ですか。私の里の母も兄もやっぱり被服廠ですよ。父丈母や兄と別れて、被服廠へ行かないで、両国橋を渡って、逃げたものですから助かったのです。

吉次郎。なるほど、……ああ貴君は、嫂さんですか。初めまして、私は吉次郎です。もう八年ばかり前に、兄貴にも父さんにも不義理をして、家を飛び出したものです。……どうぞ、嫂さん！　何分ともによろしく。

おとよ。なあに、そんな御挨拶に及びませんよ。こんなときは、他人だって助け合うんですもの。まして、親兄弟ですものいくら、不通だからと云ったって……ほんとうによく来て下さいましたね、さあ、どうぞお上りなさい。

（吉太郎、尚黙然としている）

吉次郎。ねえ、兄さん貴君は、まだ気持が悪いかも知れませんが、どうぞ堪忍してやっておくんなさい。もう、私も来年は三十でさあ。女房子も持って、地道に世の中を渡ろうと思っていた出鼻を、この地震でしょう……少しばかり出来かかっていた家財道具もめちゃくちゃで、スッカラカンになってしまったのです。その上、二十二になったばかりの女房と誕生日も来ない悴《せがれ》とが、私の目の

前……ああいけない！　いけない！（眼の前の怖しい幻影を振り払うようにする）

吉太郎。手前改心していたと云うのは、本当かい。

吉次郎。本当ですとも兄さん。私が、どんなに地道に働いていたかを、兄さんに見せたかった位ですよ。

吉太郎。本所は、何処だった。

吉次郎。ええ。亀沢町……

おとよ。おや、亀沢町……じゃ、妾の里の近くですわねえ。

吉次郎。（少し狼狽して）ええそうですか。貴女のお家も亀沢町ですか。何丁目です。

おとよ。貴君のお宅は……

吉次郎。私の家ですか……ええと、交差点がありますね。

おとよ。ええありますよ。

吉次郎。あれから錦糸堀の方へ向って行くと……。

おとよ。右側ですか、左側ですか。私の家は右側ですよ。

吉次郎。私の家は、左側の横町ですよ。

おとよ。じゃ、横田と云う写真屋さんの横町ですか。

吉次郎。そうです。そうです。あの写真屋の横町です。

おとよ。じゃ、私の里の向横町ですよ。彼処に小料理屋が出来ていたとは気がつきませんでしたわねえ。尤も妾は今年になって、一二度しか行かないんだから。

吉次郎。ほんとうに、嫂さんのお里があの近くにあると知ったら、直ぐに御挨拶に出るのでしたのに、失礼しました。

おとよ。それは、お互い様ですよ。……さあ、どうぞお上りなさい。

吉太郎。吉次郎！

吉次郎。はい。

吉太郎。手前よく聞いておけ。父さんが死ぬときにな。あんな不孝ものは、たとい俺が死んだ後でも、一足でも家の敷居を跨すことじゃねえと、繰り返して云ったんだ。手前、そう云われたって文句はないだろう。

吉次郎。尤もです。

吉太郎。が、手前も、地道に世の中を渡って行こうと云う出鼻を、この地震でめちゃくちゃに叩きつぶされて、親《しん》は泣きよりと、泣き込んで来たからには、今度丈は勘弁してやろう。

吉次郎。兄さん。ありがとう。ありがとう。

吉太郎。手前が身の振方が着くまでは、置いてやらあ。その代り、以前のようなことが一寸でもあると叩き出すよ。

吉次郎。はい。解りました。よく解りました。

おしん。（欣《よろこ》んで）それでもよく無事で帰って来ましたねえ。妾も北海道に居ることとばかりと思っていたんだよ。

吉太郎。井戸端へ行って、足を洗って来い。少し遠いぜ。ああ吉三、お前案内してお上げ。手前一人で、井戸端なんかをウロウロしていると、また自警団にとっつかまっちまう。

吉次郎。本当に、先刻はびっくりしました。白刃を突きつけるのですから。

吉三。伯父さん、此方だよ。水道が出ないから、井戸までは半町もあんだよ。

（吉次郎と吉三と出てゆく。）

おとよ。あれが、いつか云っていた弟さんですか。

吉太郎。極道で仕様のない奴だったんだが……

おとよ。でも、不思議ですわねえ。里の直ぐ近所に店を出していたなんて。

吉太郎。（黙っている）……

おしん。吉次郎が帰って来たので急に気がつよくなったような気がしますよ。

おとよ。ほんとうに頼もしいですわね。

（おとよの父茂助帰って来る。袢纏を着た五十五六の元気な老人）

おとよ。お父さん、お帰りなさい。

吉太郎。お帰りなさい。

茂助。（だまってうなずく）……

おとよ。どうして、何か手がかりがあって……

茂助。駄目だ。駄目だ。

吉太郎。お父さんの方も駄目でしたか……

茂助。念のために、枕橋の方も探してみたが駄目だった。やっぱり被服廠かな……あの中で、黒こげになったんじゃ、分りっこはないや。

おとよ。そんなこともありませんよ。今もね、宅の長い間不和になっていた弟さんが、やっぱり被服廠に馳け込んのだが、お神さんや子供さんは焼け死んだけれども、御自分丈は、助かったと云って、たよって来たのですよ。

茂助。そいつは、……そんな運のいい人もあるんだな。（吉太郎の方へ向いて）そいつは、おめでとう。

おとよ。それがね、ちょいとお父さん。家の向う横町ね、写真屋さんの横町で、小料理屋を出していたんですって。

茂助。あすこに小料理屋だって……。

吉太郎。そんな家がありましたかね……

茂助。ええと、……そいつは……いつからです。

吉太郎。去年の暮からですって。

茂助。そんな筈はないな。あの横町は、袋になって、十軒ばかりしか家がありゃしない。それに、地震の直ぐ後に、俺は商売柄一軒一軒、見舞を云って歩いたんですからね……。

おとよ。横町が違っているのじゃないかしら。

吉太郎。たしかに写真屋の横町と云ったじゃないか。

おとよ。たしかにそう云ったわね。

茂助。あの横町は、踊りの師匠が一軒あるばかりで、後はしもたやばかりだが。そいつは不思議だね。

吉太郎。（考え込んでいたが。憤然とする）おのれ！　まだ根性骨が直っていないな！（立ち上ろうとする）

おとよ。（すがりついて止める）どうしたのです。あなた。

吉太郎。あの野郎、このドサクサまぎれに出鱈目を云いやがって、俺の家へ帰って来ようとしてやがるんだな！　まだ根性が曲っていやがるんだ！　畜生！　叩き出してやる。

（夜警に用いるらしい木剣を取り上げる。）

おとよ。だって、そりゃお前さん横町が違っているかも知れませんよ。

茂助。本当だ。こんなときだ。みんな気が転動しているんだ、考え違い思い違いだ。

吉太郎。先刻、なんだか言葉をごまかしていると思ったが、あいつの昔からの出鱈目なんだ。自分の住んでいる所を思い違えるなんて、そんなべらぼうなことがあるものか。野郎、北海道あたりで喰いつめやがって、揚句の果に出鱈目を並べて、ドサクサにつけ込んで帰って来ようとしやがるんだ。何が被服廠だ！　何が、女房子だ！　馬鹿にしてやがら。帰って来てみろ、叩き出してやる。

茂助。俺《わし》が云ったことから、そんな事になっちゃ、俺の立場がなくなるじゃありませんか。まあ、もっとよく落着いて他人だって仲をよくするこの際だから。

吉太郎。だって、出鱈目もほどがあるじゃありませんか。着物は汚いが、ちっともやつれていないと思ったら、被服廠どころか何処に居たんだか分りゃしない。

おしん。（オロオロしていたが）でも、吉太郎。小料理屋をやっていたのが、嘘にしてもやっぱりお前、妾達の身を案じて何処からか来てくれたんだよ。いくら義絶になっていても、東京大地震だと云うことを聞いて、私達の身を案じて帰って来たのですよ。

おとよ。そうですわ。ほんとうに、おっ母さんの仰しゃる通ですよ。

茂助。そうだとも、そんなに悪気があって、こんな所に飛び込んで来る訳はないや。

おしん。それが。お前、普通では足踏みが出来ないもんだから、あんな嘘を吐いたのですよ。あの子は、嘘つきでなまけもんだけれども、そう悪気のある子じゃありませんよ。

吉太郎。だって、おっ母さん……。

茂助。まあ、いいじゃありませんか、吉太郎さん。この地震で、俺等初め、世間の人達は、替換のない親兄弟を失くしているんですよ。お前さん丈じゃないか。この地震で兄弟が出来たのは。

吉太郎。……。

茂助。今度の地震で親兄弟の情愛のありがたいのが、皆分ったのじゃないか。弟さんだって、東京全滅と聞いて、お前さん達の安否が気になって飛んで帰ったのだよ。

吉太郎。………。

（この時、吉次郎と吉三と一緒に帰って来る。初対面の伯父甥は、もう可なり親しくなっている）

吉三。伯父さん、それからその馬を何うしたの。

吉次郎。そうさ、群集の中を荒れるもんだから、女子供などはおどろいてきゃっきゃっ泣き出すんだろう。

吉三。それで……

吉次郎。だから、伯父さんが荷物を放り出して、その馬に飛びついて、やっと四足を繋って倒したんだ……

吉三。ほう……伯父さん、偉いなあ。恐くなかったの。

吉次郎。伯父さんは、北海道の牧場で、何百疋と云う裸馬を手かけたことがあるんだもの……馬なんか、犬ころのようにしか思わないや。……只今。

（吉次郎皆に挨拶する）

おとよ。お帰りなさい。

（一座白けて、おとよの外誰も挨拶しない。吉次郎は、茂助に一寸目礼した後、上りがまちに腰をかける）

吉三。（伯父にまつわりながら）それから、被服廠へは入ったの。

吉次郎。そうだよ。被服廠の中が、また大変だったよ。

吉三。どんなだったの。

吉次郎。とても、お話にはならないよ。黒い煙で、一間先が見えないんだよ。旋風が吹いて来る度に、真赤に焼けたトタン板が、何枚も何枚もビュービュー飛んで来るんだよ。それが、人の首に当ると人間の首がスッ飛んでしまうんだよ。

吉三。ほんとう！

吉次郎。ほんとうだとも、伯父さんは嘘なんか云わないよ。

吉三。旋風ってこわいの！

吉次郎。恐いとも、人間がビュービュー木の葉のように吹き飛ばされるんだよ。

吉三。自動電話が、空へ捲き上ったって本当！

吉次郎。自動電話どころか、自動車が捲き上ったんだよ。

吉三。運転手が乗っていたの……

吉次郎。（ドキッとして）乗っていたとも。

吉三。お客は！

吉次郎。お客なんか乗ってやしない！

吉三。先刻、一間先は黒煙で見えないなんて、そんなもの丈は見えるの。

吉次郎。（ドギマギして）そら、お前……そらお前……旋風で黒煙が吹きは払れてしまったんだ……

（みんな苦い顔をして聞いている。）

おとよ。吉三、早く行ってお寝。よし子は寝てしまったんだもの。

吉三。だって、被服廠のこと、もっと伯父さんに話して貰いたいんだもの。

茂助。貴君が弟さんですか。俺は、このおとよの父です。初めまして。

吉次郎。初めまして。

茂助。大変御近所に住んで居られたようなお話ですが、ちっとも知らなかったものですから。

吉次郎。いいえ、手前こそ。

茂助。今そう云っているのですよ。この地震で、親や兄弟を失くしたものが多いのに、疎遠になっていた兄弟が廻り合うなんてどんな目出度いことだか分りゃしないって。

吉次郎。ほんとうですとも。私ね、東京へ帰って商売をやっていたものの、親兄弟に会えないのが、どんなに心細く思っていたか分らないのですよ。それが、この地震で詫びが叶って、こんなうれしいことはありませんや。（涙ぐむ）地震前から心を入れ替えていたのですが、この地震ですっかりやり直すつもりですから、父さん貴君もどうぞ、兄貴同様にお心やすく。

茂助。ようがすとも、
吉三。伯父さん、それからどんな事があったの……。

吉太郎。吉三、ねろったら。

（吉三。ベソをかきながら、奥へゆく。）

吉次郎。兄さん私は、どんなことでもやりますよ。どんなことでも……。

（弟子あわただしく帰って来る。）

弟子。親方、とても手が足りないんですよ。もう一人出てくれろって。

吉太郎。よし、疲れているけれども……

（立ち上ろうとする）

吉次郎。兄さん、私が行きますよ。私にやらせて下さい。

吉太郎。（黙っている）……

吉次郎。兄さん私にやらせて下さい。その木刀を借して下さい。

吉太郎。（先刻の木刀をまだ持っている。暫く考えてから）これかい。（かしてやる）

吉次郎。（弟子に）さあ行きましょう。

（二人出て行く）

おとよ。でも吉次郎さんは、疲れてやしないかしら。被服廠で……

吉太郎。馬鹿！　お前まで、そんなことを信じているのか。

おとよ。おほ……（かすかに笑う）でも直ぐ役に立ってくれるわねえ。

茂助。そうだとも、地道に働く男手ならこれからの東京で、いくらでも入用だよ。一寸面倒を見てやりゃ、直ぐ一本立になれるよ。

吉太郎。あいつは単衣一枚だったな。おとよ俺のシャツでも持って行ってやれ。

おとよ。はい。

（奥へゆく。）

おしん。私はこれで何だか心丈夫になりましたよ。……おやまた揺れているのでないかね。

（三人天井を仰ぐ）


……幕……

転換期の文学（抄）

横光利一

併し青年にとって一番面白いことは今生きていることである。私は青年期に死に直面して、もう駄目だと思ったことがあった。それは大震災である。あの大震災がなかったら、そして死ぬ目に遭わなかったら私は——今でも自信がある人物じゃないけれども——自信が出なかったと思う。人間は二十代に生死の間を潜らなかったら結局詰らないものになると思う。日本にとって、大震災には我々の先祖は大抵一度は遭っている。この震災というものでも、これ程日本の精神を特質づけているものはないと、自分が酷い目に逢っている故か、其処になんか強調されて見えるのである。私の文学の根本なんか、皆震災の、もうこれは駄目だ、ということが出ていると思う。その一番肝心な処はまだ書いていないが、自分の一番大切な時は仲々書きたくないものである。私が死ぬ時期が近付いたら書いてみたいと思っている。

震災の時、私は丁度東京堂の店先きに立って、雑誌の立読みをしていた。地震のことは我々平素から知っておかないといけないと思う。あれは非常に勉強になるものだ。何故かと云えば、文学をやる人はああいう時でないと自意識が解らないのである。私が面白いと思ったのはその点である。彼処は今程道路が広くなかった。狭い道路で家が建て込んで居て、その家がバタバタと倒れて行く。それと同時に壁土やなんかがもうもうと上って、其の辺は真黒になる。だが上から何が落こって来るか解らないので、眼を閉じる訳にいかない。眼を開いていると土ほこりが入って痛いが、我慢している。其処らに居た人は互いに獅噛付いて固っている。私はその時これが地震だとは思わなかった。これは天地が裂けたと思った。絶対にこれは駄目だ、地球が破滅したと思った。彼処は沼地を埋めた所だから、東京中で一番揺れたのだ。それでこれは地球が破滅するなら、人間がどんな顔をこういう時にするか見てみましょう、と思って周囲の人を眺めた。私は唐傘を一本持って高下駄を履いていたが、少し理性のある人は、南無阿弥陀仏南無阿弥陀仏と云っていたが、それらの人の顔色というものは、土の色と顔の色と違わなかった。揺れが少し止むと、獅噛付いていたのが離れるが、又揺れると直ぐ固る。それで私はこういうように酷い目に遭っている人間は、なんか人の顔だけでない、自分を見てやろうという一種の自由さがあると思った。

こういうことは後から考えて色々理窟が付くものだが、併しその時でも気が付くものである。戦争というものに私は行ったことはないが、ああいうものじゃないかしらと思う。尤も地震は自然のものので、戦争は人為的なものであるとはいえ、あれも一種の自然かも知れないのである。

汚ない家

横光利一

地震以後家に困った。崩れた自家へ二ヶ月程して行ってみたら、誰れだか知らない人が這入ってい
た。表札はもとの儘だ。其からある露路裏の洋服屋の汚い二階を借りた。それも一室より借れなかっ
た。ある日菊池師が朝早く一人でひょっこと僕の家へ来られた。二三週間した日、師は、
「君の家を書いた。」と云われた。
「どこへです。」と訊ねると、中央公論とのこと。
公論を見ると「震災余譚」と云う戯曲が出ていて、舞台がそっくり僕のいる人の洋服屋であった。
人物も洋服屋の人物そっくりで、一人の老母が出て来るがあれは僕の母らしかった。「震災余譚」が
沢正一派で天幕劇場にかかったとき、下の洋服屋にそのことを云って。見に行って来てはと云うと、
喜んで行った。しかし帰って来てから洋服屋は失望していた。
「なぜか」と訊くと、
「あの芝居は私とこの洋服屋じゃない。」と云う。

「いやそうだよ。」と云うと、

「本には初音町となっている。私とこは餌差町だ」と云う。

「なるほどね、僕は地震前に隣りの初音町にいたから。」と云うと、

「そうだな、間違えたのだな、失敗った。」と云う。

僕が笑っていると、洋服屋さん。

「あれが餌差町となっていると、わし所のは大流行になるのだが、失敗った。」と失敗ったを頻りに繰り返していた。

それから一ヶ月ほどして私は直ぐ近所へ変って来た。ここも実際汚い長屋の中の一つである。外から見れば貧民窟とよりどうしても見えない。しかし、ここを借るにもどれほど多くの借り手と戦ったかしれなかったのだ。漸く安心が出来たが、戸を閉めるのに眼を瞑って閉めなければならなかった。ほこりがいくらでも天井から落ちて来るのだ。一寸戸を動かしても、家全体が慄えているのである。柱へ触るにも気をつけていないと痛いものが刺さりそうなのだ。壁がなくて、博覧会の部屋のような紙壁なので隣家の話声が馬鹿らしいほど聞える。例えば、いびきが聞える。すると私はそれが母のいびきか隣家のいびきであるかと暫く考える必要が生じて来ている。しかし、いくら大きな地震でもやって来いと云う気になっている。屋根がもし倒れて来ても、私の頭で却って屋根が上へ飛び上って了うにちがいないのだ。それにまだ良いことがある。第一に一見して美事にプロレタリアだと分

ることだ。私はプロレタリアである。これは自慢でも謙遜でもない。第二に、家へ訪ねて来てくれる未知の人達は気の毒がって二度と来てくれないことである。私は未知の人に逢うのは厭な部類に属している。第三に、幻想が豊富になること。これは貧乏街に住んでみない人には一寸分らない。非常に面白い所が多々あるのだ。一鉢の植木がどれほど快活に新鮮な感じを持ってその街を飾るかと云うことも、人々はあまりに富貴を望んで鈍感になっている時であるだけに、面白いことである之は一例。まだ良いことは風景にも生活にも沢山あるが汚い家に住んでいて悪いいけない事も沢山ある。未知の人々が来ると、いきなりあぐらをかく、之は悪い事でも不快な事でもまァないが確に滑稽な事ではないか。こう云う現象の生じると云う事の心理の分析は先ず各自の人々に譲っておいて、第一に訪ねて来て貰う人々に気の毒な事である。汚い家を訪ねる人々の気持ちには、その訪問をすると云うことに誇りがない。誇りを与えないと云うことはこちらが確にいけないのだ。この点私は恐縮するより仕方がない。で、私は成るべく来て下さいとは云わないのである。私はいけないことに非常にズボラである。手紙と云うものはとても書けない。返事なども雑誌新聞の応答にさえ、どうも書けない。汚い家にいるからなお相手の人々のようにこちらもズボラをしてもいいと思うのであろう。このため友人にも親戚にも不義理をかけて困る。またその弁解するにこれまた厄介なこと、ドウケンシイではないが、In many walks of life, a conscience is a more expensive encumbrance than a wife or a carriage; である。こんな英語位誰でも読める言葉だから訳しないでおく。分らない人は妻君に聞き給え。但し、その時の妻君の表情には注意する可き必要がある。

難に克つ

沢田正二郎

一

何事かあるべしと思った時、人々も亦、何事か起るべしと感じていたらしいその時、地球の一隅から、異様の物音が聞えて、地上のもののすべてが、同じように赤るみへ投げ出された。

悪も善も、美も醜も、そしてそのいろいろの心持で、互いに入り乱れながら、右往左往して噛み合い、傷つけ合った、それから後の幾日かの秋晴の日は、真裸《まっぱだか》となった私たちの心に何を訓《おし》えただろう？

私はちょうどその時、思いがけなくも、而も他動的に突発したる忌まわしい事件によって、けれども亦、感謝したいほどの得難い体験を嘗めながら、冷たい、暗い、三日の日を過ごしました。そして、世の中の最も卑しむべきものを見た。権力濫用者らの憐むべき心情をも親く閲《けみ》したのであった。一度は、世を呪おうとまで思った身が、重たい鉄鎖に繋がれ、常の日には、いつも憐みの心をもって迎え送ったあの囚人自動車に乗せられて、過ぐる春演劇改善の相談会があった時には、その席に招待されたことのある警視総監の官邸を横に見ながら、警視庁の裏門を這入って、薄暗いコンクリートの地下室へ入れられたのであった。然しながら、このコンクリートの中には、まだまだ恵ある日の光がさし入っていた。同じ職にある人の心にもいろいろの変りのあるのを私たちは知った。ここの人々の優しい心が、今まで世を呪おうとさえ思った私の心を、幾分かでも柔らげて呉れたのも事実であった。そうした、多少でも感謝的な気持に囚われかけようとした間にも私たちにも、正しき裁きを受けるために裁判所へ送らるる分時を、一刻千秋の思いで待っていたのである。その時であった。二度と私たちの生涯に於て、とても味わうことの出来ないような大きな力が襲いかかって来たのは――。一度！　二度！　踏みしめた大地までが、私たちを真直《まっすぐ》に立たせて置かないのかと怪しませるように震動したのであった。九月一日の大地震！　それは、私たちの上に降りかかった突発事件がほんとうに思いがけないことであったように、人々には全く思いがけない大災厄であったに違いない。

二

「死ねば諸共《もろとも》だ、狼狽《あわ》ててはならんぞ！」私は、他の四十六名の者に対《むか》って斯《こ》う叫んだ。気の毒な座員たちは、私の体を取り囲んで集まった。神はわれら正しき者を護らせ給うたものか、幸い一人の怪我人もなく数分の後には、その職に親切なる人たちに守られて、まず初め、帝劇の横の広庭に避難させられたのであった。想えば嘗ては、この白亜の中で幾千の観客を前に、拍手に迎えられながらステージに立ったこともある私たちは、今は鉄鎖につながれて、南側入口前の三和土《たたき》の上に蹲《うず》くまっていなければならないとは、何たる運命の皮肉であろう。私は、その数奇さに微笑まずにはいられなかった。が、その微笑の直ぐ下から雨のように降りかかって来るのは、すぐ眼の前に焼け落ちる警視庁の火の粉であった。娑婆は、この大地震と大火災とでごった返している。けれども私たちは、静かに静かに、そこに蹲まっていなければならなかった。周章《あわ》てもせず、驚きもせず、静粛、にただあの冷たい手錠をはめられたままで――。駈け行きながら誰かは云った「これで全世界が引《ひ》っくりかえって呉れればいい」と。飛んでもないことだ。私たちには、まだまだ大きな仕事が残っているのに、而もその仕事は、この世界が完全に存在してこそ有効に役立つものであるのに――。

家族安かれ、我が劇を愛して呉れた人に安かれ、すべての人々安かれよと念じ祈りつつ、私たちはまだそこに蹲くまっているのであった。火の手がざんざん掩いかぶさって来た。彼方此方で、「熱ッ熱ッ」という声が聞える。危険と見てか、係の警官は私たちを宮城前の広ッ場に連れて行って呉れた。畏《かしこ》いことではあるが、過ぐる年、先帝陛下の御危篤が伝えられた時には、心をこめて拝し祈ったあの広場の前の松の木の下に、四十七名珠数つなぎになったまま、一人が小便をしたいと云えば已《や》むを得ず全部がそれに付き合わなければならないといったような有様でこのまま検事局に送られるか、それとも、非常の場合とて責付放還されるか、何れにしてもその早からんことを待っていたのであった。見あぐると大空は千年古を経しさそりが巣くっていたとも思われる穴ぐらの壁のように恐ろしい色を呈している。

三

あの火は大蔵省だ。その向うのは神田だ。こちらのは芝だあれが京橋だ。日本橋だというその火煙の囲みの中に、花の蕊《しべ》のように帝劇の焼けているのが見える。学生時代に、三等切符を買いながら見つめていたあの屋上の翁の像が、今まで善美を誇っていた帝劇の運命を負うかの如くに、見えている間に倒れ落ちてしまった。開館式に招《よ》ばれて行ったあの宏壮《こうそう》な建物、友が結婚の披露をしたあの東京会館の胴骨の、うつろのように抉《えぐ》られているのが悲惨さを物語っている。緑をたたえた松の樹の下、泰平そのもののようなお濠の中に石垣が幾個所も乱れ落ちているのも痛ましい極みである。私たちは、この大きな異変の為めに、三日の間見ることの出来なかった天日の明るさを今日漸く見ることは出来た。けれどもその日の色は天変の為に狂っていた。何事かあらねばよいがと気づかった憂いが、今その目のあたりに展開しているのである。雑音は刻一刻とその響きを増して来る。帝劇の焼けている××××××××た人々の顔にも、漸く不安の色が漲《みなぎ》って来た。「いよいよ世の中が壊れかかって来たのではないだろうか」と云いながら走って通り去る者がある。それでも私たちは、幸か不幸か、まだ安らかに芝生の上に憩うていたのであった。何ぞ知らん。その時すでに都の大半は、崩れかけたり燃えただれたりしていた時だったのである。また人々は、追いかかって来る火と煙とに巻かれて、修羅の巷を叫喚《きょうかん》していた時だったのである。

向うから、編笠をかぶった囚人連が、幾十となくこの広場へ連れて来られるを私たちはみた。これはまた、皆が皆、不安そうな面持で黙々として頭垂れている。それだのに、私たちは何故こんなに安心しているのであろう。いることが出来るのであろう。

四

「この手錠から放たれる時は、街を歩いても安全な時なのだ」と云って私は皆の者を慰めた。然しその時分にはもう、何も彼も、家のことを思い、老いたる父母、最愛の妻子のことを気遣うているの心情が、判然と私の眼に映ったのであった。やがて私は、この職を司る上の人に呼び出された。一同の顔には或る輝《かがやき》の色が漲った。しかしてそれは、事実となってあらわれた。固《もと》より白日の身の、国法の正しき限りは、自分たちの行為の罪なきを信じていた私たちは、進んでも法の裁きを受けることを希望していたのであるから、命じられずとも、「明日午後五時までには復《ふたた》び集まって出頭しましょう」と約して、一同兎に角放還されることとなった。それはもう、四時に近いころであった。情知る人々の見送りをうけながら、丸の内から一歩外へ踏み出してみて、初めて私は、世の中の只ならぬ様に驚愕した。人は火から逃れんとして、凡《すべ》ての財物を捨てて逃げてゆく。何という悲惨さであろう。無理に罪人をつくる檻なのだろうとさえ思わせられたあの××署の門を出て、初めて乗る自動車に押し込められる時から、正しき裁きを受くべくこれから裁判所へ送られるのだ。そしたらきっと晴天白日の身となると信じていた私たちは、そうして今日釈放されたら、何でも好きなものを腹一ぱい食べるから、と、他の者とも語り合って、わざとその朝は、与えられた食事は同檻の人に与えて、何一つ口にしなかった為に、空腹に空腹を感じていた私たちは、先づ歩いて帰るのに食を得なければならないと思って、常盤橋を渡り、日本橋の心安い親戚の家を訪《と》おうとしてみた。けれどももうその家のある町まではどうしても行くことが出来なかった。忠臣蔵にでもあるような四十七名の座員は「天」「下」の合言葉を便りに、列を作り車に重い荷を積んで苦しんでいる馴れない人を見てはそれを手伝ってやり、又、道端に倒れている力弱い婦女子のあるのを見てはいたわり救けながら、ひた走りに走って、本石町の角まで来た時、私は更に二度目の驚きを深くしたのであった「世界の絶滅とはこのことか」今度は、私からして斯《こ》う思わずにはいられないような気がした。烈風に煽られた猛火は私たちを襲うて来るようである。裏の細道を駈ける人、も一度震れたらきっと崩れ落ちるにちがいないような危険な屋根、しかも焔に吹きつけられて燃えしきっているその軒下を走ってゆく人、そうした焔のガードをくぐり抜け喉乾けば、消防のホースにかじりついて泥水を口に入れたり、路傍に落ちころがっている角砂糖を見つけてかじったりしながら、またひた走りに須田町の方へ走って行った。万世橋にかかろうとした時、私は、橋を渡って上野の方へ行くべきか、右に折れて浅草橋の方から行くべきかに迷った。その時先登《せんとう》に立った二三の者は、既に右に折れて、「浅草橋の方へ出た方が近い」と叫んでいたが、私はそれを止《と》どめて、御成街道へ渡るべく、少しは遠くともその方が安全であることを主張した。若《も》しもあの時浅草橋方面へ向っていたなら、向島の私の宅へ行くべき目的であった私たちは、蔵前通りは通れなかったということであるから、ただ一つ焼け落ちてなかった両国橋を渡って被服廠の跡へでも逃げ込み、あの何万の悼ましい犠牲者たちと同じように、枕を並べて焼死したかも知れなかったのである。運命は、常に危い分岐点を私たちに与えて、その力を試そうとするのである。私はあるものを信じている。或る奇蹟をさえ信じている。この信じるという力をもって、一歩一歩を踏みしめながら、幾万となく下町から避難して来ては、その下町方面の火の海を、恐ろしそうに見下ろしている上野山の群衆の顔を左に望みながら、車坂から真直《まっすぐ》に、ここも火の海と化した浅草の方へと急ぐのであった。

五

赤黒く焦げた、未だに忘ることの出来ない異様の天の色よこの恐ろしい姿の幕は、はや夜の帳《とばり》に掩《おお》われんとしている。あらゆる電光は滅してもなお、燃え拡がる火光によって路面は昼のような明るさである。途々《みちみち》、座員の家を訪《と》おうとはしてみるけれども、何処も此処も、既に猛火の中に包まれてしまっていて手の施しようもあらばこそ、その紅い火の光に照された顔一つ、それは、私の家の安否を私に知らしむべく、すぐ警視庁まで駈けつけて呉れたけれども得果さず、今し空しく雷門まで引き返して来たという文芸部のH君であった。この混乱の巷に於て、奇《めずら》しくもH君に巡り遭うことの出来た不思議さよ。××署の事件には、ただ一人残って私たちの行為の潔白を明かにし、一刻も早く私たちを無法の扉より救い出すべく有志の人々と共に、日夜奔命していたこのH君の手を握ったまま、私は暫くは言葉も出《い》でなかったのである。

渡らんとした吾妻橋は既に焼け落ちて渡れず、白髭橋を迂廻せんとして進めば山谷方面の火の手に遮られて吉野橋までは寄りつけそうもない。私は、阿鼻叫喚の巷に佇立《ちょりつ》したまま暫くはその取るべき方法に就て考えたのであった。「何物も余すな」ともいうように、無惨や、八方の火の手は焔の立髪を立てて駈けめぐっている。若し一家の無事を知らせて呉れたH君に遭うことが出来なかったならば、私はまた、川を泳ぎ渡るの険を敢て冒して、或は不帰の客となっていたかも知れないのであった。私は、逸る心を宥《なだ》め静《しず》めて、私たちが一年の月日、よく守り闘った懐しい公園劇場へ引きかえしたのである。ここでは、三日間ついに逢うことの出来なかった公園劇場関係者たちの顔をも見ることが出来たが、近隣の人々の温かい恵みの握飯《むすび》に飢《うえ》をしのいで、暫し休らう暇もなく、火は今にここをも襲わんず勢である。

火を負うて逃ぐべきか、火を避けて遁《に》ぐべきか。再びこの分岐点に立って考えること数分時、自分の考え一つで、数十の人の尊い生《いのち》が危くなるのだという大きな責任を背負《しょ》っていた私は、ここでも或る信念の閃めきを発見し得たのであったそうして感じたままに、私は、真暗い公園劇場楽屋から座蒲団一枚づつ持ち出させ、新国劇の大提灯を列の前後に押し立て、燃え盛る火の手の側面を見ながら、二時間前に歩いた電車通を上野の山へと向ったのであった。ちょうど三日間、馴《な》れぬ監房の苦しみに心身ともに痩せ細っている人々を励ましながら漸く上野台に辿りついて振りかえれば、まず胸をつまらすものは下町一帯の火焔である。しかもその火の色たるや大自然の荘厳さなどという言葉とは全然かけはなれた心憎い物凄さを帯びていた。

火！　火！　火！　火の海！　満目みな火の海！　むかし住んだ山の下の御徒士町も、稲荷町も、初恋の想い出残るどんどん橋の付近も、芝居の閉場後、軽い疲労を覚えながら涼しい夜風に吹かれて歩いた浅草の通りも、何もかも、火と煙とに包まれてしまって、私に救いを求め叫んでいるかのような気がする。懐しい記憶の跡々が斯うして、みんな灰になるのかと思えば私はそれが悲しい。

六

上野の山を抜けて、少年時代に、心胆を練る為に来た谷中の墓地や五重の塔あたりの雑沓を右に聞きながら、私たちの一隊は、根津より本郷台へと急ぐのであった。旬日前《じゅんじつ》には、一高対三高の野球の試合を一日休演して観に来たこともあった一高正門の前に、友のH君から運んで来た畳を敷き詰め、幾万の人々が逃げ叫ぶ声を聞きながら、はや本郷三丁目辺まで延焼して来たという火の手を危ぶみながら、眠らんとしても眠られず、不安の第一夜は更けてゆく。

夜は白々と明けかけて来た。今日は私たちには、家族を探しに行かなければならない用事があった。それと午後五時には、復《ふたた》び警視庁へ出頭しなければならない約束を控えていた私は先づ、数名の門弟を引きつれ、具足を固めて千住大橋を渡り、それから向島へ向うべき道順を定めて歩き出した。本郷台のみは、未だ比較的安全地帯になっているけれども、山一つ越して、一歩を日暮里の外へ運べば、そこはみな、崩れた家と焼け落ちた家とのみで、満目を遮るものは煙の外に何物もない。曽《かつ》て俳句の会に招かれたことのある三河島の某園を偲びつつ、足は焼野原を東へ東へと辿って行く。

「あッ沢正だ。警察から逃げて来たんだ。乾分《こぶん》をつれて凄い服装《なり》をしている」

傍路の人々や行き交う人々の立話を聞き流しながら、或る時は、春風に馬の立髪を靡《なび》かせて駈け歩いた綾瀬の堤防を急ぎつつ、中学のころ、芦の微風に心を静め、オールの影を小波にうつした隅田の支流に浮揚する哀れな幾多の屍《しかばね》に合掌を手向けながら、私たちは鐘ヶ淵紡績の付近まで行った。言問の方面から、北へ北へと急ぎ行く者の中には、或は傷《きずつ》き、或は泥まみれになっている者が多い。一夜川にその身を浸していたという老婆もあった。髪の毛を焼け落されている若い婦人もあった。顔中を繃帯している男もあった。その人々はただ生きんとする願いの為めに、行くあてもなく、ひた走りに走っている気の様子であった。その群の中に私たちの家族の者の無事な姿を見出した時、私たちの欣《よろこ》びは何《ど》んなであったろう。そこには矢張り私たちの事件を気遣うて、自分の家に帰るのをも打ち忘れながら奔走して呉れた三四の友人たちもいて、私たちの妻子たちを守って呉れた。聞けば、生れて初めて持ったばかりの私の家は、昨日の夕方焼け落ちてしまったということであった。思えばそれも笑止である。私は、其の人々や家族の者の元気な顔を見て一時に幾層倍もの勇気を得、本郷台の安全を主張して、再び今来た道を引き返すことにした。

付近の青田には、初秋の風がそよそよと吹き靡いているのは、都の空は、依然として火と煙とに包まれている。本郷へ帰り来る途々で、この災害が終ったら、すぐと朗かな日和が来るもののような心の願いに頼っている者のあるのを私はみた。やがて怖ろしい怖ろしい試練の日が横わっていることを知らないでいる人々の心を私は憐まずにはいられなかった。

空腹と歩行とに疲れきって、今にも道端に坐り込もうとする女子供らを鞭《むちう》ち励ましながら、漸く本郷台へ辿り着こうとした時には、飽くことを知らない魔の火は、今にも既《も》う付近をも嘗《な》め尽さんず形勢であった。追分の電車通りに聳《そび》え立っている瓦斯《ガス》会社の旗が北へ向いたら北へ逃げるのだと警告をしている折しも、前日約束した警視庁出頭の件に就て、わざわざ交渉に行って呉れたH君とK頭取とは、それには及ばずとのことであった報告をもたらして来たのであった。日が暮れると共に、三丁目あたりの火の手は、直ぐ眼の前にも迫って来たように近く見え出したので、兎に角、婦女子らを安心せしむるに足るよりよき安全地まで避難すべきの急務を知り前夜と同じように、またも印入《しるしいり》の提灯と旗とをかざして北へ北へと逃れゆくのであった。子供の時に活動写真で見た、街の滅びるその光景のように、荷物を背負ったり、車を輓いたりした人々の群が、あとからあとからとつづいて来る。

辿りついたところは岩崎氏の解放地である小石川西丸町の広馬場であった。幾千の避難者たちと共に、危い提灯の灯を囲んで、不安の第二夜を送らねばならなかった。けれども、夜露を凌ぐべき何物もなければ、安らかならぬ夢は、結ばれては解け結ばれては解けして――。

七

三日の日が来た。もとむべき食のために、無事であったという山の手を駈け廻り、或は知己の家を訪れて得て来た少しばかり米を糧に、百名に余る座員たちの命はつながれてゆくのである。四日目からは、ふみ出した足の傷に痛みを覚えて一歩も動けなくなってしまった。けれども私たちは、先輩友人たちが、自分の財の中から割き恵んで呉れる金品などによって、命をつないでゆくことが出来た。片腕を病の為になくした友だけは、その情の賜物を乳母車に一ぱい積んで来て呉れた。数十金を恵んで呉れた同じ焼け出されである老劇作家諸君その他の日用品を寄贈して呉れた作家、私たちは、この人の恵みの美しさを涙なしに受けることは出来なかった。

西と東に分れても、なお心はいつも密接している病友のKは大阪府下の文化村から、一番がけに見舞の使者をよこして呉れた。聞くところによると、大阪のある新聞は私の死を報道したとさえいうのである。Kは、使者に向って云ったそうである。「沢田君は、ある信念によって生きている男だ。斯《か》かる禍の為に不慮の死を遂ぐべき筈はない。若し、死んでいて逢えなかったら、骨だけを拾って来て呉れ！」と。また大阪へ残していた母は、祭壇に私の写真を飾って日夜泣いて礼拝していたとの知らせであった。

野営の幾日かの間には、不安の余震や、雨の日や風の夜がつづいた。けれども私たちの上にも、苦しいという苦しみは襲うて来なかった。何故だろう。私たちは、あの大震災に遭遇する前に、三日間も、云うに云われぬ苦しい思いをして来た。世にあるまじい、これが日本の国かと疑われるようなむごたらしい体験をなめて来たのであった。一つはその賜《たまもの》で無くて何であろうぞ。

八

六日目に、私たちはまた、焼けずに残った一高前の友の家へ引きかえして行った。秋の朗かな日がつづいて帝都の焼跡には早くも復興気分が漲って来た。人はバラックを建てて自己の職業にいそしむことに急ぎ出した。地震と同時に横倒しに倒れてしまったと云う私の家の煉瓦塀が、ひどく交通の不便を生ぜしめているという報らせを聞いた私は、一日、座員諸君に手伝ってもらって煉瓦運びをしに行った。その時、或る人は、ここにバラックを建て住むようにと私に勧めた。けれども私は考えなければならなかった。自分は今、住むべき家のことを考うる時であろうか。自己のみを安かにすべき時であろうか。不自由ながらも、友の家の小さかな二階の一室に雨風を凌いでいる。食うものも腹を空らさない程度には食っている。私には、私のバラックの家を建てる前に、先づ自分の天職に就て考えてみなければならない義務があった。

また或る人は云った。斯うして大勢の人を抱えて遊んでいてはならない。何か商売をなさい――と。しかし私たちは、世のさまざまの階級の人々のように、この大きな禍に面して俄か造りの職業に甘んじてよいか。否、私たちにはもっともっと大きな任務がある。それは何？　私は友H君と僅かな花束を携えで焦土の巷を終日《ひねもす》歩きつづけた。人が面《かお》を掩うて去る屍の山に、黄いろい煙に煤ける痛ましい屍の山に跪《ひざまず》いていつまでもいつまでも礼拝したのであった。この人々の断末魔の苦しみを自分の身にひしひしと味わってこの人々がこの世に残した思い事の幾分でも果そうと誓い祈って――。この日々の勤めは私たちのこれからの演劇の生命に如何に大きな、泣くに泣かれぬような体験を与えたであろう。

然らば私たちは、この難に際して、先づ初に何を為すべきであろうか。

世の中の生業《なりわい》の中に、演劇ほど社会生活、人間生存の上に密接なる関係を持っているものはないと私は思っている。そうして私は、この演劇を鑑賞するところの人々の豊かな心持に抱かれて今日まで生長して来た。今の私には、安住の前に奉仕がなければならない。私たちは、一日も早く、この荒れに荒れたる帝都に、演劇の楽園を築かねばならないことを知ったのであった。あらゆる支障を排し、あらゆる困難をくぐり、私の怨みも仇も打ち忘れて、朗かな秋の日に、帝都幾万の人々に心の安けさを与うべく働かなければならない、義務を感じた。この企の為には、如何なる苦痛、如何なる恥をも忍ばなければならないと思い立った。斯うして、富まざる身も心の富に補《おぎな》われて、また疲れた体も心の輝に励まされて、雨の日も濡れそぼちながら、霽《は》れたる日にはその濡れを乾かしながら、霽《はれ》から街を飛び廻った。私と同じ心をもった人々は、この貴い企の為に特志を捧げて、或は遠くから馳せ参じて呉れる人も数多かった。而《そ》して、この涙ぐましいほどの努力は、あらゆる人々の諒解を収得して、在帝都各新聞社後援劇作家協会賛助、国民文芸会主催の名の下に、十月十七、八、九、三日間の夜外劇は、霽《は》れやかなる秋の日に、晴れやかなる数万の人々を迎えて、何の故障もなく、芽出度《めでた》く震災第一声の晴れやかなる終りを告げたのであった。私は今人の世の呪いも、怨みも、憎しみも悉く打ち忘れて、今度のこの挙に好意をかけて呉れた人たちに心から感謝を表しつつ輝きある行く手にその一歩を進み入れようとしている。邪は正よりも力強く、一時、将に絶滅せんとしていた私たちの世界が、まだまだ至極安泰であることを知った私は、これからもなお、私たちのその正しさを知らしめんが為に、力ある一歩一歩を踏みしめなければならない。何処までも邪と闘ってゆかなければならない。

十月二十日（日比谷の野外劇を終りし翌日）

エプロンの儘で

西条八十

あの日は（九月一日）八時ごろ起きました。朝餐《あさはん》を済ませてから直ぐ書斎に入って、昨夜《ゆうべ》書き残してある頼まれものの原稿を書き継ぎました。十時過ぎ、ようやく纏ったので、速達にして送ろうと自身持って近くの郵便局へ出かけました。風はあったが、天気はよく、気持ちのいい朝だったように覚えています。

その帰りみち、行きつけの理髪屋《とこや》の前まで来ますと、高田というそこの職人が挨拶しました。この男は私の詩の愛読者なのです。そこで急に頭髪《あたま》が伸びていたことを想いだして、ふらりそこへ立よりました。三十分ほど新聞を読みながら番を待って、やっと頭のうしろのところを半分ほど刈って貰ったと思うと、がらがらと震動がやって来たのです。大したことはあるまいと椅子に落着いていると、益々猛烈になる。と、高田君が「先生、あぶない！」と吐鳴《どな》って、抱えるようにして戸外《おもて》へ伴《つ》れ出してくれました。見ると、十字路の両側の家の屋根が波のようにゆれている。前の氷屋の縁台の下にはやはり理髪屋《とこや》の若い職人が二人もぐり込んでいて、「先生、ここへお入んなさい。」としきりに言います。

　けれどもまさかに詩人が氷屋の縁台の下で死んだとあっては体裁もよろしくない、と思って我慢しているうち、ふと、胸に浮んだのは家族のことでした、妻はちょうど入院中であり、家には眼の不自在《ふじゆう》な母と、女児《おんなのこ》が二人いるきりである。もっともそのほか、女中が二人伴《つ》いてはいるが大きい方の女中はどうやら使いに行って不在《るす》だったような気がする。そう思うと自分よりは家の方が心配になって、ちょっと震動がしずまったのを幸に、家の方へ駈け出しました。そうして五六間はしってくると、第二の、あのいちばんはげしかった震動が起って、私はあっと思う間に、足を奪《と》られ、往来へ投げだされました。とそのとたんに、どこからか落ちて来た瓦に、いやと云うほど背中を打たれました。（脳天で無くて幸いでした。）

　けれども、直ぐはね起きて、黄い土埃の朦々としている中をやっと家まで駈けて来ました。そうして門を入るなり大声でどなったが一向返事がないので、胸を轟かせてとび込むと、裏庭の井戸端にさしかけたトタン屋根のはしらに、年嵩《としかさ》の女中が小さい方の女の児を、年下の女中が大きい方の児を背負って、そうして両人で、母を庇護《かば》いながら、かじりついていました。私の顔を見ると、大きい女中はこらえていた、感情が一時に破裂したように声をたててなきだしました。

　この騒ぎの中におかしかったのは、私があわてて理髪屋《とこや》をかけだしたので、首のまわりに例の白いエプロンを掛けたなりで家へ来てしまったことでした。これで若しか私が途中で死んだり何かしようものなら、風体からしてどこぞのコック位に見たてられたかも知れませんでした。

そのうちに高田君が私の身を案じて追いかけて来てくれたので、頼んで直ぐに自転車で病院まで行って貰いました。そうしたら仕合せのことに妻も無事に避難していたことがわかりました。

大震災の一夜

西条八十

学生時代に読んだリットンの小説「ポンペイ最後の日」を想起させる凄惨な焔が、生れの町東京全市を包囲していた。大正十二年九月一日、関東大震災の夜だった。

わたしはひとりで、上野公園のとある松の樹の根がたに蹲《うずくま》っていた。

その朝、わたしが住んでいた淀橋区柏木の家は半壊したが、さいわい火災はまぬかれた。午後になってから「町は火の海だ」「月島が海底に沈んだ」「江の島も、相模灘の大島も、姿を没した」そんな噂が郊外のわたしたちを脅かした。

月島には兄夫婦が住んでいた。その安否も気がかりだった。そのほか下町には憂慮される肉親友人が多数住んでいた。それらの様子も知りたく、また灰燼に帰しつつある生れの東京に訣別を告げたい気持もあって、わたしは余震のなお続く中を家を出たのだが、徒歩で辿る途上の混雑のために、いつか二進《にっち》も三進《さっち》も行かなくなって、夕ぐれこの山上に、藻草のようにうち上げられてしまった。そして帰るにも帰られず、空しくここで大震の夜の光景を眺めるべく余儀なくされたのだった。

夜に入って山は荷物を担いだ避難者でいっぱいになった。みんな辛うじてわずかな手廻品を持って出たような人ばかりであった。それでもトランク、行李、箪笥の片割れ、長持のようなものが、山のようにわたしの周囲に積み上げられていた。人々の面上には世界の終りに面したような悲痛な表情がみなぎっていた。みんな疲れはて、喘《あえ》いでいた。

見はるかす市街は一面猛火の海である。かくして震災第一日の夜は、騒然たる中に、しかも沈々と更けて行った。

深更になると、人々は、疲労と不安と餓とで、ほとんど口をきかなくなってしまった。化石したように、坐り、蹲み、横たわっていた。この避難所そのものさえいつ猛火の餌食になるか、それさえも判らなかった。

そうした悲痛の夜半《よなか》、蹲まっていたわたしは、ふと、隣にいた十五六の少年が、念に自分のポケットに手を入れてなにか探しているのに気がついたのだ。

やがて少年の取出したものは銀色に光る小さなハーモニカだった。少年はちょっとの間、あたりを眺め廻していたが、矢庭《やにわ》にそれを唇に当てて吹き出そうとした。

わたしはおどろいて少年を制《とど》めようと考えた。この悲痛な夜半、のんきらしくハーモニカを吹くなんて相応《ふさ》わしくない。いくら子供でも、周囲の人々が怒り出すであろう。血気にはやる連中は、撲《なぐ》り仆《たお》すかも知れない。しかし、そう思う間もなく、少年は悠然とその小さい楽器を吹き始めた。

それは誰も知る平凡なメロディーであった。だが吹きかたはなかなか巧者だった。と、次いで起った現象。――これが意外だった。ハーモニカのメロディーが晩夏の夜の風にはこばれて美しく流れ出すと、群集はわたしの危惧したように怒らなかった。おとなしく、ジッとそれに耳を澄ませている如くであった。少年は誇をもって吹きつづけた。曲がほがらかなヴェースをいれて進むにつれ、いままで化石したようになっていた群集の間に、私語《ささやき》の声が起った。緊張が和んだように、或る者は欠伸をし、手足をのばし、或る者は立ち上って身体の塵を払ったり、歩き廻ったりした。

一口にいえば、それは冷厳索莫たる荒冬の天地に一脈の駘蕩たる春風が吹き入ったかのようであった。山の群集はこの一管のハーモニカの音によって、慰められ、心をやわらげられ、くつろぎ、絶望の裡《うち》に一点の希望を与えられた。

少年の気まぐれな吹奏は、ほんの短かい時間で終り、山はもとの闇黒の寂莫に還ったが、松の根がたに腕拱《うでこまぬ》いていたわたしは、このことから、ある深い深い啓示を与えられた。

「俗曲もまたいいもんだ」

と、わたしは呟いた。

「こんな安っぽいメロディーで、これだけの人が楽しむ。これだけの人が慰楽と高揚を与えられる」

わたしは大衆のための仕事の価値をはじめてしみじみと感じた。

大正八年に詩集「砂金」を自費出版し、いわゆる芸術至上の高塔に立て籠っていたわたしは、その日まで大衆歌に筆を染めようなどという気はほとんど無かった。自分の作品の作曲などという野望も、もちろん寸毫《すんごう》も無かった。もっともそれまでに童謡「かなりや」は芸術童謡の先駆としてひろく唱われ「砂金」に採録した短詩「鈴の音」が外国のメロディーを添えて「王様の馬」として若い人々の間に唱われたが、これらはいわばわたしの詩に他人が勝手に曲を付けたものでわたしが作曲を予想して書いた謡ではなかった。また、この頃までに、相馬御風作中山晋平曲の「カチューシャの歌」や、北原白秋作中山晋平曲の「さすらいの唄」「カルメンの唄」などが俗歌として大衆に親しまれていることは知っていたが、それはわたしにはごくかかわりのない遠い世界の事のように想われていた。併し、この夜、わたしは初めて真剣に、いつかはこういう俗歌をも書いてみたいと思った。殊にわたしは東京生れである。地方へ旅をすると、どこにも「佐渡おけさ」「磯ぶし」「よさこい」といったような郷土歌謡があり、それにともなう節や踊がある。それなのに、わたしの故郷、東京には絶えてそういうものが無い。どうせ書くなら、ひとつ東京全市を賑かに踊り狂わせる、たとえば阿波の阿呆踊《あほうおどり》のようなものを書いてみたい、とも、その時思った。

震災の夜の上野公園、――その片隅の松の樹の根がたで、そうした思いに耽りつつ、いつかわたしは疲労で、そのまま眠ったのであった。

Ⅳ

皮肉な報酬

加藤一夫

大地震の起った日、〇〇〇の〇〇〇〇〇〇〇〇である張黒波は二人の同志と一緒に、多くの朝鮮労働者が巣喰って居る或る郊外の、長屋に居た。常々は、彼等もやはり、同国人の労働者と一緒に、ついその付近の鉄道工事に出て働いて居るのであるが、この日は丁度、月の初めの朔日であったので、常例に従って仕事を休んで居たのである。

仕事は休んだが、彼等は決して、だらしのない日を送って居るのではなかった。仕事に出る日と同じ時刻に起きて、いつもなら仕事に出る時分にはもう、銘々に、本を読むなり、本国に送る〇〇〇の起草にかかるなりして居た。時々はまた思想上のことについて、或は、運動上のことについて、傍で見て居ると、喧嘩でもして居るのではないかと思われるような、そんな激越な調子で議論を闘わしたりなぞして居た。正午《おひる》ちかくなって、彼等の頭もだんだん疲れ出して来た時分、またもや彼等の間に議論が持ちあがって居た。それは、独立運動者等に対して、彼等は、何麼《どんな》態度を取るべきであるかと云う、彼等の間では久しい以前からの宿題となって居る問題についてであった。

澄みわたった黒み勝ちの眼に、筋のよく通った高い鼻と、きりっとしまった端麗な口とをもった、先ず眉目秀麗と云ってよい悧巧そうな、そして殆んど日本人と見わけのつかないほど日本人に似て居る張は、書きかけの原稿を置いて、一心に社会問題に関する書籍を耽読して居る李栄相と韓仁穀とに向って言葉をかけた。

「やっぱり僕は、独立運動と僕等の運動とは一致しないと思う。今のうちにはっきりと僕等の態度を示して置いた方がいいと思う」

二人は読んで居る本から眼をはなした。しかし暫らくの間彼等は口をひらかなかった。が、やがて、髪の毛を長くのばした、円い大きな眼の持主である、そして身体の頑丈な、ガッシリとした顎と口とをもった李栄相が、まわらぬ舌をもってそれに反対した。

「僕等の思想と彼等の思想の一致しないのは初めからわかって居る。しかし思想が一致しないと云うことはやがて運動までも相反発しなければならぬと云う理由にはならないよ。大衆はまだ我々の真の精神を諒解して居ないからなあ」

身体の繊弱《ひよわ》い、蒼白い顔をした韓もそれに賛成した。

「兎に角、我々の運動は彼等を度外しては成功しないよ。だから、我々は先ず、彼等と運動を共にして、その間に段々と彼等を〇〇しなければならないと思うね」

張は不平そうな顔をして、しばし彼等を眺め込んで居たが、反抗的な皮肉な調子で彼等に云った。

「彼等をこちらに引きつけようとして、反対に彼等の力に捲き込まれてしまわねばいいがね」

暫らくの間、沈黙が彼等の間を支配した。

蒸し暑い空気が、建てこんだ低地の長屋の中に停滞して、彼等の顔面から、腹背から、手足にまでも油汗をにじみ出させた。疲れ果てた張は、ぐんにゃりと、脚を組んだまま上半身を畳の上に仰向けにして寝ころんだ。韓は昼餐《おひる》の仕度にと、台所の方へその身を運んで行った。

ゴーッと云ったような地鳴りかなんかがしたかと思うと、家が波に揺られる小船のように動き出した。障子はねじりきられるように歪み、倒れ、壁にかけられて居た労働服は風になぶられる布片のようにひらひらと動きはじめた。

ものも言わずに彼等は家の外にとび出した。表口の方には方十間ばかりの広場があった。彼等がとび出した時にはまだ数人の人影しか見えなかったが、瞬く間に沢山の日本人と、ほんの四五人の朝鮮人がそこに寄り集って来た。

「ひどい地震でしたね」

と互いに云い合う時分にはもう、付近の家の屋根瓦がすっかり剥がれてしまい、中にはぴしゃっと倒されて土埃をもうもうと立てるのもあった。

張等の家はしかし、幸いと震災を免れた。小さな新しい家は、家作が脆弱ではあったが、亜鉛張の屋根は重量が軽く、面積も小さかったので、震災に対する耐久力は他の大きな家よりは却って大きかったのである。

時々大きな揺れかえしは来たが、何れもみな最初のような激動ではなかった。人々がその広っ場で、ガヤガヤと不安な時を過して居る間に、何処から来たのか、何時の間にか「もうこれからは大地震は来ないそうです」と云う伝令が、大きな声して彼等の間で叫んで居た。

十町、十五町、二十町さきから自転車に乗って帰って来るものがあった。そして他所の被害のどんなに大きかったか何処で、幾軒の家が倒れ、幾人の人が傷き殺されたかと云ったような報告をしはじめた。

「火事にならねばいいが」と、人々が口々に語り合う時分、消防の鐘がもう、あっちにもこっちにも鳴って居た。東京の方の空は、急に真黒な煙に閉され、紙片や木片の、まだ充分焼ききれない火の子がとんで来た。

女は蝙蝠傘で、男は夏帽で、直射する太陽の光を避けながら、あっちに五六人、こっちに七八人、呉蓙を敷いたり、戸板を敷いたりして、一二日間は屋外で過そうとする意気込みを見せては居たが、直きに彼等の口から、「火事は何処でしょうね。ここいらは大丈夫でしょうかね」と云ったような心配が語られはじめた。そして、不思議にそう云うときには、誰かしら確かなことを知って居る人が表われて来て、事実を語ってきかせるのであった。

黙って小さくなって居た張等の一団も、あちらの群、こちらの群から、色々の話しをきくことが出来た。

誰かが説明して居た。

「火事は一とこや二とこじゃないそうです。電話が通じないからわからんが、東京市中四方八方火事だそうです」

不安な、空地の避難者達は折返しその男に訊ねた。

「此の辺は何うでしょうかねえ」

説明者は答えた。

「今のところ此辺は大丈夫です。恐らくもう何事もないでしょう」

避難者達は安堵の色を見せた。中には、家の中から飯櫃を持ち出して来て、食べさしの昼餐を取りにかかるものもあった。

そのうちにまた、神田や日本橋あたりから、大急ぎで帰って来たものが、「神保町や三崎町あたりはもう奇麗にやかれました。今、日本橋、京橋、本所、深川あたりが、火事の最中で、東京全市、すっかりもう火の海です」と報告した。

市中の空は益々濃厚な煙におおわれ出した。

「町に住んで居る人達は今頃、どんな苦しい目をして居るでしょうね」

「ほんとうですね。この調子なら、死人や怪我人がどれ位あるか知れませんね」

こんなことを話しながら彼等は「ほんとにここは、別天地のようですね。何だかすまないような気がしますね」と自分達の安全を喜ぶ心をかくそうともせず、しかしまた同様に、同胞の不幸を痛む心をあらわに見せた。

空地の避難者のうちには、町の様子を見に出かけるものもあり、夜をこの空地で過すために天幕を張ったり、蚊帳を吊る用意をするものもあった。

張等は商店の並んで居る往来にまで出かけた。そして、蝋燭や沢庵などを買って来て、籠城の用意をした。

それから、夜になるともう、自分達の長屋に這入って、落ちて来た壁土を掃き清めたり、倒れた道具類をもと通りに整頓したり、汚れた畳を雑巾で拭き取ったりして、住むのに差支えのないように取りかたつけた。

余震がやって来るごとにビクッと神経を動かされながら、その夜、彼等はなお家の中に落着いて居た。そして、某は無事であったろうか、誰某は屹度《きっと》焼け出されたであろうなぞと、同志や知人の身の、安否の程を気遣う話でもちきりであった。

外では時々、火事が何処までやって来たとか、家の中で灯をともさないようにとか云ったような報告や伝令が、何処から出たともなく伝わって来た。けれど、大体に於いて平穏で静寂であった。

震災第一日の夜があけた。

朝の食事をとりながら三人は、諸処に点在して居る同志や知人の安否を確かめるために、手わけしてまわろうと云うことを相談した。そしてその結果、張は、火災にはかからなかったと思われる山の手の方に、他の二人は、下町の焼跡の方に、一緒に出かけて途中で別れた。

みちみち張は、ぴしゃんとへしゃげた家や、すっかり屋根瓦の振り落された家や、下座敷だけが潰れて辛うじて二階だけが歪みなりに残った家や、大きな煉瓦塀が倒れて、その側に立ち並んで居たバラック式の商店が無残にも圧しつぶされて居る光景やを、至るところに見出した。汽車も電車も不通になった線路では、少しばかりの、荷物を背負ったものや、何も持たないでただ、汚れたシャツ一枚を着たきり、棒切れを杖につきながら歩るいて居るものや、ところどころ怪我をして、よごれた布片《きれ》で繃帯をした男や、小さな子供の手をひいたり、負んぶしたりして居る夫婦ものなぞが、後から後からと、疲れはてた足どりのうちにも緊張した顔色を見せながら歩るいて居るのを見た。

少し街の中へ這入って行くと、無事であった商店も殆んど戸を締めきってしまい、ただ西瓜やラムネを並べてある家の店頭だけは、喉の渇いた避難民の群で一ぱいになって居た。往来には避難民がぞろぞろひっきりなしに山の手さして落ちのびて行き、その間を、白い紙に黒字で麗々と、警視庁だとか市役所だとか内務省だとか書き記した示標を貼りつけて居る自動車や、埼玉県だとか群馬県だとか書き記した長はたを掲げて米俵を満載した荷物自動車なぞが、疾風迅雷の勢いで駆けまわって居た。市電の線路上には、荷車や箱を置いて、その影に仮の避難所をつくって居るものや、疲れはてて日光に直射されるのも厭わず、ぐっすりと眠り込んで居るものや、それから、何かこそこそ語り合いながら持ち出して来た飯櫃から飯をよそって食べて居るものなぞもあった。

　牛込に下宿して居る友人のところを訪ねて見たが、友人は早朝出かけたと云って留守だった。しかし彼の身が安全であるのを見ると、張は更に、火災を免れたか何うだかわからない麹町の友人のところを訪ねようと、神楽坂をお濠端に下り、そこから九段の方に足をすすめた。

　牛込見付の黒門を通って麹町の区内に這入ると、そこはもう、猛火に一舐めにされた荒涼たる焼跡であった。土堤囲いに沿って、昨日まで大厦高楼の立ち並んで居た一画は見わたすかぎりただ鉄材や石材の廃趾で、青葉の焼け落ちた枯木が、さながら冬野原のようにうら寂しく立ち枯れて居た。焼跡にはまだ、ぶすぶすと煙がいぶり、息づまるような強烈な火臭が鼻を衝いて来た。靖国神社前の広場に出て見ると、広場はもう、一夜づくりの天幕（おもにふとんのシーツなぞで出来た）や、焼跡から拾って来たと思われるトタン板の小さな、乞食小屋のようなバラックで一ぱいであった。

　坂上に立って遠く市内の方を眺めると、それこそ見わたす限りの焼野原が、まだ濛々と立ちのぼる煙の中にぼんやりとあらわれて居た。

　日本橋京橋あたりの大建築物も、今はただその形骸を残すばかりで、中には、今なお焼失の真最中らしく、黒煙の渦捲きあがる中に、折々真紅な焔の舌が出されたり引っ込められたりして居た。

　如何に此の惨禍の甚大であるかが、段々と張の心のうちにも諒解されて来た。日本の国の失った富、それに対しては左程の痛惜を感じはしなかったが、その富をつくるために、どれ丈け多くの労働者の血と汗とエネルギイが注がれたものだかを思ったとき、それ等労働者の生命が、ただの一日の間に屠りつくされたように思って、寧ろ恐ろしい感じがした。そしてまた、貧しいものは今や、字義通りに無一物となって、父母に別れ子に別れ妻にわかれ兄弟にわかれ、うろうろと気も狂わんばかりにして居るのだと思うと、何とも云えぬ惻隠《そくいん》の情に襲われずには居られなかった。人間の内部から湧き上った破壊ならば、破壊と云うよりは寧ろ建設であるが、こうした自然の破壊ではただの破壊である。そしてこれに処する人間の努力はただ、此の自然の脅威と戦うだけのことである。張はこう、焼け失せた大都市を眺めて立ちながら考えた。

近くの八百屋が野菜や果物をもって、避難民の間に売りに来て居た。張は財布をはたいて有りったけの金で葡萄とバナナとを買った。それから、それをもって再びまた、神楽坂下まで戻って来た。ところどころの電柱なぞに、新聞の号外が貼られて居た。それには焼失区域だの、政府が六十万石の米を取寄せたから市民は食糧の憂いがないと云ったようなことなぞが記されて居た。

警察の前を通ると、十数人の人間が、沢山の貼札の前に立ち並んで居た。張もやはりその前に足をとどめた。

「今後絶対に強震なし、今日正午強震あるべしと貼札せしものあるも〇〇〇の為めにするところなれば市民は安心せよ」

「〇〇〇〇放火頻々」

なぞ云う貼札がその中に在った。

張の胸はギクリとした。「そんなことはない筈だ。そんなことは有り得ない」彼は斯う考えた。けれど彼はまた直きに思った。「しかし何れにしてもこれは危険だ。〇〇〇に対する〇〇がやって来るに相違ない」

思いなしか彼は、町内の空気が頓に殺気立って居るのを感じた。その貼り出しを読んで居る日本人の顔面神経がピクピクと動いて居るように彼には感じられた。

こっそりと彼は、その人込みの中からすべり出た。至るところに彼は、同じ様な貼札の出て居ることを見出した。或るところでは更に、今回の東京の大火は、〇〇〇〇と〇〇〇の放火であるとはっきりと記されて居た。町の中がざわざわとざわついて居るのがもう、思いなしでなく事実に表われ出して居た。

どんなに自分が日本人に似て居ると云っても、少し気をつけて見られるなら、直ぐにその本性が見破られるのは云うまでもない。そして自分は、警官の手に捕えられるかも知れない。捕えられたって自分は別に何もしたわけではないから、ほんとうなら何でもないわけだが、もしあの貼札のことが事実としたら……その時はもう、自分の生命さえが危いものと思わねばならない。こう思うと彼はもう、うかうかしては居られない事を感じた。彼は自分に云った。「何うせ生命を投げ出した自分だ。死ぬのは恐れないが犬死はしたくない」

友人のところを見舞ってやる計画を彼はやめた。買って来た果物を、貧しい労働者らしい避難民の一族に、投げやるようにして手渡しすると、すたすたと彼は、もと来た道に引きかえした。

往きには見当らなかった貼紙がもう、殆んど十間置き位に貼れて居た。腕に白布を捲いて、手に棒切をもち、眼の血走った青年達や消防夫や在郷軍人達が、昂奮しきった態で、市中をあっちこっち歩るきまわって居た。警官の姿はしかし、余りそこいらに見うけられなかった。警官にばかり危険を感じて居た張は、警官の数の少ないことには聊《いささ》か安心した。だが、彼は直きに、危いのは警官よりもこれ等自警団の面々であるのを実地について知るようになった。

自分の家近くに来ると、特別に人心がざわついて居るのが知れた。棒切れをもった自警団や消防が、顔に油汗をにじませたり、眼をきょろきょろと神経的に輝やかせたりして、足どり早く往来を往き交って居た。往来に出て来て、不安そうな眼を遠くに向けて居る女達の口からは「どっちの方だね、火事は」と云う問いが、同じようにきょろきょろとあたりを見まわして居る男の人達に向けられて居た。

誰もしかしその問に答え得るものはなかった。

電信柱や屋根の上に上って、煙のあがって居る方を探して居るものも一人二人見うけられた。けれど、彼等とてもやはり、適確にそれが何処だとは答え得なかった。と云うのは、何処にも火事らしい煙の昇って居るのが見出されなかったからで……

「小火だったんだろう。もう、何処にも煙が見えねえや」

こう云って電柱の男がおりて来た。

そんな事は耳にも這入らぬ振りして張は道を急いだ。そして再びまた彼は、消防服を着た五十位の男と、洋服を着て髯を生やした金縁眼鏡の男とが立ち話して居るのに打つつかった。

「ほんとうに火事があったんですか」

「小火がありました」

「何処ですか」

「あそこのところでさ」と消防は、空地になった彼方を指さして見せた。

なるほどそこには、鳶口を携えた数人の消防夫が集って居た。

「放火ですか」

「放火です。〇〇〇がやろうとしたんです。やろうとして居たところをとっつかまえたんです」

思わず張は足をはやめた。誰もしかし彼には気がつかないように見えた。

五六町行くと、この辺はもう、それほどにはざわついて居なかった。火事について話し合って居るらしい様子も、そこいらの何処にも見出されなかった。

「誰か自分の近所に住んで居る〇〇が、やったんではないかな」と、張は心配し出した。もし、誰かがやったものとすれば、あの辺一帯の○○の生命が危い。こうと思うと張は、たとい自分の家に今帰ったとしても、決して安全でないと思わずには居られなかった。心配しいしい彼は足をすすめた。だが、そのうちまた彼は思った。

「恐らく火事はなかったんだろう。何故ならば、誰もその火事のあり場を知らなかったではないか。あそこだと教えた消防ですら、最初はさながら小火が起ったかのように云いながら、次ぎには、○○○が放火しようとしたところをとっつかまえたんだと云ったじゃないか」

この考えはしかし、張に安心を与えなかった。彼は更に考えつづけた。

「だからこそ一層に危険だ。恐らく、誰も放火しようとさえしなかったんだろう。ただ○○○の顔を見て直ぐに、放火しようとして居るのだと考えたのに相違ないんだ。ただ、貼札が彼等を、脅かし苛立たせ怒らせたんだ。群集の心理は恐ろしい。○○○は今や、それがどんな種類のものであろうと、絶対に危険な地位に置かれて居るんだ」と。

その夜、何時まで経っても、焼跡の方に向って行った、李と韓とは帰って来なかった。外では、夜警に出て居る人々の喧騒が続いた。

「今、××の方面から○○らしい怪しい男が入り込んだ形跡がありますから、警戒を厳重にして下さい」

こんな伝令が来るかと思えば直ぐ、「ワーッ」と鬨《とき》の声をあげながら、バタバタと一時に、夜警団が何処かの地点に押しよせて行くのがきこえた。

だが、結局、何事も起らなかったらしく、

「何処へ隠れやがったんだろう。たしかにあの辺に逃げ込んだんだが」と、今度はもう、余程落着いた物静な声で話し合って居るのがきこえた。

「うかうかすると家の中に居ても危い」

と張は考えはじめた。と云って、外に出るのは尚更危険であった。二人の同志の帰って来ないことが心細かった。戸締をしっかりして、彼は押入の中に這入って寝た。

外でまたメガホンの声がきこえた。

「今、井戸の中に毒を入れようとした○○○がつかまりました。そんな奴は○したっていいそうです」

張は、愈々危険が身にせまって来るのを覚えた。二人の同志の安否が気づかわれた。恐らく彼等はもう、何処かで○○○○られたのだろう、ことによると、今○○○○まったと云うのが、彼等が帰って来るところを○○○たのかも知れない。と彼は考えた。

夜警の昂奮状態が、九時十時頃になって、絶頂に達したらしく見えた。無言のうちに、電灯のつかない闇の夜を走る足音が張には物凄く感じられた。十一時頃には大分とおいところで「オワーッ」と叫ぶ多人数の声がきこえた。そして直きそれに続いて、パンパンと云う○○が起った。

「何だろう?」と張は、ぎょっとして押入の中で起き上った。だが、その騒ぎは直きに静まった。それがやまると、外は急に、暴風の前の静かさを思わせるような静寂に帰った。

張は再びまた、押入の中に横わった。

「恐らく今、多数の〇〇が〇〇〇〇のかも知れない」張の思いはまた、同じ一点に集中された。張りさけるような憤激を彼は感じた。それが特に自分達の〇〇であるから、また、それを〇〇〇〇が〇〇〇であるから、そのために彼の感情が動いたのではなかった。ただ、多くの無辜の民が、こうしたどさくさに紛れて、〇〇〇〇〇〇のだと云うことが彼の心を怒らせ暗くさせた。

「恐らく〇〇は、こんなことはしなかった筈だ。だが、それでは一体、だれが此麼《こんな》〇まいたのだろう……」

その見当をつけることは、張にとって決して困難な業ではなかった。〇の〇〇について彼の胸は、更に憤りを加えたとは云え、それについて彼が、何うすることも出来ないのを張は知って居た。

「兎に角、ここに居ては危険だ。二人はもう〇〇〇のに相違ない。自分は此の〇地を遁れよう」

外側がだんだんと静まりかえって来た時分、彼はこう決心した。

ほのぼのと夜が明けはじめる頃、張は押入の外に出た。洗いたての、折目正しい白の背広服を彼は着た。だが、直きにまた彼は、それを脱いだ。避難民と見せかけるには、あまりにそれが不釣合だと彼は感じたのだ。昨日着て街に出た垢に汚れた白ズボンに、同じほど垢染みたぐにゃぐにゃのアルパカの上着をその上につけた。膚着には、これもやはり、汗によごれたクレップを一枚つけたきり、ワイシャツは着なかった。歯磨きだとか、塵紙だとかを、握飯や沢庵なぞと一緒に、旧いメリンスの風呂敷に包んだ。手拭は首にしばりつけ、型のくずれたパナマ帽を頭に戴いだ。

元来が〇〇〇に似て居る彼の姿は、容易に〇〇〇らしい避難振りを装わさせた。夜警の人々が疲れ果てて深い眠りに落ちて居る頃を見計らって、彼はこっそりと家を出た。

線路を伝って彼は、川口駅の方へと足を向けた。地方へと都落ちをする避難民が蜿蜒《えんえん》として長蛇のように線路の上につづいた。

沢山の〇〇〇の間に、たった一人、〇〇〇そっくりの張が雑った位では、何人の眼も特に彼には気づかなかった。彼はまた、〇〇〇そっくりの言葉を使うことは出来たけれど、万一を慮《おもんぱか》って、殆んど一言も言葉を出さなかった。

川口駅に着いて見ると、そこにはもう、汽車に乗る避難民が、駅全体を埋めて居た。誰も彼も、シャツに半ズボン、法被、火事に汚れた単衣、と云った風で、恐ろしい天災の苦患を、その服装に語らせて居ないものはなかった。少しでもはやく汽車に乗ろう、少しでもいい場所を占めようと、押し合いへし合い、子供や女は押しつぶされそうに思われる程の大混雑であった。その混雑の真中に、張は一人の哀れな女を見出した。

「押さないで下さい。私はもう動けない」

力のない細い声で、その女は叫んだ。見れば彼女は、顔や手足を、汗と焼けぼこりとに汚れた布片で、ぎりぎりと繃帯を施して居た。瘠せた顔には、まるで死人のように生気のない土色を浮べ、よろよろと倒れそうになった肉体を、細い杖に托して辛うじて倒れないで居た。けれど、誰もその女には眼もくれず、押し除け衝き倒してでも先きを争おうとした。

張は見かねて、その女の側により（事実彼女はほんの三四人の間を隔てて張の側に居た）いきなりその前に蹲んで、

「負ぶってあげましょう、さあ、肩につかまりなさい」と声をかけた。「有りがとう」と返事をする元気もなく、女は張の肩に凭りかかって来た。女の重みが自分の背に感じると直ぐ張は、全身にウンと力をこめて、腰をのばした。案外に軽々と女は彼の背に載っかった。人々はプラットフォームに急いで居た。張も負けず劣らず、その後について走った。

プラットフォームは幾分広やかであった。今にももう汽車が来そうなものと、苛々した眼を線路の上に注ぎながら避難民たちは、フォームの上に長い列をなして立った。張は、あたりを見まわして、ふと、フォームの上に投げ出された泥だらけな莫蓙を見つけた。それを拾って来て彼は、裏返しにしてフォームの上にひろげた。そして女をその上におろした。

女はもう、殆んど虫の息であった。感謝に充ちたような眼を、ちょっと張の方に向けたが、直きに

彼女は、その呉蓙の上に横わった。

「お一人ですか。何処へ行くんです」

張は訊ねた。

女は力のなえた手で、帯の間から一通の手紙を出して、張に示した。

宛名は女の名前らしく、東京本所区押上町二の六坂本様方藤野よし子殿とあり、差出人は名古屋市東区橦木町三の二藤野はるとあった。

「名古屋に帰るんですか」と張は訊ねた。

女は黙って点頭いた。

「これはあなたのお母さんですか」

女は今一度点頭《うなず》いた。

「よろしい。私がつれて行ってあげます。気をたしかにしていらっしゃい」

「有りがとう……」と、微かな声が女の口から洩れた。

直ぐ出ることと思って居た汽車は、何時まで経っても出ないのみか、姿さえ現わさなかった。立って居た人達も、今はもう疲れはてて、だんだんとフォームの上に腰をおろすようになった。

「水のほしい方は云って下さい。水をさし上げます」

張は眼をあげてあたりを見まわした。駅夫がバケツに水を充たして自分の直ぐ側に立って居た。張はその水をもらった。そして自分の洋服のポケットを探して、仁丹の小袋を取り出した。

「さあお薬をのみなさい。水もあります」

女の肩のところに手をかけて張は云った。女は懶《ものう》そうなドロンとした眼をあげて彼を見た。張は女を抱えて呉蓙の上に座らせた。そして仁丹を女の口の中に入れてやって、水をのました。

幾分もう落着きの出来た人々は、彼の側によって来て「何処かおわるいんですか。大分ひどいようですね」と訊ねた。「ええ、何しろひどく怪我をした上に、この混雑ですから……」と、張は、女がさながら自分の妹か妻のような格好にして答えた。

「いけませんねえ。お大切になさい」と、同情に充ちた眼が、女と張との上に集められた。

張は内心びくびくものであった。人々の注意が自分に向けられたことを知ると、自分の朝鮮人であることを看破られはしないかと云う心配で胸が一ぱいになった。

「さっき、あっちの方へ行った奴の様子が何うも変だったなあ。髪の毛を長くのばして、蒼白い顔をして、まるで○○○そっくりだった」

彼の側に立って居る人だかりの中で、中学生級の学生らしい若い男が、その傍のものをとっつかまえて話して居た。彼は続けた。

「彼奴○○○に違いない。○○○○○○○○○○○○○○○。探○○○○○○○に渡してしまった方がいいがな」「なあに」と傍に居た男がそれに答えた。「○○に渡したりなんかする必要はない。

みんなして〇〇〇〇〇〇〇やればいい。そんな〇を〇かして置いて〇〇〇ものかね」

中学生は彼等の群を離れて行った。張はなるべく自分の顔を見られないようにと、女の顔の上に自分の上半身をかがめて、女の額に手をあてて見たり、腕の脈をとったりした。そのうちにまた前の中学生が帰って来た。そして云った。

「何うも変だ、さっき確にあっちの方に行ったんだけど、何処にも居ない。〇〇、何か〇〇〇〇〇〇居るんじゃないかな」

その時汽車の汽笛が鳴って、轟々たる響きと共に構内に疾駆して来るのがわかった。

「さあ汽車が来た」誰かが叫んだ。

人々は総立ちとなって、乗場の方へ身を運んで行った。

「汽車が来ました。乗るんですよ。さあ元気をお出しなさい」

張は女を励ました。そして再びまた病める女を背負った。

「危いですから、も少し後へさがって下さい」

駅夫の声が群衆の間にきえた。けれど、群衆はその声には従わなかった。そのうちに汽車はピッタリと彼等の前にとまった。

群衆は直ぐ様、汽車の窓からとび乗りはじめた。普通の入口から乗ろうとして居た張は、力の強い群衆に押しのけられて何時まで経ってもその隙を見出し得なかった。

尚多くの人々がフォームに残されて居るが、車室はもう一ぱいになって居るように見えた。張は女を負ぶったままあちこち歩るきまわって、すいて居そうな車室を探して見た。けれど、何処も此処も、人で一ぱいだった。多くのものはもう屋根の上に攀《よ》じ登って居た。殆んど絶望しきったとき、ふと彼は、自分の前を通って行く在郷軍人の姿を見つけた。

「もしもし」と彼は、一切を運命に任かすような気で、その軍人をよびとめた。

「何とかして乗れないでしょうか。こんな病人をつれて居るのでつい乗りおくれたんですが……」

在郷軍人は窓から車内をのぞいてまわって居たが、

「ここからお乗りなさい、病人は後から入れてあげます」

と、はや、女を彼の背からおろして居た。

張は、窓から首を差込んで、ころび落ちるように車室の中にもぐり込んだ。在郷軍人は女をかかえて、脚の方を先ず窓の中に衝き込んだ。張はその脚を摑まえて、力まかせに女を引き込んだ。

やっとの事で、二人は乗り込んだ。だが、女はもう、殆んど生気がないほど弱り込んで居た。

誰も此の瀕死の病人のために席を譲って呉れるものはなかった。反って、もうこれ以上余地のないところへ割込んで来るなんて、不都合千万だと云った様な顔をして彼等を見た。

身動きもならぬところに、張は女を立たせた。そして、しっかりと女を摑えて倒れないようにした。

やがて汽車は動き出した。喧々囂々《けんけんごうごう》、乗客達はしゃべり出した。大きな声を出して、自分の遭難談をはじめるものがあった。焼け死んだ人間の悲惨な光景を手にとるように描き出すものがあった。そっくりそのまま信じきった〇〇〇〇を今一度そこで繰返しながら、目撃した〇〇〇〇を、さながらそれが当然のことかように話し合うものもあった。

それは〇〇や〇〇者にとって余りに無理解な〇〇心の曝露であり、余りに荒唐無稽な作り話であった。けれど、不思議に張には、彼等に対する反感は起って来なかった。こうした場合、大衆がこうした〇〇〇〇を信じるのも無理のない成行だと彼は考えた。ただ何うしても腹の虫のおさまらないのは、為めに〇〇〇〇〇〇〇〇斯うした〇〇〇〇を放った〇等の腹黒い〇〇であった。

泥だらけの床の上にドッカと腰を据えつけ、瀕死の女を膝にかかえて、哀れみ深い眼でその顔を瞶《みつ》めながら彼は考えた。

「こうして当分、俺達の叫びは何等の反響がなくして消え、いや、却ってその反対に世人の反感を招くためにのみ役立つんだ。そして民衆の〇〇は徒《いたず》らに時を遷延するばかりなんだ」

力も元気も、すっかりと今は脱けてしまったように彼は感じた。前の晩帰って来なかった二人の〇〇のことが、圧しつけられるような苦悶の情をもって思い起こされた。二人はもう、たしかに〇〇〇〇ものと彼はきめてしまった。共に分って来た苦しみは、此上もなく懐しい影として彼の胸の中に喚び起され、共に語り合った未来への憧れは、悲しみの雲の中にとじ込められてしまったのを彼は感じた。そして、彼等二人の消滅に、取りかえしのつかない損失を己が生活の上に感じた。――さながらそれは、彼の人生そのものが急に狭められ弱められ奪われてしまったかの如くに……

ふと気がついて見ると、抱いて居る女はもう死人のように冷たくなって居た。顔からは殆んど全く血の気が失せてしまい、唇は氷づけにされた魚肉のように白く晒されて居た。

「此の女の死ぬのももう遠くなかろう」ぞっとして彼は思った。

死とは何であるか。一切の忘却であり、消滅であり、永遠の安息である。理性は彼にこう教えた。それにも拘らず彼は尚、その永遠の安息を欲しなかった。

生きながらえることは、ことにこうした境遇に置かれた彼自身にとって生きながらえることは、恐るべき苦悩であり恐れであり不満の連続であり孤独の深淵への惑溺である。それが彼の頭脳にはっきりと描き出された或る先見、或る予感であった。而も尚彼は生きんことを欲した。

もし、途中で此女が死んだなら……

それに関連して起って来る幾多の面倒と困難とが、はっきりと彼の意識のうちに思い浮べられた。死人をのせて汽車を走らすことは出来ない。女がもし死んだならば、その手続きをしなければならない。そしてその時、彼の名が示されねばならない。彼の名が明にされたとき、彼の生命は無事であろうか。それを思うと、不安はヒシと彼の胸をつんざいた。

高崎までで汽車はとまった。そこから先きは別の汽車に乗り換えるために、乗客はみな降りねばならなかった。

女はもう、ひどく弱り込んでは居たが、まだ生命だけは取りとめて居た。再びまた張は、女を背に負うて車室を出たプラットホームから駅の出口の方を見ると、「赤十字救護班」と云う立札をたてたところに、天幕張りの医院が出来て居た。卓子の上には薬品の瓶が並べられ、その側には白衣の看護婦や医員が控えて居た。腕に徽章をつけた青年団員や在郷軍人達がせわしなくその辺をかけまわって居た。

「彼等に看○られはしないかしら……」と、突嗟の間に彼は考えた。けれど、赤十字救護班の立札を見た彼は、何うしても此の女を、その救護班につれて行かねばならぬと言う気に追い立てられた。その方に彼は脚を運んだ。

「ちょっと赤十字救護班へやって下さい」と彼は、改札口を出るときに云った。瀕死の病人に気をとられた駅員は訳もなく彼を通した。

救護班の天幕に這入ると、何も云わない間に看護婦達がかけよって来た。そして「こちらへ」と、常には駅長室になって居るところへ彼を導いて行った。

急拵《きゅうごしら》えの床上に二つ三つ蒲団が敷かれ、一人の病人がその上に横えられて居た。

「ここにおろして下さい」

その床をさして看護婦は云った。

肩から女をおろすと、看護婦達は女をふとんの上に寝かせた。検温器を脇にはさませながら、

「大分おわるいようですね」

と、同情に充ちた口調で張に云った。

二人の若い医師がそこへやって来た。そして「何処がわるいんです」と張にきいた。

「火事でひどく怪我をしたんです。それを無理したためでしょう、すっかりいけなくなりました」

と、張は自分の妻か妹のような風をして、すらすらと答えた。

看護婦のもって来た検温器をとって熱度をしらべて見てから、医師は病人の側によって、凝乎《じっ》とその様子を窺った。そして先ず手足の繃帯をとろうとした。繃帯は傷口にくっついて中々容易に剥がれなかった。痛みにたえかねた女は微に顔をしかめた。看護婦はリゾールの這入った大きなスポイトを持って来て医師に渡した。それから、膿盆を傷口の下に受けた。繃帯の上から医師はリゾール水を注いだ。

張はこの女を、真実自分の妹かなんかのように感じながら、熱心にその傷口を見まもった。

一通りその傷口を改めて、始末をした後、医師は互に顔を見合わせた。そして、

「以前から病気をして居たんでしょう」と、柔しく女に云った。

けれど、女はもうそれに答うる力をもって居なかった。何か云おうと思って居るらしく、口を動かしはするが声は出て来なかった。

「何処がわるかったんです？」

医師は更に張の方を向いて訊いた。

張は当惑した。今までは自分の妹であると云おうとして居たことが、今はすっかり駄目になったことを彼は感じた。何処がわるかったのか彼は知らなかった。何処がわるいのか、医師がつぶさに診察すればわかることだから、下手なことを云えば直ぐ、医師に疑われることはわかりきって居た。最初の目論見にもかかわらず、彼は真実を云った。

「私にはわからないんです。私は此の人の身内ではありません。ただ、余り気の毒だったので世話をしてあげただけなんです」

「そうですか。それは何うも……」と医師は感慨に充ちた眼をしたが、再びまた病人に向って、

「何処がいけないのです。ここですか、ここですか」と、胸に手をやったり腹に手をやったりしながら訊いた。

しかし、女はやはり口を動かすのみで何とも答えることが出来なかった。

医師はしばらく、あちこちと診察して居たが、再び脈を取って、凝乎と女の顔に見入った。そして今一度女に声をかけた。

「あなたのお家は何処ですか。親か兄弟がありますか」

答えを得ることはやはり駄目であった。張は、川口駅で女の手から受取った手紙を取り出しながら、

「両親はあるようです。ところは茲《ここ》にあります」と、その手紙を医師に渡した。

その手紙を受取ってから、医師は張に云った。

「名古屋ですか。汽車に乗せてはいけません。恐らくもう、二三時間の生命でしょう」

「そうですか。困りましたね」と張は顔を曇らせた。

「そうですねぇ……」と医員達もただ顔を見合わせるばかりであった。

折柄、外で、気魂しい叫び声、騒動しい足音、口々に罵る昂奮せる人声が、きこえた。期せずして彼等は一時に耳を聳《そばだ》てた。

駅員が彼等の前を走りすぎようとした。

「何ですか」と一人の医者が訊ねた。

「〇〇〇が〇〇〇ました」と駅員は答えてまた走りすぎた。

張はびくっとした。恐らく彼は、顔の色までも変えたであろう。脚がぶるぶる震え出すのを彼は感じた。

余つ程彼は、自分が〇〇〇であることを明して医師の援けを借りようかと考えた。けれど彼は尚それをすることが出来なかった。病人の処置に困ったような風をして、彼はそこの椅子に腰をかけた。と云うよりは寧ろ、倒れんとする自分の身をその椅子によって辛うじて支えた。

「馬鹿なことをする」

「後の始末を何うするつもりだろう」

此麽風《こんな》に話し合いながら、二人の医師は尚、外の喧囂《けんごう》に耳を傾けた。その間に看護婦たちは起って、外の光景を見に行ったが、直きに帰って来て報告した。

「今、〇〇を〇〇に包んで何処かへもって行きました」

「〇した人達がですか」辛うじて張は声を出すことが出来た。

「ええ」と看護婦は答えた。

張は幾分元気を取り戻すことが出来た。けれど不安は尚彼の胸を去らなかった。

「失礼ですがあなたは」と医師は、この時、張の方を向いて云った。

張はビクッとした。愈々自分が〇〇〇であることを看破られたに相違ない「失礼ですがあなたは〇〇〇ではありませんか」こう彼が訊くのに相違ないと張は感じたのだ。思いきって真実のことを云ってやろうと突嗟の間に彼は決心した。彼はきいた。

「何ですか」

医師はつづけた。

「あなたはどちらの方までお乗りですか。名古屋の方までは行かないんですか」

張はほっと胸を撫でおろした。

「私は大阪の方へ参ります」

「それでは」と医師は明るい顔をして云った「甚だ御面倒ですが、御面倒ついでに、名古屋に降りて、此の女の家へ知らしてあげて下さいませんか。そして誰かを引取りによこして下さいませんか」

赤十字を出るのが何となく○○に感じたけれど、何うせ乗りかけた船だ、何処までもやれるところまではやらねばならぬと、張は考えた。

「何うせ私は、名古屋の家まで送りとどけてあげるつもりで居たんですから喜んでそうしましょう」彼は答えた。そして彼は一つの事を医師に頼んだ。「ただ、私一人だけ行ったんでは、先方で信用しませんといけませんから、手紙を一本書いて頂くと大変都合がいいんですが……」

医師は彼の要求を容れた。


汽車の出るまでにはもう間がなかった。手紙を書いてもらうと彼は、早速それをポケットにおさめて救護室を出た。

心配したほどではなく、無事に彼はプラットフォームの人込みの中に紛れ込んだ。そこでも、今○された○○の話しで持ちきりではあったが、彼は尚誰にも発見されなかった。

汽車に乗るときは、再びまた戦場のような混雑を現出した。けれど、張も今度は一人であるので、左程の困難もなく無事に乗り込むことが出来た。その上ベンチに腰をかけることさえ出来た。

汽車に電灯のつかなかったことは、彼にとって却って幸なことであった。誰にも顔を覗かれることがないので、彼はもはや、自分の○○である事を見破られる心配はなかった。心もちを落着けることの出来た彼は、その混雑の中でも眠ることが出来た。

途中で今一度乗換えて、名古屋に着いたのは翌日の朝であった。ここまで来るともう、東京やその近県に於けるような人民の昂奮状態は見られなかった。名古屋に下車する沢山の避難民と一緒に、彼は停車場の改札口を出た。

停車場を出ると、彼は目ざす場処には何う云っていいかを、わざと、洋服を着た紳士らしい男に訊ねた。紳士は彼に親切に教えて呉れた。

貧しい労働者の家が彼の尋ねあてたその家であった。

「御免下さい」彼は声をかけた。

組糸をよって居た五十近い女が、入口を眺めた。

「藤野さんはこちらですか」

「そうです。宅は藤野です」と年老いた女は怪訝な顔をして思いがけない客の顔を瞶《みつ》めた。

「私は東京から来たものですが……」こうは云ったものの張は、気の毒で、容易にその次ぎの言葉を見出すことが出来なかった。

「さようで御座いますか。東京はまあ今度は大変なことで御座いましたってねえ」と、老母は、自分の娘の消息を知ることが出来ると云う予感をもって、急に嬉しそうな笑顔をして彼に云った。

その笑顔を見ると張は一層に本当のことを知らせにくかった。もじもじして居ると、老母は更につづけた。

「うちの娘も東京に参って居ましたんですが、失礼ですがあなたはその娘のことででも……」

「ええそうです。その娘さんのことで……」

「さようで御座いますか。娘は何うでしたでしょう。死にはしませんでしたろうか」

こう云った母の顔には包みきれぬ不安の色が表われて居た。

「此の手紙を見て下さい。一切のことがわかります」

老母の顔の色がさっと変ったのを張は見た。彼はもう、それ以上の光景を見るにたえなかった。

「それでは失礼します……」

こう云って立ちかけると、老母は遽《あわ》てて彼をとどめた。

「ほんとうのことを云って下さい。娘は死にましたか」

張はもう如何ともすることが出来ないのを見て、包みかくさず、一切のことを簡単に話してきかせた。

「ちょっと待って下さいまし」と母は、狂気のように裏の方に走り込んで行ったが、やがて直きに、二十歳前後の一人の青年をつれて来た。青年はジロジロと張の顔を瞶《みつ》めながら、母の手から受取った手紙を、ふるえる手で、封を切った。

「お母さん。僕が行って来ます。姉さんは高崎で死にかかってるんです。いや、もう死んでしまって居るんです」

母はもう、彼女自身を制することが出来なかった。そのまま彼女は、ふらふらと倒れそうにした。

「お母さんしっかりしなさい。しっかりしなさい」こう云いながら青年は倒れようとする母を抱えて、力一ぱいその肉体を揺すぶった。

張はもう見るに見かねて、再びまたそこを立ち去ろうとした。

やっと正気づいた母を支えながら、青年は心の中の苛々しさを露骨に表わして云った。

「まあちょっとお待ち下さいまし。あなたは何と被仰る方なんでしょう」

青年の眼は釘づけにされたように張の顔に向けられて居た。張には、それも余り気持ちよくはなかった。

「私はただ、同じ汽車に乗り合わせたために御知らせ申上げただけのもので御座いますから」と張は最早、片足を閾の外に踏み出しながら「それではこれで失礼します」と遁げるようにし、彼の家をとび出した。

一二町行って、電車に乗ろうとして居ると、

「待って下さい。ちょっと待って下さい」と、当の青年が、彼を追っかけて来た。

仕方なく張は、足をとどめて青年の来るのを待った。青年は張の側に来ると直ぐ「失礼ですがあなたは誰方さんでしょうか。何うして私の姉とお知り合いになったんでしょうか。も少し詳しくお話し

して頂き度いんですが」

と、口では叮嚀な言葉を使いながらも、じろじろと張の顔から服装から頭の格好からを仔細に眺めまわして居る眼は確かに、或る解し難い謎、或る信ずべからざる不思議を感じて居るらしい様子をもって居た。

「それはもう前に申上げたとおり、以前からの知合でもなく、ただ汽車に乗るときお困りの様でしたので、御世話申上げただけの事ですから……」と張は、青年の眼に恐れをなして、早く彼から離れ去ろうと云う心で一ぱいになった。

「兎に角、もう一度私の宅まで帰って下さいませんか。そしてゆっくり休んで行って下さいまし。もっと詳しいお話しも伺いたいし……」

こう云って青年は、張の手をとって無理にも自分の家につれて行こうとした。

「いいえ、何うか」と張は、青年の手から自分を捥《も》ぎとろうとしながら、「私は少し急ぎますから、これで失礼させて下さいまし、それよりも何うか、一刻も早く高崎の方へ行ってあげて下さいまし」と哀訴するような調子で云った。

青年は黙って張の顔を眺めた。そして最後に断乎たる決心の色を見せて張に云った。

「あなたは○○○じゃありませんか。そうでしょう?」

その声には抗すべからざる威力が備わって居た。張はありのままに自分の本名を告げた。

張の顔を瞶《みつ》めて居た青年の眼には明に○○の色が表われて来た。

「道理で」と彼は独言のように呟いた「自分の名も云わずに遁げようとしたんだ。何麼ことをしたのかわかりゃしねぇや」

ここにも尚危険が伏在して居ることを知ると、張の心は寧ろ落着いて来た。何うにでもなれっ、と云った様な感じが彼の心の中に生れて来た。

青年はつづけた。

「兎に角君、このまま行かれては困る。○○○○○○○○○○○○て居る今日だ。僕の姉が何うして死んだか、それがはっきりわかるまでは、僕は君を帰すわけには行かない」

沢山の人が彼等の側に集って来た。

「何うしたんだ。何うしたんだ」

彼等は口々に叫んだ。

「此の○○人が僕の姉の死んだことを知らして来て呉れたんです……」青年は説明しはじめた。

人々はしかし彼の説明を終りまできかなかった。そのうちの或る者は叫んだ。

「うむ、○○○か。○○○○へ、○○○○へ」

「いや、まあ待って下さい」青年はそれを制した「私はただ、何うして私の姉が死んだのか、何うして此の○○○と知り合になったのか、そんなことを訊こうとしただけなんです。すると此の○○○は自分の名前も云わず、さながら何か悪事の露呈を恐れでもするようにすきをうかがって遁げ出して来たんです。それで僕は……」

人々はまたもや青年の言葉を遮った、彼等は叫んだ。

「〇〇〇〇〇〇だろう。〇して置いて〇〇をくらまさんがために知らせに来たんだろう。図太い奴だ……」

彼等の拳は〇〇〇〇〇〇〇〇〇〇て居た。

それでも張は一言の弁解もしなかった。また一指の抵抗をも試みなかった。彼は寧ろ、殉教者のような気もちになって打たれたり罵られたりすることに快感をさえ感じ出して居た。今まで、絶えず彼の神経を襲うて居た何とも云えぬ不安と脅威との感は、今はもう跡形もなく消え失せて、急に重い荷が肩から取りおろされたような晴々しさを、その心の中に感じて居た。

解説

児玉千尋

一・地震の被害

関東大震災は、大正十二年（一九二三）九月一日午前十一時五十八分に、相模湾を震源として発生した。マグニチュードは七・九で、被害は東京府を中心に神奈川、千葉、埼玉、山梨、静岡と、長野、群馬、栃木の一部に及び、およそ全壊十三万戸、全焼四十五万戸、死者十万人、行方不明四万人、罹災者三四〇万人にのぼった。地震によって電話などの通信網や交通網は寸断され、電気、水道も止まった。家屋倒壊、火災、地崩れ、ガス爆発、津波などが重なり、京浜地方は大混乱となった。

地震自体は小田原・根府川方面がもっとも激しかったが、東京・横浜では地震による火災が加わって最大の被害を生んだ。ちょうど昼食時であったため、家屋の倒壊によって百余か所から出火した。東京は三日未明まで燃えつづけ、丸ノ内官庁街の一部、下町一帯を焼き払い、全市街の三分の二（約三十万戸）が焼失した。東京における死者の多くは火災による焼死、火に追われて水に入った水死であり、焼死はおよそ六万人に達したといわれる。火災被害の激しかった地域は、木造家屋が密集し道路も狭かった。避難民の持ち出した荷物が道をふさぎ、そこに火がつき、橋が燃え落ちたことでさらに焼死者を増やした。

特に陸軍の軍服などの被服品工場があった被服廠の跡地では、避難していた四万人のうち三万八千人が火災による旋風によって焼死または窒息死した。（本書掲載作品にもその状況が描かれている。竹久夢二「東京災難画信」、内田百閒「長春香」、菊池寛「震災余譚」）

吉原遊郭の被害も甚大で、池に逃れた多くの遊女が水と火災の熱とで死亡した。（掲載作品：川端康成「芥川龍之介氏と吉原」、宮武外骨『震災画報』）

十万人近い罹災者が上野公園、皇居前広場、日比谷公園等に避難した。（掲載作品：室生犀星「杏っ子」、川端康成「大火見物」、志賀直哉「震災見舞（日記）」、西條八十「大震災の一夜」）室生犀星「杏っ子」では上野公園に避難中に、出産の場面が登場する。宮武外骨『震災画報』によれば、「大震の当日九月一日の夜、上野公園内に避難していた妊婦中、一夜の内に七十名の妊婦が産気ついて児を産んだそうである。」とある。

二・流言飛語

地震発生直後の九月一日夕刻から、東京や横浜などで朝鮮人の放火・強盗殺人・投毒・暴動・襲来などの流言が広がり、東京府・神奈川県に戒厳令が施行された。警察、軍隊は各地に自警団をつくらせた。戒厳令で出動した軍隊は朝鮮人を捕え、軍隊・警察・自警団の手で数千人にのぼる朝鮮人と多くの中国人が虐殺された。埼玉県、群馬県などでは、興奮した群衆が警察の保護下にあった朝鮮人を奪い取り、殺害する事件も発生した。また、言葉がなまっているという理由で、地方出身者も朝鮮人だと言いがかりをつけられて、暴行を受けたり、殺害されたりした例もある。
ここで紹介する作品からは、極限状態での緊張のはけ口として、もはや相手如何にかかわらず「朝鮮人」を口実に弱者に矛先を向けている様子がうかがえる。「火焔！ 銃聲！ 半鐘！ 竹槍！」[1]では、自分の会社に入ろうとして、鍵がかかっていたために塀を乗り越えようとしているところを自警団にみつかって暴行を受けた実話である。暴行を受けた人物は幸いにも一命はとりとめたようだ。

隣りの家の人が來て私達へ『あなた方大變ですよ、こゝで殺されたのは進め社のあの若い人なんです。私はちやんと知つてゐます裏と表の門をあけやうとしても錠がかけてあつたので入られぬと思つたか塀を乗り越えやうとしたら皆が刀で切る、竹槍で突く、可哀想に私等がどんなにとめても殺されちやつたんですよそれから皆で中へ入つて鮮人がゐるかと散々探したのだ」と云つた。

「幸福な作家泉鏡花」[2]は、「朝鮮人」に暴行を加えている場面に遭遇して、止めに入った体験談。
あの関東大震災の直後、朝鮮人と見ればなぐったり縛り上げたり、ひどいのになると斬り殺したりするような暴挙を働いた奴らがあったが、そうした空気はすぐに鎌倉にも波及して来ていた。

（1）国立国会図書館デジタルコレクションに登録すると全文を読める作品には★を付す。
★横田忠夫「火焔！銃聲！半鐘！竹槍！」『進め：無産階級戦闘雑誌』第一年（九）、進め社、一九二三・十二
（2）★田中純「幸福な作家泉鏡花」『作家の横顔：ヴェールを外した』朝日新聞社、一九五五

或る夕方、寺木君と一緒に歩いていると、朝鮮人らしい一人の男が抜き身を持った者若い者数人に取りかこまれていた。気の弱い僕など、そのまま逃げだしたい光景であったが、寺木君はそれと見るとすぐに抜き身の輪の中に飛びこんで行き、こんな際、朝鮮人を迫害することの無意味さや野蛮さを説きだした。殺気だっている男たちは、この邪魔だてに業をわかして、今度は寺木君に斬りかかりそうな気配を見せて来たが、寺木君はびくともせず、とうとう彼らを説破して、その朝鮮人を釈放させたことがあった。

ここに出てくる「寺木君」は、泉鏡花の門人で「歯科医師の寺木定芳君」とあり、評伝『人・泉鏡花』(3)を著した人物。久米正雄「鎌倉震災日記」(4)にも登場しており、「朝鮮人」を助ける数日前には、自身の子供を震災で失っていたことが分かる。

二愛兒を失ひて、悲嘆に身も世もなげなる寺木夫人——もとの衣川孔雀君を伴ひて、歸り來るに會ふ。平生元氣なるドクトル寺木、悲痛に力ぬけたるが如く、後より沈鬱ながら從容たる態度にて入り來る。

次の「混乱の巷(一幕)(5)」は、様々な職業の人々が自警団の活動をしている状況を描いた戯曲である。ここでも、自警団の一部は通りかかった「朝鮮人」に言いがかりをつけて暴力をふるおうとする。「教授」がこれを止めるが、前述の寺木のように上手くはいかず、止めに入った「教授」が逆に暴行を受けてしまう。

教授の妻　あなた、よして下さいよ――そんなこと。
教授　（妻の方を見て）よさない。――我輩は断じてよさない。さ、君たちが馬鹿な真似をして、この朝鮮人に迫害を加へようとするなら、我輩の目の黒いうちは、どんなことがあつてもさせやしないから……
学生　大きく出やがつたな。先づこの教授を片づけてしまはうぢやないか。さ、諸君、手をかしてくれ。国賊め！
（学生は教授を突き仆す。床屋、ブリキ屋、青年団員、魚屋などが仆れた教授を取り巻いて、蹴る竹槍で突く、棍棒でなぐるして大騒ぎとなる。）
―中略―（教授を抱き上げようとするが、教授の頸は力なくぐつたりと垂れる。）
労働者　（教授を再び地の上におろして）あ、もう駄目です。
（教授の妻、ワツと泣き出す。）

朝鮮人の虐殺に関しては『朝鮮人虐殺に関する知識人の反応』(6)等、研究書も多く出版されている。文豪たちも自分の身の回りで起きた「朝鮮人への迫害」について言及している。（掲載作品：芥川龍

（3）★寺木定芳『人・泉鏡花』武蔵書房、一九四三
（4）★久米正雄「鎌倉震災日記」『微苦笑芸術』新潮社、一九二四
（5）佐野袈裟美「混乱の巷（一幕）」『大正文学全集十三』ゆまに書房、二〇〇三
（6）琴秉洞編『朝鮮人虐殺に関する知識人の反応』緑蔭書房、一九九六

之介「大震雑記」、志賀直哉「震災見舞（日記）」、竹久夢二「東京災難画信」、宇野千代『生きて行く私』、尾崎士郎「凶夢」、井伏鱒二『荻窪風土記』）本書では迫害された朝鮮人の視点で描かれた作品、加藤一夫「皮肉な報酬」を最後に収めた。

朝鮮人暴動がデマと判明したのちには、虐殺事件を正当化するために社会主義者が背後で煽動したとする方針がとられ、社会主義者が続々と拘束された。三日から五日にかけて平沢計七・川合義虎ら十名の社会主義者が亀戸署に捕えられ、軍隊に虐殺された「亀戸事件」が起こった。当初、亀戸署は事件を秘匿し、家族による問合せ、遺体引渡要求などにも応じず、その間に死体を焼却するなどの隠蔽工作を重ねた。事件は十月に初めて公表されたが、軍隊の行為は戒厳令下の行動として当然のこととされた。「亀戸事件」に関しては、『種蒔き雑記』(7)に詳しい。

十二日には中国人の社会運動家王希天が軍隊の手で殺害される事件がおこり、十六日には無政府主義者の大杉栄・伊藤野枝夫妻と大杉の甥の橘宗一が甘粕正彦憲兵大尉らに殺害された「甘粕事件」が引き起こされた。大杉栄・伊藤野枝に関しては、多くの文豪たちと交友があり、雑誌の特集が組まれ、追悼文が寄せられた。

これらの事件は報道を禁止され、後にその一部については発表されたものの、事件の究明は禁じられた。朝鮮人虐殺事件はごく一部の自警団が裁判にかけられただけで、それらの刑も軽かった。軍隊、警察としての責任は問われることもなく、また世論の批判や抗議も弱かった。他方で虐殺事件を正当化しようとする宣伝や工作がすすめられ、言論統制も強化された。今回収録した作品の中にも、芥川龍之介「大震雑記」「大震前後」、加藤一夫「皮肉な報酬」など伏字となっている部分があるが、これは「不逞鮮人（朝鮮人）」等の語句が入ると考えられる。

三．震災文学

首都で起きた震災のため、被災者の中には著名な文豪も多く含まれた。そしてその震災の経験から、体験記や小説が数多く書かれた。『改造』『中央公論』『文藝春秋』『新潮』『女性』など多くの雑誌で震災特集が編まれ、『改造』は大杉の虐殺への抗議の特集を行った。『婦人公論』では大杉と一緒に殺された伊藤野枝の特集を組んでいる。しかし、『白樺』『種蒔く人』『新趣味』など大震災の被害から廃刊、休刊に追いこまれた文芸雑誌も多い。

著名な文豪の作品を読むことで、震災の実態を知ることができると同時に、驚き慌てる人間味のある文豪たちの姿に触れることができる。教科書に載っているすまし顔の文豪からは思いもかけぬ、生き生きとした人物が見えてくる。

後に掲載するリストを見ていただければ分かる通り、非常に多くの震災体験記や小説が書かれた。本書に収録した作品より、もっと悲惨な、もっと詳しい体験記は他にもある。今回は中でも、文豪の人となりがよく表れているもの、あるいは一緒に震災体験をして、それをお互いに書いているものを中心に集めてみた。夫婦、恋人同士、友人同士など、それぞれの視点からどのように震災と当時の状

（7）『種蒔き雑記』種蒔き社、一九二四

況を描いているのかを見ていただきたい。

四．掲載作品解説

一．芥川龍之介とその周辺

近藤富枝(8)によれば、芥川龍之介は大正三年に田端に居を構え、関東大震災当時もそこで暮らしていた。芥川にはカリスマ的な魅力があったようで、付近には彼を慕って室生犀星、萩原朔太郎、久保田万太郎など文士が集まっていた。

（一）芥川龍之介の予言

久米正雄は「地異人変記」(9)の中で、芥川が関東大震災について予言したと感心している。

芥川龍之介が、何かの拍子にほんとの眞顔で、「今年はきつと何か大きな天變地異があるぜ。或る古老もさう云つてゐたさうだし、僕自身何だかさう云ふやうな氣がしてならない。」と、幾度も繰り返し豫言してゐたが、其の時私たちまで、「ほんとにさう云ふ氣はするね。何だか餘り世の中が間違つてゐるから。」などゝすつかり冗談に云つてゐたのだつたが、―中略―私は豫言と云ふものゝ、かくまで文句なしに當つたのを、他の如何なる豫言に於ても見た事はない。

田中純（10）も同様に芥川の予言の事を書いており、仲間内では評判になっていたようだ。

それは彼の死のちょうど五年前、大正十二年の夏である。その夏、鎌倉の海岸は、いつにない人出で賑わっていた。あまりに賑やかでけばけばしいのを見て、芥川君が「この様子では何か天災地変でもありそうだね。」と言ったところ、間もなくあの大震災が来たというのは有名な話である。

しかし、当の芥川本人は「大震雑記」で次のように白状している。

僕は爾來人の顔さへ見れば、「天變地異が起りさうだ」と云つた。しかし誰も眞に受けない。久米正雄の如きはにやにやしながら、「菊池寛が弱氣になるつてね」などと大いに僕を嘲弄したものである。――中略――大地震はそれから八日目に起つた。

「あの時は義理にも反對したかつたけれど、實際君の豫言は中つたね。」

久米も今は僕の豫言に大いに敬意を表してゐる。さう云ふことならば白状しても好い。――實は僕も僕の豫言を餘り信用しなかつたのだよ。

（8）近藤富枝『田端文士村』講談社、一九七五
（9）★久米正雄『微苦笑芸術』新潮社、一九二四
（10）★田中純「秀才芥川龍之介」『作家の横顔：ヴェールを外した』朝日新聞社、一九五五

(二) 落ちつきはらった芥川龍之介と妻文《ふみ》

小島政二郎は『眼中の人』[11]で、地震の中でも落ち着き払った芥川龍之介を描いている。

「まあ、鬚でも剃りたまへ。」

芥川はさう云つて、安全剃刀を縁側に出してくれた。私は咄嗟に、自分の姿が慌てふためいてゐるやうに芥川の目に映つたかと我身が顧みられて、急に羞しくなつた。私はメラメラ搖れる蠟燭の灯を便りに、小さな鏡の中を覗きながら、云はれるままに鬚を剃つた。安全剃刀を使ひ馴れない為めに、私は二三ヶ所血を出した。それが使ひ馴れない為めでなく、慌ててゐる為めの傷だと思はれはしないかと私はうしろめたかつた。芥川はいつもとちつとも變らず、落ち着いた、澄んだ空氣を身のまはりに持つてゐた。

佐藤春夫も「芥川龍之介のこと―間抜けなところのない人」[12]で芥川の態度に感服している。そこには地震にも悠然とし、さっと食料を調達したスマートな芥川の姿が描かれている。

室生から聞いたのだが、地震の最中に、芥川君は室生のところへ悠然と見舞に來たさうだ。それからその翌日は自身で子守車をひつぱり出してそれへ一ぱいのじやがいもやらさつまいもやらを買ひ込んで來たさうだ。

「こいつは甘いからたとひ砂糖がなくなつても食へる」

と説明をしたさうである。―中略―何しろ間抜けなところ――拙の少しもない人だ。

芥川自身は地震について「大震日録」に次のように書いている。

九月一日。

午ごろ茶の間にパンと牛乳を喫し了り、将に茶を飲まんとすれば、忽ち大震の來るあり。母と共に屋外に出づ。妻は二階に眠れる多加志を救ひに去り、―中略―妻と伯母と多加志を抱いて屋外に出づれば、更に又父と比呂志とのあらざるを知る。婢しづを、再び屋内に入り、倉皇比呂志を抱いて出づ。

簡潔な文章で、地震の際の家族の動きを冷静に描き出している。これだけ見ると、仲間たちが賞賛する芥川像からも違和感はない。しかし、芥川の妻の文《ふみ》は『追想芥川龍之介』で次のように述べている。

その時、ぐらりと地震です。

主人は、「地震だ、早く外へ出るように」と言いながら、門の方へ走り出しました。そして門の所で待機しているようです。

(11) ★小島政二郎『眼中の人』三田文学出版部、一九四二

(12) ★佐藤春夫「芥川龍之介のこと」『佐藤春夫全集 第三巻』改造社、一九三二

私は、二階に二男多加志が寝ていたので、とっさに二階へかけ上りまして、―中略―子供をまず安全な所へ連れ出さねばと、一生懸命でやっと外へ逃れ出ました。

部屋で長男を抱えて椅子にかけていた舅は、私と同じように長男をだいて外へ逃れ出て来ました。私はその時主人に、

「赤ん坊が寝ているのを知っていて、自分ばかり先に逃げるとは、どんな考えですか」

とひどく怒りました。

するると主人は、

「人間最後になると自分のことしか考えないものだ」

と、ひっそりと言いました。

文《ふみ》の文章を見ると、仲間たちが感心したほど、芥川は悠然としていたわけではなさそうだ。大慌てで、子供も置いたまま、一人で外に逃げ出している。人間の動きだけを見れば、芥川自身の書いた先の文章とも齟齬がないが、印象は大違いである。文《ふみ》の文章では、この後、佐藤も紹介した買出しに続くのだが、この文脈ではスマートな行動というよりは、子供を置き去りにして一人で逃げ出した父親の苦心の名誉挽回に見えてしまう。妻にかかると、皆の憧れの文豪もかたなしである。

室生犀星の「杏っ子」にも、芥川と買い出しに行く様子が描かれている。その文章の通りなら、佐藤春夫が言ったほどには買い出しも成功しなかったようだ。

芥川は可笑しそうにわらうと、これから、動坂に出て食糧をととのえようと思うんだが、君も行かないかといい、蒲原にむかって、君済まないがね、

「家に行って乳母車を曳いて来てくれないか、罐詰を積み込むんだ。」―中略―

動坂の橋をわたると、どの乾物屋や穀類を売る店々の棚は、みながらんと空いていて、列んでいる罐詰類は、コナミルクの罐くらいしかなかった。―中略―

「罐詰はないんですか、」と低声で聞いた。

「罐詰なんかあんた、がたっと来たら夕方までに買い占められましたよ。」

「早い奴がいるな、早いな、実に早いな。」

芥川は褒めるようにそういった。平四郎はその店で匿してあった鮭罐を五個頒けて貰い、乳母車の底の方にいれた。鮭罐は勲章のようにかがやいた。―中略―

芥川は乳母車を覗きこんで言って、乳母車の必要はなかったと笑った。


ここで室生自身の震災体験を見ると、妻は出産直後で入院しており、病院から上野公園に避難していた。室生犀星は、妻子をすぐに探し出せず、迎えに行ったときに「遅かったわ、とても、遅かったわ。」と妻に怒られている。どこの文豪も、震災時に妻から合格点をもらうのは難しかったようだ。室生の体験記としては「震災日録」[13]もある。

(13) ★室生犀星「震災日録」『庭を造る人』改造社、一九二七

（三）川端康成と吉原見物

震災後、行方の知れない知人を探すだけではなく、被害の少なかった者や、地方から出てきた者が被災地を見て歩く〝観光〟のようなものが行われたようだ。それを当て込んだ、焼野原や焼死体を写した土産用の絵葉書などが売られていた。次の文章は、内田百閒宅に知人が上京し、「見物」に回っている様子だ。(14)

それからずつと私の家に泊まり込んで、半月ばかりの間、方方の焼け跡や人死にのあつた場所を見物して廻つた揚句に、やつと開通した東海道線で郷里に歸つて行つた。見物に廻つてゐる間ぢゆう、毎日夕方に歸つて來ると、「思つたよりはひどい、想像以上の惨状だ」と云つて滿足してゐた様子であつた。

川端康成は「芥川龍之介氏と吉原」の中で、地震後に芥川龍之介と吉原見物に出かけた様子を書いている。吉原は遊女が逃げ遅れて数多く死んだ場所で、震災見物に人気の場所だったようだ。川端は今東光と一緒に芥川龍之介の家を訪れる。そして、ちょうどこの家に避難していた小説家の小島政二郎夫妻が、自分の家へと戻るので、(15)みんなで送っていくこととなる。その後、小島と別れて三人は吉原へと向かうのだが、小島政二郎もこの吉原見物に関して書き残している。

大地震後まだ幾日も立たないころ、朝鮮人騒ぎのやかましい最中、夜になると、自警団員がドギドギするような白刃を抜いて人を誰何している時、彼は提灯と蠟燭とを用意して、川端康成と連れ立ってお女郎の死骸が沢山ころがっているという吉原見物に誘いにきた。

私が出ると、家内が一人ッきりになるし、家内はタダの体ではなかったし、私が出渋るのを見ると、「なんだい、小説家が、一生に二度とないこんな機会を自分の方から逃すなんて、君は無欲だね」

そう言って軽蔑された。

「芥川龍之介氏と吉原」の初めの部分で、小島夫妻を送っていく最中、馬が小島夫人に向かって首を突き出す場面がある。川端は、「美しい人は馬にも分るんだね。」と言っている。この小島政二郎夫人について、『追想芥川龍之介』で芥川の妻文《ふみ》はちくりと一刺ししている。

この震災の時、小島政二郎さんの家は根岸にあって焼けなかったのですが、奥さんの美子さんがお腹が大きかったので、小島さんは心配で、奥さんとその姉さんを家へ頼みに来られました。奥さんは、姉さんのお世話で、あげ膳すえ膳の毎日でした。

朝おきてお化粧をするのが仕事のようでした。

宮武外骨の『震災画報』によれば、震災後の非常事態に化粧をするのは不謹慎だと「お化粧は当分

（14）★内田百閒「春雪記」『有頂天』中央公論社、一九三六
（15）★小島政二郎「芥川龍之介」『鴎外・荷風・万太郎』文芸春秋新社、一九六五

ご遠慮下さい」との貼紙がされたとある。他人の家に避難して、上げ膳据え膳でお化粧しているだけでは、いい顔もされなかったのだろう。

(16)当の小島政二郎は妻のこのような振る舞いを知らず、後にこの文《ふみ》の文章を読んで恥ずかしい思いをした。

これを読んで、私は顔が赤くなった。芥川さんは私達の仲人だ。そこへ世話になっていて、芥川さんの奥さんは一日中襷をはずしたことがないくらいの働き者だった、それを見ていながら、何と云うことをしてくれたのだと羞かしくって羞かしくって顔が上げられなかった。この本が出たのは、芥川さんも死に、奥さんも死に、——光子も死んだあとだけに、それまで私が知らずにいたことが、胸を掻き挘りたくなるくらい羞かしかった。

さて、関東大震災から数年の後、昭和二年（一九二七年）に芥川龍之介は自ら命を絶った。川端の「芥川龍之介氏と吉原」は、芥川への追悼文として書かれている。川端は、当時の文壇の中では長命を保ち、多くの仲間を見送り、追悼文を残している。

しかしそれから二三年の後いよいよ自殺の決意を固められた時に、死の姿の一つとして、あの吉原の池に累々と重なつた醜い死骸は必ず故人の頭に甦つて来たにちがひないと思ふ。死骸を美しくするために、芥川氏はいろんな死の方法を考へてみられたやうだ。その氣持の奥には美しい死の正反對として吉原の池の死骸も潜んでゐたことだらう。

あの日が一生のうちで一番多くの死骸を一時に見られたのだから――。

その最も醜い死を故人と共に見た私は、また醜い死を見知らぬ人々より以上に故人の死の美しさを感じることが出来る一人かもしれない。


芥川と共に「一生のうちで一番多くの死骸を一時に見」て、「故人（芥川）の死の美しさを感じることが出来る一人」であった川端は、彼自身の死を選ぶとき、芥川に倣って「死骸を美しくするために……いろんな死の方法を」考えたのだろうか。芥川は服毒自殺を選び、川端自身はガス自殺を選んでいる。また、この文章の中で川端は、「九月一日の當日から毎日市内をほつき歩いて、私程地震の後を見て廻つた者は少いだらう。」と書いているが、自分自身の震災体験に関してはあまり書き残していない。

二．志賀直哉

当時京都に住んでいた志賀は、苦労の末に震災後の東京にたどりつく。外部からの視点で、流言に殺気立った震災地の様子が描かれている。東京に近づくにつれて、朝鮮人を追いかける姿、殺したと話している人を見かける。震災にあい、命からがら逃れ、物資は不足し、情報が遮断されるといった

(16) 小島政二郎『砂金』読売新聞社、一九七九

極限状態から流言は広まっていった。そのような状況に途中参加する、地方からの上京者には、国籍や訛りを根拠に一般市民が人を殺す世界は「餘りに簡単過ぎ」奇異に映ったことだろう。
文中で見舞いに訪れた柳とは、民芸運動で知られる思想家の柳宗悦。白樺派に参加しており、志賀と交流があった。妻の兼子は声楽家であった。文中では「柳が朝鮮人に似てゐるからと離れる事を兼子さん氣にする」とあるように、言いがかりをつけられて暴行されるような事件も起こっていた。
真相のほどは分からないが、震災後に消息が分からなくなり、イタリア帰りで日本語が不自由だったため朝鮮人に間違えられたのではないかと噂される人物についての作品も残されている。[17] ちょうどこの文章にも言及されている「有島兄弟」の作品である。有島生馬『蝙蝠の如く』に登場する画家増井清次郎、里見弴「T・B・V」[18]の中では増井清一として登場する人物だ。

関東の大震災に、××人と間違へられて、—さういへば、あの、眉が薄く、目が細く、矩形をした顔だちは××人によくあるし、日本語はまづいし、間違へられるのも無理はないが、—自警團と自稱する乱暴者の手にかゝつて、無惨な最期を遂げたらしい。(「T・B・V」)

この「有島兄弟」であるが、長男で作家の有島武郎は震災の直前に心中事件を起こして亡くなっている。[19] 次男で画家の有島生馬は二科展のために震災時は上野におり、その体験を「震災備忘記」「震災余談」[20]に書いている。四男で作家の里見弴は「震災親書」など数多くの震災関連の作品を残している。妻ではない女性と待合にいたところ被災しており、その避難する姿は泉鏡花の「露宿」にも登場する。

三．与謝野晶子と与謝野鉄幹

与謝野晶子は長年書きためていた源氏物語の現代語訳の原稿を、震災で焼いてしまった。「大切な原稿を土ふかく埋めておけばよかつた」[21]や短歌などでその無念を書き残している。

十餘年わが書き溜めし草稿のあとあるべしや學院の灰（「悪夢」）[22]
失ひし一万枚の草稿の女となりて来りなげく夜

晶子と鉄幹の子供たちも原稿の焼失について書いている。

母が源氏物語の現代語譯を思ひ立つたのは明治の末かと思はれるが着手したのは大正の初期で

(17) ★有島生馬『蝙蝠の如く 伊太利篇・日本篇』愛宕書房、一九四二
(18) ★里見弴「T・B・V」『本音：他七篇』小山書店、一九三九
(19) ★有島生馬「震災備忘記」「震災余談」『白夜雨稿』金星堂、一九二四
(20) ★里見弴「震災親書」『里見弴全集第四巻』改造社、一九三二
(21) 与謝野晶子「大切な原稿を土ふかく埋めておけばよかつた」『婦人世界』婦人世界社、一九二三．十
(22) 与謝野晶子『鉄幹晶子全集別巻四』勉誠出版、二〇一九

あらう。—中略—七八年もかゝつたであらうか。完成したのは私が高等學校の二年生の時で大震災の年であつた。天佑社と云ふ両親も関係して居た書店から出版することになり、九段下にあつた店に一度原稿を渡してあつたのを、どう云ふわけか取戻して、安全だからと云ふので、神田の文化學院に預けて置いたのである。—中略—神田が火事だと云ふので文化學院を見て來いと云ふ父の命令に、私は兄と二人で未だ落ちてなかつたお茶の水の橋を渡つて文化學院へ行つて見ると全くの焼野原であつた。

今でも土手の避難所で私のこの報告を聞いた母の顔が眼に見える様な氣がするが、十年近い努力が一朝にして夢と消へ去つたのには、一瞬呆然たるものであつたらう。然し一言も愚痴をこぼさなかつた。驚歎すべき冷静さであつた。[23]（与謝野秀、次男）

平野萬里さんとかお弟子さんたちが父のことを心配してくれて、両親も雑誌を出したいって言うんでみんなで応援して下さって、大正十年に二回目の『明星』を復刊したんです。ところが大正十二年の九月に震災があって、休刊。印刷所は閉めちゃうし、読者も散り散りになって、とうとう何ヵ月後かに白旗掲げてしまうんです。

母は、二度目の『源氏物語』を、うちで持ってて万が一焼けてもいけないっていうんで（笑）、それで文化学院の門番の家の押し入れに入れてたんです。小さい二間の家でね。そしたらそれが焼けちゃったの（笑）。母としてはもうがっかりでねえ。

あの地震のあと、僕見にいったんですよ。母が「見てきてくれ」って言うからねえ。文化学院もだけど原稿が心配だから。丸焼けになってるんで、僕はがっかりしました。まだ焼けてしまわないで、火が燃えてる最中に行ったんですけどね。聞いて母はもうがっかりですよ、ねえ。[24]（与謝野光、長男）

この時に母の「新訳源氏物語」の原稿全部が、文化学院の校舎と共に焼失して、母がたいそう落胆したそうである。[25]（与謝野宇智子、四女）

震災後、晶子は精力的に震災に関する随筆や詩歌を発表している。一方、与謝野鉄幹はその当時、執筆不振に陥っており、震災に関する作品も今回掲載したものしか発見することができなかった。旺盛に作品を発表していく妻と、取り残された夫。世間も、子供も晶子の原稿が焼けたことに注目しているが、このとき鉄幹は創建に尽力した文化学院が焼け（そこに預けてあった晶子の原稿も焼け）、苦心して復刊した『明星』も震災の影響で再び廃刊を余儀なくされた。その心の内はいかばかりであったのか、この詩歌からはうかがい知ることはできない。

(23) ★与謝野秀「母の追憶」『縁なき時計：続欧羅巴雑記帳』采花書房、一九四八
(24) 与謝野光「関東大震災」『晶子と寛の思い出』思文閣出版、一九九一
(25) ★与謝野宇智子「親は何する人ぞ」『むらさきぐさ：母晶子と里子の私』新塔社、一九六七

四．竹久夢二

被災して発行できなくなった新聞社の多い中で、『都新聞』は幸いこれを免れた。画家竹久夢二は、『都新聞』で九月十四日から十月四日までの二十一回「東京災難画信」として挿絵と文章の連載を行った。テレビのない時代、絵や写真で震災の状況を伝えることが望まれ、火災、灰燼に帰した都市、黒焦げの死体など凄惨な写真が絵葉書として売られ、画報や雑誌の巻頭グラビアに使われた。『震災画譜畫家の眼』(26)や宮武外骨の『震災画報』など挿絵を主とした作品も発売された。また珍しいところでは、『ドグラ・マグラ』で知られる作家夢野久作が『九州日報』の記者として多くの震災ルポルタージュを残している。その作品は『東京人の堕落時代』(27)にまとまっているが、その中には自身の手による「東京震災スケッチ」も収められている。

五．谷崎潤一郎

関東大震災では、神奈川の方が震源に近く揺れが激しかった。谷崎潤一郎は避暑に訪れた箱根の車中で関東大震災に遭う。車で通り過ぎた道が崩れ落ちるというドラマティックな体験であった。単身大阪へ逃れ、海路で上京し家族と再会する。末弟の終平が、(28)箱根脱出後の顛末を書いている。

兄は箱根から横浜に出ようとしたが、道が崩壊していて汽車も不通で行かれず、また戒厳令で東京にも這入れぬという。やっと徒歩で沼津に出て、取りあえず関西へ行った。「朝日新聞」に辿りついて援助を乞い、上海丸で横浜に出る。これがまた都合よく今東光氏の父君が船長である会社の船で、新聞社の腕章をつけて、今家に至ると、本郷の西片町は焼けておらず、横浜の家族も厄介になっていて、再会したのだ。

谷崎の手記「全滅の箱根を奇蹟的に免れて」が非常に早い時期に『大阪朝日新聞』に掲載されたのはそうした理由であった。これを機に谷崎は関西へと居を移し、古典的・伝統的な日本美に傾倒、新境地をひらく。作風は「痴人の愛」に代表されるモダニズムから「吉野葛」「春琴抄」などの古典趣味に変貌した。

末弟の終平は、当時十六歳、次兄の精二と住んでいた家で被災しており、同書にその状況も描かれている。

九月一日の私は、午前中の始業式だけで終り、友達と映画に行くことになっていて、昼食を済ませて、出かけようと思っていた時だった。関東大震災に遭った。畳は持ち上って回転する様な感じで、とても坐っても立っても居られぬし、柱に摑まって居るのが精一杯だが、四隅の柱がぎ

(26) ★黎明社編輯部編『画家の眼：震災画譜』黎明社、一九二三
(27) 夢野久作『東京人の堕落時代』葦書房、一九七九
(28) 谷崎終平『懐しき人々：兄潤一郎とその周辺』文藝春秋、一九八九

しぎしいって合せ目が離れるし、外はゴーッという音がする。―中略―
次兄の精二と嫂の郁子さんが二階から降りて来た時の土色に蒼ざめた顔色に驚いた。自分もこんな顔をしているのだなと思った。

小説家、英文学者である精二も震災の体験記や小説をいくつか残している。本人の体験に関しては、「死せる街」(29)が詳しい。震災から数日後に、友人と共に焼跡を見に出かけている。

三越の大建築は崩れた外廓だけが残つて、中は空虚になつて居た。そして其の大玄関の前には、黒焦げになつた死體が一つトタン板で蔽はれて置かれてあつた。―中略―
帝劇と並んで東京の物質文明を代表した三越の大玄関にさうした黒焦げの死體が一個置かれてあると云ふ事は何と云ふ皮肉だらう!

六．宇野千代と尾崎士郎

宇野千代の自伝『生きて行く私』によれば、夫と北海道で暮らしていた宇野は、懸賞小説の入選をきっかけに東京に上京する。そこで、同じ懸賞で二等を取った尾崎士郎と出会い、そのまま同棲を始める。この後、夫とは別れ、尾崎士郎と正式に結婚するが、尾崎とも数年で別れている。後には、画家の東郷青児と同棲するなど、恋に奔放な女性であった。

宇野千代『生きて行く私』

宇野千代の自伝『生きて行く私』の関東大震災の部分を抄録した。関東大震災当時、宇野と尾崎は馬込に住んでおり、そこで被災した。朝鮮人の襲撃のうわさを聞いて、二人は家の天井裏に隠れ潜む。ラストの袂への放尿から、屈託のない笑い声への描写は秀逸。

尾崎士郎「凶夢」

尾崎士郎の小説の後半部分を抄録した。主人公信彦は、夫のある女性彌生と暮らしている。彌生の夫である大野への罪悪感で、その幻影に苛まれている。そのような状況下で関東大震災が起きる。宇野千代の体験談と同じように、二人は朝鮮人の襲撃のうわさを聞き、家の天井裏に隠れることにする。彌生は怖がって、天井裏に上ることができない。そこで、信彦は先に上り、彌生を引き上げてやる。

宇野の作品では家に隠れることを提案するのは、宇野である。尾崎の作品では、男性が提案している。宇野の体験談と比べると、男性が主導権を握り、女性を導いている印象を受ける。尾崎の小説の中では、主人公は奪った女性の元の夫への罪悪感を強く感じている。尾崎自身も、そのような悩みを持っていたのだろうか。内容的には、宇野千代の書いた二人の実体験とほとんど同じであるのに、描かれた雰囲気はまるで違う。うじうじと悩み続ける男を描いた尾崎と、かつて別れた男の魅力を爽やかに描き出した宇野。実際のところ、二人の関係はどうであったのだろう。

(29) 谷崎精二「死せる街」『文章倶楽部』大正十二年十月特号、新潮社

七．泉鏡花

泉鏡花の体験記「露宿」は、個性の表れた興味深いものとなっている。震災の類焼で今にも自分の家が燃えそうな場面でも、あくまで耽美。「消すに水のない劫火は、月の雫が冷すのであらう。」火事の火の粉は流れ星となる。

家から避難し、公園で野宿するのだが、この場面も艶っぽく妖しげで、完全に鏡花的世界である。まず公園に張った天幕の中でしめやかな逢引が始まる。そして、避難者の持ってきた荷物が妖しい様相を帯び始める。

鏡花の小説は、鏡花の想像で編み出されたものだと考えていたが、むしろ、鏡花というフィルターを通して見ると、どんな状況でも、たとえ大地震にあい焼けだされている状況であっても、世界は鏡花的艶気と妖しさに満ちていたのだ。

さて、被災した泉鏡花の元には色々な人物が訪問している。その一部を紹介していく。まず、「水上さん」は小説家、評論家の水上滝太郎。歌人、劇作家、小説家吉井勇と一緒に訪れている。

本文では「水上さんは、先月三十一日に、鎌倉稲瀬川の別荘に遊んだのである。別荘は潰れた。家族の一人は下敷に成んなすつた。が無事だつたのである。」とある。水上滝太郎はいくつかの震災の小説を残している。地震の体験に関しては「所感」(30)に詳しい。

大正十二年九月一日地震の時、自分は鎌倉に居た。家は倒れ、危く身を以て逃れたが、十数人の同勢の中で、親類の十八になる娘が一人逃遅れて下敷になつた。それが不思議に微傷も負はずに這ひ出して、芝生に集まつた一同が互の無事を祝しあふ間も無く、再び海嘯に脅され、女子供を励まして裏山の松林に避難し、一息ついたと殆ど同時に、東西に起つた火事の煙は、松林にもかゝつて來るのであつた。

次に現れるのが「弴さん」、前述の小説家・有島生馬の弟の里見弴である。「弴さんは、手拭を喧嘩被り、白地の浴衣の尻端折でいま遁出したと言ふ形だが、手を曳いて……は居なかつた。引添つて手拭を吉原かぶりで、艶な蹴出しの棲端折をした、前髪のかゝり、鬢のおくれ毛、明眸皓歯の婦人がある。—中略—火に追はれて逃るゝ途中おなじ難に逢つて焼出されたゝめ、道端に落ちて居た、此の美人を拾つて來たのださうである。」

里見弴は震災に関して多く書き残しており、「安城家の兄弟」(31)を読むと赤坂の芸妓・菊龍（小説の中では瑛龍）と待合に泊まっている時に被災しており、道端で拾った訳ではない。

「振分の荷を肩に、わらぢ穿」「(久保勘）と染めた印袢纏で、脚絆」といういでたちの「浅草の万ちゃん」は、小説家、劇作家、俳人の久保田万太郎。生家は浅草で「久保勘」という袋物製造販売をしていた。「露深く」「火事息子」「葱」など震災後の市井を描いた作品を多く残している。生涯に三回焼け出されたと語っており、青年時代に駒形の家が類焼、関東大震災でも北三筋町の家を焼き、戦

(30) ★水上滝太郎「所感」『貝殻追放第三』東光閣書店、一九二五
(31) ★里見弴「安城家の兄弟」『里見弴全集 第三巻』改造社、一九三二

争で三田綱町の自宅が焼けている。

まへに焼けて、まだ、五年とたゝないのにまた焼け出された。——両親、同胞たちは本郷の寺へ、わたしとわたしの女房子供は、同じ本郷でも、方角の少しそれる駒込の友だちのうちへわかれわかれに遁れた。(32)

「八千代さんは、一寸薄化粧か何かで、鬢も乱さず、杖を片手に、しやんと、きちんとしたものであつた。」とあるのは、小説家、劇作家の岡田八千代。演出家、劇作家、小山内薫の実妹。本文にあるように、小山内薫は関西に滞在中で、震災後大阪に住居を移した。小山内自身は罹災していないが、「道徳途説」(33)において、里見弴、永井荷風などの近況を紹介している。

八．岡本一平と岡本かの子

岡本一平の随筆「かの子と観世音」から抄録。一平は、東京朝日新聞社に入社、政治漫画、風刺漫画で人気を博し、そのジャンルを切り開いた。妻は、詩人で小説家の岡本かの子。「かの子と観世音」に登場する「私たち親子三人」の子供が、芸術家の岡本太郎である。もし、かの子が「のろ臭や」でなく、家族がここで惨死していたら、後に「芸術は爆発」しなかったであろう。

芥川龍之介の親友であった洋画家小穴隆一は、右足の足首を切断して隻脚となり、不自由な体で震災の直前まで芥川龍之介と鎌倉で過ごしていた。芥川の「大震雑記」では俳号の一游亭として登場している。彼らの部屋の隣には岡本一平、かの子、太郎が過ごしていた。(34)芥川と小穴は一足先に東京へ戻り、岡本一家はそのまま鎌倉で被災した。小穴はその時の様子を随筆に残しており、無邪気なかの子の姿を生き生きと描いている。文中の「鶴は病みき」はかの子が、この逗留生活での芥川龍之介との交流を描いた小説である。「鮨」もかの子の作品。

十二年の夏は、私は右の足首をとられたあとの弱つたからだで、商売をやめてしまつてゐた平野屋の一つ座敷に、芥川龍之介と寝起きをともにしてゐた。まだ、死ぬ話をしようやなどといふ芥川ではなかつたから、思ひだすことがほのぼのとしてゐて明るい。―中略―

私達の部屋の隣りの離れには、偶然、岡本一平夫妻と太郎がゐたのだ。―中略―

芥川が東京に戻つてゐる間に、かの子も東京にでた日があつて、なにも土産になるものがなかつたから、東京駅で買つてきたといつて、腹を押すとピイピイいふゴム人形をくれたことがあつた。松葉杖でもまだ一人歩きのできなかつた私は、ときどきその人形の腹を押しておもちやにしてはゐたが、東京へ戻る日がきたとき、床間の隅にそれを置いて帰つた。私達が引上げた五日目が九月一日の震災であつたが、平野家の家は潰れ、岡本かの子達はまだ平野家にのこつてゐたと

(32) ★久保田万太郎「枯野」『雨後』大岡山書店、一九二九

(33) 小山内薫「道徳途説」『女性』四（四）、プラトン社、一九二三・十

(34) ★小穴隆一「鵠沼・鎌倉のころ」『白いたんぽぽ』日本出版協同、一九五四

聞いて、私は、私達がゐた部屋も潰れ、床間の隅に置いてきたゴム人形がピイと泣いたか、かの子の耳に聞こえはしなかつたかと一寸困つた気がした。私は、ゴム人形を置いてきたのは、かの子にすまないやうな気がして、新潮社の人がくれた「鶴は病みき」も読んではゐない。私がまだ松葉杖でも歩けないうちに義足をこしらへて持つてて、一日、それをつけて便所まで歩いてみようと、よたよた歩いてゆくと、廊下にでてゐたかの子がみて手を叩いて喜んでくれた。—中略—ああいふ童女のやうな感情を持つた人も、昔の人であらうか、いつか、日本小説の絵物語で、「鮨」を読んだら、昔を思ひだして、かの子の太郎、太郎と呼んでゐたその呼声のアクサンが耳に聞えた。

九．内田百閒

『阿房列車』などで知られる内田百閒の作品は、本人はいたって生真面目で気難しいのに、どこかおかしみがある作品が多い。「ノラや」では何年もいなくなった猫を探し続ける頑固な繊細さがある。そのアンバランスな性格がこの収録作品でもよく表れている。

「入道雲」[35]では、震災当日の自身の震災体験を、「長春香」では震災の数日後、女弟子の長野初を探しに行く話。「塔の雀」では、震災から十三年過ぎても、毎年震災記念堂へお詣りをして、いまだに長野を思い出し泣きそうになっている。この三作品は一九三四年から数年の間に書かれている。繊細な百閒が、震災と弟子の死を昇華して作品に書けるようになるまでに、それほどの時間を要したのだろう。「アヂンコート」[36]は震災をめぐる長野の思い出三作品をまとめたものとなっている。また、地震に関する内容ではないが、「素絹」[37]という長野に関する作品をもう一編残している。

「長春香」や「入道雲」「塔の雀」等に書いた長野初の事をまた思ひ出した。尤も後の二篇には長野初の名前は出してゐないが、それを書く時に、長野の事が私の脳裡にあつた事は事實である。

『百鬼園日記帖 続』[38]を見ると、大正九年から長野が毎日のように百閒の元に通っていたことが分かる。以下、長野に関係のある部分だけを一部抜き書きする。


（大正九年七月）三十日金曜。…今日手紙が來て女に獨逸語を教へてくれないかと書いてあつた。

（八月）四日水曜。…午後長野初始めて來。晩までゐて去る。

八日日曜。朝長野始めて獨逸語を習ひに來。

九日月曜。朝長野來。

十日火曜。朝長野來、
十一日水曜。朝長野來。

（35）★内田百閒「塔の雀」『北溟』小山書店、一九三七
（36）内田百閒「アヂンコート」『内田百閒全集第二十巻』福武書店、一九八八
（37）★内田百閒「素絹」『百鬼園抄』創元社、一九四八
（38）★内田百閒『百鬼園日記帖続』三笠書房、一九三六

十二日木曜。朝長野の來る迄と思つて三條へ行く。…長野風邪の為來らず。

『内田百閒全集第二十巻』の解題[39]によれば、百閒に長野を紹介したのは英文学者、能楽研究家の野上豊一郎。夫人は作家の野上弥生子で、彼女の日記にも長野の事が書かれている。[40]

（大正十二年九月八日）本所の人ゝは被服廠跡の空地に遁げ込んでそこで四万近くの人が悉く焼死したといふいたましい出来事がある。そこは死体の山を築いてゐるといふ話である。―中略―長野さんはいまだに死生不明である。多分その四万人の焼死人の中に入つてゐられることゝおもふ。―中略―（十二月十四日）長野さんの死の消息が少しづゝ分かつてゐる。―中略―而して若夫婦と母さんと被服廠から又遁げ出さうとしてゐるときに母さんが転んだとか怪我をしたとか云ふことだ。でその母さんをうちすてて遁げれば遁げれたけれども、遁げないで運命を共にしたのだといふことである。

十．のんきな井伏鱒二、迷子の横光利一、心配性の菊池寛

（一）のんきな井伏鱒二

『荻窪風土記』によれば、井伏鱒二は関東大震災当時、下戸塚の下宿屋に住んでいた。早稲田大学

を中退した後のようだが、震災体験記からは緊迫感よりは、学生然としたのんきな雰囲気が伝わってくる。地震後三晩、友人と早稲田大学のグラウンドから東京の街が燃える様を眺めている。そして崩れかけた下宿から意を決して取り出した物は次の通り。

すこし無謀だと思つたが、毀れた階段を這つて壁の崩れた自分の部屋に入つて、カンカン帽と財布と歯楊子と手拭を持つて階下に降りて来た。

危険を冒して屋内に入った割には、たいしたものは持ち出していない。この後もこのカンカン帽は大活躍で、「財布は帯に捩込んで、カンカン帽に日和下駄をはき」郷里に帰ろうとする。下宿先から立川駅まで歩き始め、「藷畑に立込んでカンカン帽を枕に」野宿しようとした。後日、これは従兄のカンカン帽だが、「電文用の用紙でなくて、従兄のカンカン帽の裏を剝がした紙片に、「マスジブジとだけ」書かれた電報が生家に届いている。鱒二にとってカンカン帽は、被って良し、枕にして良し、電報の用紙にも使える三拍子揃った便利なアイテムであったようだ。

井伏鱒二の避難行は下宿を出た後、知らない人の家に泊めてもらい、商店で草履をめぐんでもらい、被災者無料の電車に乗って豆や、味噌汁、握飯、饅頭の接待を受けたりと、他の作家の体験記に比べてのんびりとした雰囲気のまま、郷里にたどり着く。そこで東京の友人からの手紙を受け取る。その

(39) 平山三郎「解題」『内田百閒全集第二十巻』福武書店、一九八八
(40) 野上弥生子『野上弥生子日記：震災前後』岩波書店、一九八四

手紙には、東京の「文学青年たちの間で話の種になりそうなゴシップが書いてあつた。」
「文芸春秋」を発行してゐる菊池寛は、愛弟子横光利一の安否を気づかつて、─中略─「横光利一、無事であるか、無事なら出て来い」といふ意味のことを書いた旗を立てて歩いた。その菊池寛の後ろには、「文芸春秋」編輯同人の斎藤龍太郎、石浜金作などが従つてゐた。─中略─文壇の元締菊池寛が血相変へて、横光ヤーイの幟を立て東京の焼け残りの街を歩く。今、我々は満目荒涼の焦土に対し、一片清涼の気が湧くのを覚えて来る…
この恵まれた作家の初登場ほやほやの当人の安否を心配して、菊池さんが血まなこで幟を立てて焼け残りの町を歩いて行く。菊池さんのことだから、布がだらんと垂れて字が読みにくい旗でなくて、正確にはつきりわかるやうに、長い布に乳をつけて竿に通した幟であつたらう。

横光利一は鱒二と早稲田の同級生で、すでに華々しくデビューを飾っていたが、鱒二は「早く小説家または文士になりたくて」同人雑誌に力を入れている時期であった。そのような自分の一歩先を行く横光が、文壇の元締に迷子のように捜されている様に留飲を下げたのだろう。

宮武外骨
反骨のジャーナリストとして知られる外骨は、関東大震災でもいち早く貴重なルポルタージュを残している。図版が多く掲載されており、尋ね人の掲示板代わりに貼紙数百枚が貼られた上野の西郷隆盛の銅像、皇居のお堀で沐浴する人々など、当時の雰囲気を伝えている。
井伏鱒二が描いた菊池寛のように、幟を立てて尋ね人をする姿は、関東大震災直後に広く行われたようで、外骨の『震災画報』にも挿絵付きで紹介されている。

（二）迷子の横光利一

探されていた横光自身はもちろん無事で「吾々を負すものは地震ではない。それは功利から産れた文化である。我々の敵は國外にはない。恐る可き敵は本能寺に潜んでゐる。」[41]などと、雄々しく述べているが、幟を立てて探されていた人物が言っていると思うと、ほほえましい思いがする。
横光利一への追悼文である「思ひ出二三」[42]の中で、川端康成は震災当時の様子を書き残している。

その下宿で横光君は大地震にあつた。私が見にゆくと、古びて粗末な下宿は、一階が傾き、二階は眞直ぐに立つてゐた。横光君の部屋は二階だつた。二度目に見にゆくと、家全體が倒れてしまつてゐて、どの邊だつたもわからなくなつてゐるので、私はうろついてゐた。

「汚ない家」で住んでいる家は、川端が書いた「古びて粗末な下宿」の次の下宿先なのだろう。お

（41）★横光利一「震災」『書方草紙』白水社、一九三一
（42）川端康成「思ひ出二三」『川端康成全集第二十九巻』新潮社、一九九九

そらく菊池寛は、探し歩いたその後も、横光の生活を心配して新しい下宿の様子を見に来ており、そこをモデルに「震災余譚」を書いたのだろう。

(三) 心配性の菊池寛

横光を探していた菊池寛はというと「今度の震災では、人生に於て何が一番必要であるかと云ふことが、今更ながら分つた。生死の境に於ては、たゞ寝食の外必要のものはない。食ふことと寝ることだ。」(43)と弱気な発言をして、里見弴などから批判を受けている。

菊池は、横光だけでなく、久米正雄の生死も気にかけていた。しかし、当の久米は母親に連絡も取らずに恋愛にかまけていたようだ。

が、東京の家の方では、五日になつても便りがないので、(編者注:久米正雄が) もう死んだものだと思ひ、――其一番の悲観論者は菊池だつたさうだ。菊池は、かう云ふ際に私が死んでは、全集も出せないとまで心配し、母の引取策まで考へて呉れたと云ふ。(「母を見るまで」)(44)

あとで聞くところによると、その夏中、久米さんは艶子さんに熱烈に恋愛していた。艶子さんも、鎌倉のどこかに避暑に来ていて、やっぱり震災に会った。親切を見せるのはこの時とばかり、久米さんは東京へ帰るのも忘れて、津浪が来るといえば、艶子さんを助けて観音さまの裏山に避難するやら、食糧を運ぶやら、おそらく久米正雄一生一度の真心のありッたけを示したに違いない。

その結果、「イエス」の確答を得て、彼は始めて東京に母親のいることを思い出したのだろう。

「親不孝な奴だよ」

あとで、菊池さんが冗談まじりにそういった。（「久米正雄の恋愛」(45)）

このように菊池は、横光を幟を立てて捜し歩いたり、久米の安否をたずね、母親の身の振り方を心配したり、さらには、裸同然で焼け出された俳優沢田正二郎に浴衣を与えたりと、三面六臂の忙しい災後を過ごしていたようだ。


大地震があつたのはこの家の時であつた。あの流言騒ぎの最中、菊池氏も革袋に入れたピストルを腰につるし、木刀を携へて、玄関脇の洋室に大勢の者と一緒に頑張つてゐられたありさまは、今もありありと目に浮ぶ。

家は丸焼けの澤田正二郎が、浴衣一枚で留置場を出て來て、菊池氏に着物を貰つたのもこの騒ぎの中である。（「菊池寛氏の家と文芸春秋社の十年間」(46)）

---

(43) ★菊池寛「災後雑感」『わが文芸陣』新潮社、一九二四
(44) ★久米正雄「母を見るまで」『微苦笑芸術』新潮社、一九二四
(45) ★小島政二郎「久米正雄の恋愛」『場末風流』青蛙房、一九六〇
(46) ★川端康成「菊池寛氏の家と文芸春秋社の十年間」『純粋の声』沙羅書店、一九三六

十一・沢田正二郎

沢田は劇団新国劇の創立者で、「沢正」の愛称で一世を風靡した俳優。文豪というテーマからは外れるが、本書で集めた他の文豪たちに何度も言及されており、また非常に興味深い被災体験をしていたので特に採録した。

井伏鱒二が受け取った、菊池寛が横光利一を探していたエピソードが書かれた東京の友人からの手紙には続きがあった。

四日目になつて、剣劇俳優の沢田正二郎が新国劇一座の者を引率し、四谷見付に出張つて炊出しをした。——中略——新国劇の猛優沢田正二郎は、四谷見付を逃げて行く罹災者たちに握飯を提供した。今年の二月、君と一緒に浅草の公園劇場で僕は「大菩薩峠」の沢正を見た。あのときの観客の熱狂ぶりは僕の頬を火照らすほどであつた。僕は富ノ沢麟太郎から沢正の炊出しの話を聞いたとき、公園劇場で感じた頬の火照りを思ひ出した。清涼の気と頬の火照りには一脈の関聯があるらしい。

迷子の横光利一の家をモデルにして、探し回った菊池寛は「震災餘譚」を書いたが、この戯曲を演じたのが沢田正二郎である。

その沢田は、震災当時、新国劇一座と賭博の容疑で留置されていた。二つの短編にその様子が描かれており、拘留から地震発生までが「受難」(47)、地震発生から後が「難に克つ」となっている。今回は紙面の関係で割愛したが、前半部分も面白く、国会図書館のデジタルコレクションで読むことができる。

八月二十九日賭博容疑で逮捕され、九月一日まで拘留。被災したため解放となる。その後、前述の川端康成(48)によれば「家は丸焼けの沢田正二郎が、浴衣一枚で留置場を出て来て、菊池氏に着物を貰つたのもこの騒ぎの中である。」とある。

井伏鱒二が沢田の炊き出しについて書いているが、『大阪朝日新聞』（一九二三・九・八朝刊二頁）には日比谷公園で震災慰安野外劇を行っている。また、中村吉蔵、岡栄一郎など、沢田を留置所から助け出そうとしていた人々の震災体験記も残されている。の記事には「澤田正二郎は二日九段で炊出しを襷がけで手傳つてゐた(49)」とある。そして、早くも十月(50)

十二．西条八十

「エプロンの儘で」は少しコミカルな体験談となっている。床屋のエプロンのままで逃げ出して、刈

(47) ★沢田正二郎「受難」『苦闘の跡』新作社、一九二四
(48) ★川端康成「菊池寛氏の家と文芸春秋社の十年間」『純粋の声』沙羅書店、一九三六
(49) 中村吉蔵「浅草公園を脱出して」『女性』四（四）、プラトン社、一九二三・十
(50) 岡栄一郎「火に追はれて逃げる」『女性』四（四）、プラトン社、一九二三・十

りかけの頭半分がどうなったのかも気になるところ。詩人西条八十は「青い山脈」や「東京音頭」など歌謡曲や民謡の作詞を積極的に手がけ、一世を風靡した。「大震災の一夜」は、「俗曲」の作詞に手を染めるきっかけとなったエピソードを紹介している。悲惨な内容の多い体験記の中で、爽やかな希望を見出す気持ちの良い作品である。

終わりに

私は図書館で働いているのだが、かつて勤め先で開催した「災害文学としての『方丈記』と東日本大震災」という展示の際に、地震災害に関する文豪の著作を調べた。後、その調査結果を論文及び文献リスト「関東大震災と文豪：成蹊大学図書館の展示から」としてまとめ、現在は成蹊大学学術情報リポジトリから読むことが出来る。本書は、その内容がもととなっている。

当時は、個人の方が運営している「研究余録：全集目次総覧」(http://kenkyuyoroku.blog84.fc2.com/) というサイトを使用し、「震災」などの単語が含まれるタイトルを探して現物にあたった。本書編纂に際して再びリストを拡充したが、ちょうどその時に、国立国会図書館デジタルコレクション(https://dl.ndl.go.jp/) の機能が大幅に改良され、全文検索と個人向けデジタル化資料送信サービスが始まり、リスト作成に大変役立った。紙幅の関係で、本書ではその一部を「「関東大震災」関連雑誌記事リスト」として収めるにとどまったものの、末尾のQRコードを読み込んでいただければ、本書で割愛した部分もご覧いただける。関東大震災から百年が経ち、当時書かれた著作物は著作権が切れたものも多く、国会図書館デジタルコレクションで大半を読むことが出来る。リストを参考に、本書に掲載できなかった分も読んでいただければ幸いである。

「関東大震災」関連雑誌記事リスト

関東大震災のすぐ後に発行された雑誌から震災関連記事をリストアップしました（一部戦後のものもあります）。末尾のQRコードを読み込んでいただくと、関東大震災にまつわる「図書」「雑誌（記事）」「アンソロジー」のリストページに飛べます。「内容」などを手がかりに、他の作品も読んでみてください。

『中央公論』 38（11）一九二三年一〇月発行

著者	タイトル	内容
平福百穂	口繪「廢墟」	
T・T	前古未曾有の大災厄を弔す…巻頭言	評論
渡邊鐵藏	復活への途	評論
堀江歸一	東京市の災害と經濟的復興策	評論
高島米峰	新東京の建設と東京ッ子の意氣	評論
	政變毎に暴露さる、我政界の變態	
三宅雪嶺	我政界の實狀	評論
吉野作造	憲政常道論と山本内閣の使命	評論
	帝都復興論	
杉森孝次郎	國際的、國民的及び全市民的社會價ある東京を建てよ	評論
岡田信一郎	帝都再建論	評論
長谷川如是閑	いかさま都市の滅亡と新帝都	評論
佐野利器	帝都再興案	評論
田川大吉郎	再興東京の一輪廓	評論
澤田謙	帝都建造論	評論
佐藤功一	營造物より見た帝都の復興	評論
高須芳次郎	震災史とそのエピソオド	随筆
近松秋江	百舌の啼く聲	随筆
徳田秋聲	秋の懷しみ	随筆
	前古未曾有の大震・大火慘害記錄	
小川未明	九月一日、二日の記	体驗記
室生犀星	見聞三日	随筆
藤澤清造	生地獄圖抄	体驗記
久米正雄	震水火の只中に	体驗記
田中貢太郎	死體の匂ひ	体驗記
菊池寛	災後雜感	体驗記

水野廣德	大災記	体験記
芥川龍之介	大震雑記	随筆
白鳥省吾	自然の魔力と人間の夢	体験記
葛西善藏	一種寂莫とした感じ	体験記
三宅雪嶺	災厄中にあらはれた日本人の美點	随筆
國富信一	續地震考	論文
吉野作造	時論	評論
吉野作造	保険金支拂問題	評論
吉野作造	小題小言	評論
佐藤春夫	魔鳥	小説

『中央公論』 38(12) 一九二三年一一月発行

著者	タイトル	内容
	自警團暴行の心理：巻頭言	随筆
内ヶ崎作三郎	日本文化に及ぼしたる環太平洋地震圏の影響	論文
堀江歸一	帝都復興に伴ふ諸種の社會問題	論文
渡邊鐵藏	地盤研究が第一の急務	論文
	時代錯誤的なる軍隊思想の革正	
杉森孝次郎	軍人の持つべき常識及び哲學	評論
三宅雪嶺	時代後れの軍人思想	評論
水野廣德	大杉殺害と軍人思想	評論
安倍磯雄	軍隊内に漲る時代錯誤の思想	評論
吉野作造	軍事官憲の社會的思想戰への干入	評論
渡邊鐵藏	大正志士論	評論
矢田挿雲	灰燼に歸して了つた江戸名所	随筆
岡田信一郎	死兒の齢を算えて	随筆
巖谷小波	震跡日記	随筆
佐藤春夫	吾が同想する大杉榮	随筆
	バラック生活者を觀て	
德田秋聲	デツサンの東京	随筆
豐島與志雄	バラック居住者への言葉	随筆
田山花袋	何も悲觀するには及ばない	随筆
小川未明	焦土の上に寶庫を築かんとす	随筆
宮地嘉六	そつとして生かして置いてくれ	随筆
近松秋江	バラックの遠灯を見て	随筆
長田秀雄	バラック生活	随筆
生方敏郎	日比谷村の半日	随筆
安成二郎	バラックからバラックへ	随筆

上司小剣	政治論と蟋蟀	随筆
田中貢太郎	店頭の蠅	随筆
新井紀一	バラック生活を見て	随筆
宇野浩二	蓄音機と徳利搗とトタン板の音	随筆
藤村千代	有爲轉變	随筆
久米正雄	バラツク・カツフェエにて	随筆
吉野作造	朝鮮人虐殺事件に就いて	評論
吉野作造	小題小言	評論
室生犀星	小說 朝子	小説
德田秋聲	小說 ファイヤガン	小説

『中央公論』79（9） 一九六四年九月発行

著者	タイトル	内容
有馬頼義	第二震災の脅威	報告・記事
河合良成	九月一日午前十一時五十八分	体験記
犬丸徹三	帝國ホテル健在なり	体験記
正力松太郎	その日の警視庁	体験記
南喜一	亀戸事件の犠牲者	体験記
佐多稲子	下町のひとびと	体験記
山崎種二	大震災の教訓	体験記
大川博	運命の電報命令	体験記
原安三郎	大正版紀国屋顛末記	体験記
水谷八重子	焼跡の入れ込み太鼓	体験記
竹山謙三郎	中学生の好奇心	体験記
岡田要	干上がった海	体験記
鈴木茂三郎	流言蜚語の根源	体験記
広津和郎	神楽坂から鎌倉へ	体験記
神近市子	自警団の検問	体験記
石橋湛山	御用邸に集る避難民	体験記
河野一郎	小田原全滅す	体験記
白井茂	必至のニュース撮影	体験記
福田三郎	動物園異常なし	体験記
佐々鍊平	患者を守って逃避行	体験記
坪井忠二	震災後の地震学	体験記
吉野作造	遺稿・朝鮮人虐殺事件	ルポ

『文章倶楽部』一九二三年一〇月発行

著者	タイトル	内容
西條八十	大東京を弔う	詩歌
久米正雄	大東京の更生よ、力あれ	随筆
芥川龍之介	廃都東京	随筆
白鳥省吾	灰燼の中より	詩歌
加能作次郎	震災日記	体験記
小川未明	東京よ、曾て在り、今無し	随筆
谷崎精二	死せる街	体験記
新井紀一	刹那	体験記
高須芳次郎	地震と日本文学の一面	体験記
藤森成吉	東京と地方の生活	随筆
竹久夢二	荒都通信	挿絵
細田源吉	印象の二三	体験記
吉井勇	業火餘燼	詩歌
生田春月	恐ろしき悪夢の後	詩歌
秋田雨雀	死せる都	詩歌
水守亀之助	不安と騒擾と影響と	体験記
長田幹彦	災禍のあと	体験記
林政雄	父母を索めて	体験記
角田竹夫	都市哀歌	詩歌
吉屋信子	悩める都の一隅にて	体験記
川路柳虹	施與	詩歌
金子薫園	その日の記	体験記
加藤朝鳥	不死鳥は燃えたり	随筆
中河與一	大災害の初めに見たもの	体験記
中村詳一	被服廠あと	体験記
生田春月	避難の二夜	体験記
西川勉	雨の東海道	体験記
山田清三郎	街頭商人となるの記	体験記
内藤辰雄	神田三河町	随筆
上野山清貢	浅草公園	随筆
藤森静雄	ニコライ堂	体験記
吉田絃二郎	禍の日	体験記
宇野浩二	水火を経て来た人	体験記
三上於菟吉	動、静、多少の美ありき	随筆
細田民樹	運命の醜さ	体験記
指方龍二	震災見聞記	体験記
	凶災と文壇消息記	随筆

『改造』 5（10） 一九二三年一〇月発行 大震災號

著者	タイトル	内容
	大國難に當面して	評論
福田徳三	復興日本當面の問題	評論
安部磯雄	帝都復興に要する大なる犠牲	評論
堀江歸一	破壊されたる東京市	評論
河津暹	震災と經濟恢復	評論
森荘三郎	震災に對する保険政策	評論
杉森孝次郎	生残者の責任	評論
千葉龜雄	震災と文化的影響	評論
青水得三	世界の金の配分と日本の震災	評論
小泉信三	震災所見	評論
末弘嚴太郎	帝都復興と借地權借家權の保護	評論
咢堂手稿（尾崎行雄）	帝都改造の先決問題	評論
後藤新平	帝都復興に就いて	評論
末弘嚴太郎	帝大學生救護團の活動に就いて	報告
室伏高信	私はこう考へてゐる	体験記
吉江喬松	舊い東京と新らしい東京	評論
藤澤清造	われ地獄路をめぐる	体験記
矢田挿雲	地震ごよみ	随筆
三田村鳶魚	安政震災の回復	随筆
竹久夢二	變災雜記	随筆
今村明恒	今回の大震災の經過を陳べて将来に及ぶ	報告
内田詳三	都市構造の根本策は之を耐火的ならしむるにあり	評論
	大震災日記	随筆
	二十三日會の誕生	報告
長谷川如是閑	地震で蘇つた山本内閣	評論
三宅雪嶺	山本内閣の使命	評論
末弘嚴太郎	震災についての感想二つ	評論
福田徳三	虐殺者と其の庇者、讃美者	評論
倉田百三	震災に就ての感想	体験記
芥川龍之介	地震に際せる感想	随筆
山本有三	その日から翌朝まで	体験記
藤森成吉	震災随感	体験記
宇野浩二	九月一日・二日	体験記
室生犀星	日録	体験記
野上彌生子	燃える過去	体験記

近松秋江	天災に非ず天譴と思へ	評論
佐藤春夫	サーベル禮讃	随筆
小川未明	模擬的文明の破壊	随筆
秋田雨雀	眠から覚めよ	詩歌
里見弴	噂する本能	随筆
菊池寛	災後雑観	随筆
武者小路実篤	雑感	随筆
有島生馬	備忘記	体験記
久米正雄	鎌倉震災日記	体験記

『改造』 5(11) 一九二三年一一月発行 大杉栄特集

著者	タイトル	内容
福田徳三	復興經濟の第一原理	評論
堀江歸一	震災後の金融並に金融政策	評論
安部磯雄	帝都の建設と創造的精神	評論
末弘嚴太郎	軍法會議廢止論	評論
	大杉榮追想	
山川均	大杉君と最後に會ふた時	随筆
村水源次郎	ドン底時代の彼	随筆
安成二郎	かたみの灰皿を前に	随筆
山崎今朝彌	他二名及大杉君の思ひ出	随筆
和田久太郎	無鐵砲、強情	随筆
賀川豊彦	可愛い男大杉榮	随筆
岩佐作太郎	飯の食へない奴	随筆
堀やす子	小兒の様な男	随筆
内田魯庵	第三者から見た大杉	随筆
松下芳雄	殺される前日の大杉君夫妻	随筆
土岐善麿	印象二三	随筆
近藤憲二	大杉榮君の反面	随筆
馬場孤蝶	善き人なりし大杉君	随筆
宮島資夫	追憶断片	随筆
有島生馬	回顧	随筆
久米正雄	一等俳優	随筆
穂積重遠	返事を書く郵便局	報告
權田保之助	帝都復興と民衆の娯樂	随筆
佐々木味津三	新東京繁昌記	随筆
岩谷四郎	自警團物語	小説
鈴木文治	亀戸事件の眞相	ルポ
片上伸	異常の豫感と傾向の分化	評論

長與善郎	演劇の今後	評論
千葉龜雄	震災後の思想と文藝	評論
吉江喬松	廢墟の心	評論
野口米次郎	罹災女禮讃	評論
白鳥省吾	爆音の彼方	詩歌
芥川龍之介	妄問妄答	随筆
三宅雪嶺	三種の虐殺事件	評論
吉野作造	甘粕事件の論點	評論
福田徳三	火災保險金問題について	評論
鈴木文治	當面の失業問題	評論

『カメラ』　一九二三年一〇月発行　大震災寫眞號

著者	タイトル	内容
三宅克己	天災勃發	体験記
島崎藤村	楠雄に	体験記
鵜澤四丁	新しいジャンル	体験記
小松耕輔	眞に改造の時期	評論
與謝野晶子	火の後	詩歌
宇野浩二	震災雑感	体験記
恩地孝四郎	徴發されたので	随筆
戸川秋骨	ヘルン先生の孟宗藪に假寝して	体験記
芥川龍之介	感想一つ	随筆
吉川速男	大災に遭ひて	体験記
鈴木八郎	地方の友へ宛てた通信	体験記
中島謙吉	過ぎ去つた災禍と來るべき寫壇	随筆
北原白秋	その日のこと	体験記
	編輯の前後	随筆

『婦人公論』　一九二三年一一月発行　11・12月合併號、伊藤野枝特集

著者	タイトル	内容
島中雄作	震災後の婦人	随筆
千葉龜雄	文化の将来と自然の征服	評論
土田杏村	レデイ・メイドの家庭改作	評論
長與善郎	贅澤と云う事について	評論
柳澤健	同胞と非同胞	随筆
永井潜	婦人貞操の危機	評論
茅原華山	地震に依つて暴露された我國民性	評論
河津暹	地震後の家庭問題	評論

中西伊之助	朝鮮人のために辯ず	評論
メリー・ビーアド	日本婦人は今や何を為すべきか	評論
	災後の婦人に望む事	
大島正徳	自己の力に行きよ	評論
田川大吉郎	節約第一	評論
一條忠衛	婦人の力に俟つ事多し	評論
川路柳虹	生活本来の意義に目覚めよ	評論
北豊吉	御婦人方への注意	評論
片上伸	文芸解説	評論
	女流震災善後懇話會	座談会
柳澤健	自警團の惨虐行為	評論
谷崎潤一郎	横濱のおもひで	随筆
	殺された野枝さんの事	
山川菊榮	大杉さんと野枝さん	随筆
和田久太郎	僕の見た野枝さん	随筆
橘あやめ	親切な野枝姉さん	随筆
らいてう	私の見た野枝さんといふ人	随筆
五十里幸太	世話女房の野枝さん	随筆
荒木滋子	あの時の野枝さん	随筆

佐藤春夫	焦土を後にして去る	随筆
石井鶴三	災後の浅草仲店	挿絵
岡本かの子	わが東京	詩歌
	死から蘇つた婦人の手記	
武林文子	地の底に埋もれた二十分間	体験記
鈴木鉞子	「私はまだ息してゐる」	体験記
舟木芳江	火で死なうか、水を選ばうか	体験記
後藤澄子	地震・火事・海嘯の逗子	体験記
一婦人記者	非常時に際して	随筆
吉井顥存	大杉殺し事件の曝露されるまで	ルポ
	甘粕といふ人間批判	
三宅雪嶺	火事場人殺し	評論
高島米峰	無政府主義を恐れて無政府主義を實行した甘粕大尉	評論
廣津和郎	甘粕は複數か	評論
高畠素之	石が流れる	評論
新居格	機械人間の悲喜劇	評論
柴田勝衛	甘粕大尉の愛國心	評論
田中貢太郎	日本天變地異記	論文
中村彌三次	秩序回復の闘争と戒厳令	評論

大濱信泉	震災後の火災保険問題	評論
中村星湖	母へ	随筆
江馬修	人柱	戯曲
白鳥省吾	寶石店焼跡	詩歌

『随筆』 創刊号　一九二三年一一月発行

著者	タイトル	内容
徳田秋聲	秋興雜記	随筆
中村武羅夫	海村にて	体験記
山本有三	大地	随筆
近松秋江	その日の雲	体験記
加藤武雄	卓上小閑	随筆
吉井勇	松筵閑居	随筆
佐佐木茂索	思ひつくまゝに	随筆
加能作次郎	身邊雜記	随筆
菊池寛	雜感	随筆
佐藤春夫	消閑録	詩歌
堀口大學	キユーピツトの矢	詩歌
岡榮一郎	あくび	随筆
田中純	飯坂にて	随筆
水守龜之助	秋日雜感	随筆
久米正雄	際物	小説
廣津和郎	災後雜記	随筆
葛西善蔵	迷信	随筆
久保田万太郎	べつたら市の月	随筆

『女性改造』 2(10)　一九二三年一〇月発行　大震災記念号

著者	タイトル	内容
北昤吉	再建に於ける女性の分け前	評論
堀江歸一	經濟社會はどうなるか	評論
	震災と諸家の印象	随筆
石原純	地震に關する對話	随筆
今村明恒	今後大地震が來るか	評論
中村左衛門太郎	今後の地震に對する心得	評論
岩村義延	燒跡に肉親の遺骨を捜す	ルポ
森まさ子	臨月の妻を助けて九死に一生を得た話	ルポ
葉山一郎	母を見殺しにした小田原の一夜	ルポ

野村ちあき	職責を全うした七十の爺さん	ルポ
原田仙	血涙記	ルポ
藤沢清造	焦熱地獄を巡る	体験記
澁谷のぶ	罹災者の情況と婦人團體の活動など	体験記
柴山武矩	湘南震災地踏破記	体験記
宮城久輝	吾妻橋の火を逃れて上野へ	体験記
濵本浩	被服廠跡遭難實話	ルポ
竹久夢二	荒都記	体験記
	震災日誌	体験記
室伏高信	時評	評論
武者小路實篤	このさいの希望	随筆
平塚明	震災雑記	体験記
鷹野つぎ	天災の價値	評論
深尾須磨子	博士のゆくへ	詩歌
坂本眞琴	火嵐に追はれて	体験記
與謝野晶子	災後	詩歌
吉田絃二郎	震災雑感	体験記

『女性改造』 2（11） 一九二三年一一月発行　新東京号

著者	タイトル	内容
柳宗悦	死とその悲みに就て	評論
千葉龜雄	國民性上の二疑問	評論
帆足理一郎	生と死の問題	評論
高須芳次郎	新東京の黎明色	随筆
白鳥省吾	焦土復興と殘街繁晶	随筆
藤澤清造	めしひたる淺草	随筆
網野菊	私のスケッチ	随筆
三宅やす子	新東京記	随筆
近松秋江	涙の溢れる東京	随筆
竹久夢二	帝都復興書譜	随筆
高群逸枝	新東洋主義へ	評論
藤田咲子	實際的に見た私の要求	評論
加藤愛子	凶災より復興へ	評論
杉浦翠子	慟哭の歌	詩
阿部しづ	劒のかげに	ルポ
長島喜代子	火の粉の中で水盃をして	ルポ
川口たり子	悲しい横濱關内の話	体験記
栗島浪江	愛兒を奪はれ憎惡より感泣へ	随筆

村岡巴	呪はしき良人の死	体験記
菊池寛	厨川白村氏の思ひ出	随筆
厨川蝶子	哀しみの追憶より	体験記
平塚明子	震災雑感	体験記
澤田正二郎	難に克つ	体験記
佐賀ふさ	衣服の改善と諸種の實例	評論
手塚かね子	食物の献立は科學的に考案したい	評論
木村恒	婦人の三大敵	評論
野上彌生子	野枝さんのこと	随筆
大杉栄、伊藤野枝	七年前の戀の往復	書簡
橘あやめ	憶ひ出すまゝ	随筆
賀川豊彦	鳳凰は灰燼より甦る	評論
伊藤野枝	或る男の堕落	小説
加能作次郎	下町娘の日記	小説
河井醉茗	餘震時々の手記	体験記
岡本かの子	逃れ來りて	詩歌

『文藝春秋』 1 (11) 一九二三年一一月発行

著者	タイトル	内容
芥川龍之介	侏儒の言葉	随筆
	震災文章	随筆
久米正雄	適度の左傾	随筆
加能作次郎	人さまざま	随筆
宮地嘉六	蒟蒻の味	随筆
佐佐木茂索	思ひつくままに	随筆
今東光	地震神と女	随筆
横光利一	震災	随筆
武川重太郎	將來の正道的文學	随筆
宮崎光男	反逆者の片影 -- 大杉榮を偲ぶ	随筆
大木雄三	根津雑記	随筆
岡榮一郎	九月二日	随筆
田中純	揺られてゐる時	随筆
石濱金作	地震で力を感得した美少年の話	随筆
川端康成	大火見物	随筆
中河與一	信頼被信頼	随筆
小島政二郎	ガチヤガチヤ	随筆
菊池寛	災後雑感	随筆

佐々木味津三	一子相傳震遁の術	随筆
直木三十三	來阪理由	随筆
一讀書生	白村博士を悼む	随筆

『我観』（1）一九二三年一〇月発行

著者	タイトル	内容
	灰燼中より出現（題言）	評論
中野正剛	復興の經綸	評論
杉森孝次郎	大震災の意義	評論
北昤吉	震災を機として	評論
中野耕堂	國民の期待する所	評論
田川大吉郎	帝都の建設と其の計畫	評論
伊藤正徳	文明國民の試練	評論
渡邊鐵藏	禍を轉じて福とせよ	評論
三宅驥一	學者の無能	評論
福田徳三	經濟復興は先づ半倒壞物の爆破から	評論
河津暹	失業者救濟問題	評論
上田貞次郎	復興經濟の理論	評論
清水文之輔	帝都復興事業の眼目	評論
一記者	震災後の經濟界	評論
桝本卯平	天は人爲の差別を惡む	体験記
片上伸	エレメンタルな力の發動と文學	評論
中野秀人	天災の思想界に及ぼす影響	評論
津田光造	大震と藝術	体験記
せつれい	震災中の自分	体験記
馬場恒吾	破壊の中に立ちて	体験記
木村荘八	災害と美術	随筆
松崎天民	大震大火の後	体験記
佐々木邦	罹災者	体験記
HN	第一夜の印象	体験記
尾崎士郎	凶夢	小説

『藝術』 1（23）一九二三年一〇月発行

著者	タイトル	内容
川合玉堂	美術界改造の好機	随筆
中村不折	この際に於て	随筆
松岡映丘	わが常夏荘	随筆

吉川靈華	箱根で今度の地震に	体験記
野田九浦	遭難日記	体験記
鴨下晁湖	萩の露	詩歌
中川愛氷	帝都震災記	体験記

関東大震災にまつわる文学作品や体験記などを収めた図書・雑誌・アンソロジーのリストへ飛べます

著者紹介

芥川龍之介（あくたがわ・りゅうのすけ） 一八九二年〜一九二七年

東京市京橋に新原家の長男として生まれ、母の実家である芥川家の養子となる。一高から東京帝国大学文科大学に進み、一九一四年一高同級である菊池寛、久米正雄らと同人誌の第三次『新思潮』を発刊、処女小説「老年」を発表。一五年より夏目漱石に親炙《しんしゃ》、一六年「鼻」が漱石に激賞され、同年「芋粥」で本格的に作家デビュー。一七年第一短編集『羅生門』で不動の地位を築く。新理知派・新技巧派の代表作家とされる。二七年自殺。代表作に「蜘蛛の糸」「杜子春」「河童」など。大正文学のみならず、近代日本史上もっとも重要な作家の一人で、文壇の登竜門である新人賞・芥川賞にその名を残す。**【震災時三十一歳。作家】**

芥川文（あくたがわ・ふみ） 一九〇〇年〜一九六八年

東京生まれ。海軍士官・塚本善五郎の長女で、三歳の時に父が日露戦争の旅順港閉塞作戦で戦死。跡見高等女学校に学び、一九一九年一八歳で叔父の親友であった芥川龍之介と結婚。三人の男子を授り、長男の比呂志は俳優、三男の也寸志は作曲家として大成し、二男の多加志は太平洋戦争末期にビルマ（現・ミャンマー）で戦死した。没後の七五年、中野妙子が筆録した『追想　芥川龍之介』が筑摩書房より刊行された。**【震災時二十三歳。二児の母】**

室生犀星（むろう・さいせい） 一八八九年〜一九六二年

本名は照道。石川県金沢市生まれ。私生児として生後すぐに貰い子に出される。一九〇二年高等小学校を中退して就職。やがて文学に目覚め、〇六年初めて犀星の筆名を用いる。一〇年上京して以来、帰郷と上京を繰り返す中で新進詩人として頭角を現し、萩原朔太郎や山村暮鳥らと交流。「ふるさとは遠きにありて思ふもの……」で知られる詩「小景異情」はこの頃の作品。一八年第一詩集『愛の詩集』、第二詩集『抒情小曲集』を刊行。一九年『中央公論』に「幼年時代」を発表して以降は小説家としても活躍、『性に眼覚める頃』『兄いもうと』『杏っ子』他多くの著書を残す。【震災時三十四歳。詩人・作家】

川端康成（かわばた・やすなり） 一八九九年～一九七二年

大阪府生まれ。早くに両親を亡くし、祖父母に育てられる。東京帝国大学文学部時代の一九二一年、第六次『新思潮』を発刊。菊池寛の知遇を得、二三年横光利一らと『文芸春秋』編集同人となる。二四年には『文芸時代』を創刊、横光と並んで〝新感覚派〟を代表する作家として活躍。代表作に「伊豆の踊子」「浅草紅団」「雪国」「千羽鶴」「山の音」など。四八年日本ペンクラブ会長に就任。六一年文化勲章を受章、六八年には日本人として初めてノーベル文学賞を受賞した。七二年ガス自殺。批評家としても優れ、堀辰雄、北条民雄、岡本かの子、三島由紀夫らを見いだした。【震災時二十四歳。新進作家】

志賀直哉（しが・なおや） 一八八三年～一九七一年

宮城県石巻で生まれ、東京で育つ。学習院在学中に武者小路実篤を知り、生涯の親交を結ぶ。東京帝国大学文科大学在学中に処女小説「或る朝」を執筆、一九一〇年武者小路や里見弴、有島武郎、柳宗悦らと同人誌『白樺』を創刊した。以後、「網走まで」「城の崎にて」「清兵衛と瓢箪」などの短編を発表。二一年『改造』に発表した「暗夜行路」は完結まで長い年月を要し、唯一の長編小説となった。父との不和などの実生活を題材とした私小説・心境小説を書き、対象を鋭く捉えて写実的に描写する文章は高い評価を受け、代表作「小僧の神様」になぞらえて〝小説の神様〟と称された。四九年、文化勲章を受章。【震災時四十歳。作家】

与謝野晶子（よさの・あきこ）一八七八年～一九四二年

旧姓名は鳳《ほう》志やうで、筆名・晶子の「晶」は本名の「志やう」に由来する。堺県（現在の大阪府堺市）に老舗和菓子屋の三女として生まれる。堺市立堺女学校時代から『源氏物語』などの古典に親しむ。一九〇〇年歌人の与謝野鉄幹と不倫の関係に陥り、鉄幹が創立した新詩社の機関誌『明星』に短歌を発表、翌年には鳳晶子名義で刊行した処女歌集『みだれ髪』で女性のみずみずしい官能を耽美的に描く浪漫派の歌人として注目を浴びる。以後、四十年にわたって歌作を続け、作品数は生涯で五万首を超えた。女性解放論者としても活躍し、『源氏物語』の現代語訳にも取り組んだ。【震災時四十四歳。歌人】

与謝野鉄幹（よさの・てっかん）一八七三年～一九三五年

京都府生まれ。僧侶・歌人である与謝野礼厳の四男で、本名・寛の名付け親は大田垣蓮月尼。兄が創立した女学校の教員を経て、一八九二年上京し、落合直文の庇護を受ける。九六年第一詩歌集『東西南北』を出版。一九〇〇年東京新詩社の機関誌として『明星』を創刊、北原白秋、石川啄木、木下杢太郎、吉井勇らを輩出、ロマン主義の中心的存在となった。この間、妻子のある身でありながら鳳晶子と不倫し、〇一年晶子の処女歌集『みだれ髪』を編集・出版、大きな話題を呼ぶ。〇二年晶子と結婚、十二人の子をもうけた。一九年慶應義塾大学教授。二一年文化学院創立に参画した。【震災時五十歳。歌人】

竹久夢二（たけひさ・ゆめじ）一八八四年～一九三四年

本名は茂次郎。岡山県生まれ。一九〇一年家出して上京。〇五年早稲田実業学校を中退、同年『中学世界』にコマ絵「筒井筒」が第一賞入選、このとき初めて〝夢二〟の筆名を用いた。〇九年初の著作『夢二画集　春の巻』を出す。大正ロマンを代表する画家として知られ〝夢二式美人〟と評される独特の女性画で一世を風靡。一方で、詩や童謡、童話の創作も手がけ、多忠亮が曲を付けた「宵待草」は広く愛唱された。装丁や日用雑貨のデザインにも才能をみせ、商業美術の先駆ともされる。三一年渡米、欧州を経由して三三年に帰国したが、翌年結核により死去。**【震災時三十八歳。画家・詩人】**

谷崎潤一郎（たにざき・じゅんいちろう）一八八六年～一九六五年

東京市日本橋生まれ。東京帝国大学文科大学国文科在学中に第二次『新思潮』を創刊、処女作の戯曲「誕生」や小説「刺青」などを発表して永井荷風から激賞される。以後、『痴人の愛』『卍』『蓼喰ふ虫』『春琴抄』『武州公秘話』などの代表作を次々と発表、特に三番目の妻である松子とその四姉妹をモデルにした大作『細雪』は名高い。晩年も『鍵』『瘋癲老人日記』などで話題を呼ぶ。『文章読本』『陰翳礼讃』などの評論もあり、『源氏物語』の現代語訳にも取り組んだ。一九四九年に文化勲章を受章、近年にはたびたびノーベル文学賞の候補となっていたことが明らかになった。**【震災時三十七歳。作家】**

宇野千代（うの・ちよ）一八九七年～一九九六年

山口県生まれ。一九一一年十三歳で従兄に嫁ぐがすぐに生家に帰る。一四年岩国高等女学校を卒業。一九年最初の夫の弟と結婚。二一年処女作「脂粉の顔」が『時事新報』の懸賞小説で一等入選、二二年懸賞小説で二等入選だった尾崎士郎と出逢い同棲、二六年正式に尾崎と結婚。梶井基次郎、東郷青児との恋愛・同棲の後、三九年北原武夫と四度目の結婚（六四年離婚）。この間、スタイル社を設立して日本初のファッション専門誌『スタイル』を創刊。五七年代表作『おはん』を出版、野間文芸賞を受賞。九六年に九八歳で亡くなるまで精力的に活動した。**【震災時二十五歳。新進作家】**

尾崎士郎（おざき・しろう） 一八九八年〜一九六四年
愛知県生まれ。早稲田大学政治経済科に在学する傍ら、東洋経済新報社や売文社に出入りし、社会主義運動に関与。早大中退後に文筆活動を始め、二一年「獄中より」が『時事新報』の懸賞小説で二等入選、二二年懸賞小説で一等入選だった宇野千代と出逢い同棲、二六年正式に結婚（三〇年離婚）。この頃より荏原郡馬込村（現・大田区）で暮らし〝馬込文士村〟の中心人物に。三三年『都新聞』に連載した「人生劇場」（青春編）が大ヒット、一躍流行作家となり、「愛欲編」「残侠編」などを書き継ぐ。戦後は歴史小説を多く書き、中間小説作家として活躍した。【震災時二十五歳。新進作家】

泉鏡花（いずみ・きょうか） 一八七三年〜一九三九年
本名は鏡太郎。石川県金沢市生まれ。一八九〇年尾崎紅葉の作品を読んで文学を志し、上京。九一年紅葉に弟子入り。九三年『京都日出新聞』に処女作「冠弥左衛門」を連載、九五年「夜行巡査」「外科室」などの観念小説で注目を集める。九六年に発表した「照葉狂言」で新境地を開く。その後、自然主義の隆盛により文壇的に不遇の時期もあったが、独特の文体美により幻想的でロマンに満ちた世界を描き、根強いファンを持った。代表作に「高野聖」「婦系図」「草迷宮」「歌行灯」などがある。【震災時四十九歳。作家】

岡本一平（おかもと・いっぺい） 一八八六年〜一九四八年
北海道生まれ。商工中学校を卒業後、日本画家・武内桂舟の内弟子となり、徳永柳洲、藤島武二に洋画の指導を受ける。一九一〇年東京美術学校西洋画科選科を卒業、同年大貫かの子と結婚。一一年長男の太郎が誕生（「芸術は爆発だ」で有名な美術家となる）。一二年東京朝日新聞社に入社。漫画に漫文を添えたスタイルで政治・社会風刺に健筆を振い、漫画の地位向上に貢献。門下に近藤日出造、清水崑、宮尾しげを、横山隆一らがいる。著書多数で、『一

平全集』全十五巻がある。【震災時三十七歳。漫画家】

岡本かの子（おかもと・かのこ）　一八八九年〜一九三九年

東京市青山生まれ。生家は幕府御用商で大地主。跡見女学校在学中から兄・大貫晶川（谷崎潤一郎の親友）の影響で文学に目覚め、与謝野鉄幹・晶子の新詩社に入り『明星』に短歌を寄せる。一九一〇年岡本一平と結婚、一一年長男の太郎が誕生。同年青鞜社に参加、同社より第一歌集『かろきねたみ』を出す。やがて心の平安を求めて仏教に傾倒、その啓蒙活動に努めた。二九年一家で渡欧、三二年太郎を残して帰国。最晩年の三六年「鶴は病みき」で小説家としてデビュー、以来三九年に亡くなるまで「母子叙情」「老妓抄」「鮨」など精力的に作品を残した。【震災時三十四歳。歌人】

内田百閒（うちだ・ひゃっけん）　一八八九年〜一九七一年

本名は栄造、別号に百鬼園《ひゃっきえん》。岡山市に造り酒屋の一人息子として生まれ、筆名は市内を流れる百間川に由来する。東京帝国大学文科大学でドイツ文学を専攻する一方、夏目漱石に傾倒、門下の小宮豊隆、森田草平、芥川龍之介らと交わる。卒業後は陸海軍の学校や法政大学で教鞭を執り、一九二二年処女作品集『冥途』を刊行。三三年に刊行した『百鬼園随筆』で一躍文名をあげると独特な諧謔味を持つ随筆家として活躍。六七年日本芸術院会員に推されたが「イヤダカラ」と辞退して話題を呼んだ。鉄道好きで、旅行記「阿房列車」シリーズも有名。俳句もよくした。【震災時三十四歳。作家・ドイツ語教師】

井伏鱒二（いぶせ・ますじ）　一八九八年〜一九九三年

本名は満寿二。広島県生まれ。当初は画家を志したが、兄の勧めで文学に志望を変え、一九一七年早稲田大学高等予科に進む。二九年「山椒魚」などで文壇に認められ、三八年『ジョン万次郎漂流記』で直木賞を受賞。戦時中は陸軍に徴用され南方へ。代表作に『本日休診』『漂民宇三郎』『黒い雨』『荻窪風土記』などがあり、有名な「サヨナラダケガ人生ダ」の訳詩を収めた『厄除け詩集』も名高い。六六年文化勲章を受章。二七年東京の荻窪に転居、以来界隈には門下の太宰治ら多くの作家が移り住み、阿佐ヶ谷会という集まりも生まれた。釣り好き・旅好きでも知られる。**【震災時二十五歳。作家志望】**

宮武外骨（みやたけ・がいこつ） 一八六七年～一九五五年

幼名は亀四郎で、一八八四年外骨に改名。反骨・反権力のジャーナリストとして知られ、八七年『頓智協会雑誌』を創刊、八九年同誌に大日本帝国憲法発布を揶揄した記事を掲載して不敬罪に問われ初入獄。以来、『滑稽新聞』『スコブル』などの雑誌、『猥褻風俗史』『筆禍史』などの単行本を併せて百二十余を発行し、筆禍で入獄すること四回四年、罰金・発禁二九回に及ぶ。一九二四年関東大震災をきっかけに吉野作造らと明治文化研究会を設立。二七年には東京帝国大学法学部に明治新聞雑誌文庫を創設して事務主任となり、その充実に努めた。**【震災時五十六歳。ジャーナリスト】**

菊池寛（きくち・かん） 一八八八年～一九四八年

本名は寛《ひろし》。香川県高松市生まれ。第一高等学校で芥川龍之介、久米正雄らを知るが、一九一三年友人の窃盗の罪を着て退学。京都帝国大学英文科選科に進み、芥川らの勧めで第三次、第四次『新思潮』に参加。一七年頃から本格的に創作を始め、「無名作家の日記」「忠直卿行状記」「恩讐の彼方に」「真珠夫人」などを相次いで発表して作家の地位を確立。二三年には文藝春秋社を創立して『文藝春秋』を創刊、また二六年文芸家協会を設立し、三五年旧友・芥川龍之介と直木三十五の名前を冠した芥川賞・直木賞を設けるなど、文壇で重きをなした。**【震災時三十四歳。作家】**

横光利一（よこみつ・りいち） 一八九八年〜一九四七年

父は土木関係の仕事で、仕事先の福島県で生まれる。一九一六年早稲田大学高等予科に入学。文学活動に取り組み、一九年菊池寛の知遇を得、師事。二三年川端康成らと『文芸春秋』編集同人となり、同年「蠅」「日輪」を発表して一躍注目を集める。二四年最初の著書『御身』『日輪』を同じ月に出す。同年川端康成らと『文芸時代』を創刊、川端と並んで〝新感覚派〟を代表する作家として活躍。のち新心理主義に進み、三五年『純粋小説論』を発表。他の代表作に『機械』『紋章』『家族会議』『旅愁』などがある。〝文学の神様〟とも称された。**【震災時二十五歳。新進作家】**

沢田正二郎（さわだ・しょうじろう） 一八九二年〜一九二九年

滋賀県生まれ。早くに父を亡くし、母の郷里の東京へ移る。一九〇八年小山内薫の自由劇場「ボルクマン」を観て俳優を志す。〇九年早稲田大学文科予科に入学（一五年卒業）。一一年文芸協会第二回公演「ヴェニスの商人」で初舞台。一五年新劇から大衆劇への転向を決意、劇団名は恩師の坪内逍遙により〝新国劇〟と命名される。「月形半平太」「国定忠治」「大菩薩峠」など、剣劇を主とした大衆劇を確立して熱狂的な人気を得、〝沢正〟の愛称で知られた。二九年三六歳で急逝。**【震災時三十一歳。俳優】**

西条八十（さいじょう・やそ） 一八九二年〜一九七〇年

東京市牛込生まれ。早稲田中学在学中に新任教師の吉江喬松と出逢い、師と仰ぐ。早大英文科に学び、在学中から日夏耿之介の『聖盃』、三木露風の『未来』といった同人詩誌に参加。一九一九年自費出版した第一詩集『砂金』で象徴詩人としての地位を確立。また児童文学誌『赤い鳥』に発表した「かなりや」などで大正期の童謡運動を主導。二四〜二六年フランスへ留学。三一年早大教授に就任。五三年日本音楽著作権協会会長、六四年日本詩人クラブ初代会長。

「東京行進曲」「東京音頭」「蘇州夜曲」「青い山脈」「王将」など数多くの歌謡曲の作詞も手がけ、少女小説も書いた。**【震災時三十一歳。詩人】**

加藤一夫（かとう・かずお） 一八八七年〜一九五一年
和歌山県生まれ。明治学院神学部を卒業。トルストイの影響を受け本然主義を主張する一方、民衆詩派の詩人として活動、一九一七年詩集『土の叫び地の囁き』を出す。一八年出版社の春秋社創業に参画。二〇年アナキズム集団の自由人連盟を創設。二三年関東大震災に際して一時検束されたが関西行きを条件に釈放された。二五年帰京して二七年まで個人誌『原始』を発行。昭和期以降は農本主義から進んで民族主義に傾いた。テレビドラマ『私は貝になりたい』の原作者である加藤哲太郎は長男。著書に『本然生活』『民衆芸術論』『加藤一夫著作集』全五巻など。**【震災時三十六歳。評論家】**

初出一覧

芥川龍之介　「大震雑記」　「中央公論」一九二三年十月
芥川龍之介　「大震前後」　「女性」一九二三年十月
芥川文　『追想　芥川龍之介』　一九七五年二月
室生犀星　「杏っ子」　「東京新聞夕刊」一九五六年十二月七日〜二十八日
川端康成　「大火見物」　「文藝春秋」一九二三年十一月
川端康成　「芥川龍之介氏と吉原」　「サンデー毎日」一九二九年一月十三日
志賀直哉　「震災見舞（日記）」　「新興」創刊号　一九二四年二月
与謝野晶子　「古簾」　『晶子詩篇全集』一九二九年一月
与謝野晶子　「悪夢」十首　「婦人世界」一九二三年十一月
与謝野鉄幹　「震災」十首　「明星」一九二四年八月／『鉄幹晶子全集　別巻四』二〇一九年四月
竹久夢二　「東京災難画信」　「都新聞」一九二三年九月十七・十九・二十・二十一日
谷崎潤一郎　「全滅の箱根を奇蹟的に免れて」　「大阪朝日新聞」一九二三年九月六日
宇野千代　「生きて行く私」　「毎日新聞」一九八二年六月十三日・二十日
尾崎士郎　「凶夢」　「我観」第一号　一九二三年十月
泉鏡花　「露宿」　「女性」一九二三年十月
岡本一平　「かの子と観世音」　『かの子の記』一九四三年二月
岡本かの子　「鎌倉にて遭難」十首　「婦人世界」一九二三年十月

内田百閒　「入道雲」　「国文学　解釈と鑑賞」一九三六年十月
内田百閒　「長春香」　「若草」一九三五年一月
井伏鱒二　「関東大震災直後」「震災避難民」　「新潮」一九八一年三月・四月
宮武外骨　『震災画報』　一九二三年
菊池寛　「火の子を浴びつつ神田橋一つ橋間を脱走す」　「女性」一九二三年十月
菊池寛　「震災余譚（一幕）」　「中央公論」一九二四年一月
横光利一　「転換期の文学」　『定本横光利一全集　第十五巻』一九八三年四月
横光利一　「汚ない家」　「文藝春秋」一九二四年十月
沢田正二郎　「難に克つ」　「女性改造」一九二三年十一月
西条八十　「エプロンの儘で」　『噫東京　散文詩集』一九二三年
西条八十　「大震災の一夜」　『あの夢この歌　唄の自叙伝より』一九四八年
加藤一夫　「皮肉な報酬」　「我観」一九二四年三月

・本書は、原則として右記の初出雑誌、初出単行本を底本としました。
・誤字脱字については、単行本を参照して校訂を行いました。
・詩歌は新漢字旧仮名表記に、小説は新漢字新仮名表記としました。
・各作品とも、難読語にふりがなを加えました。
・本文中、今日では差別表現になりかねない表記がありますが、作品が書かれた時代背景、文学性と芸術性などを考慮し、底本のままといたしました。

児玉千尋（こだま・ちひろ）

東京都生まれ。成蹊大学文学部日本文学科を卒業後、中央大学大学院西洋史専攻博士前期課程を修了。現在は大学図書館司書で、東京大学総合図書館、東京国立博物館、国立国会図書館、成蹊大学、共立女子大学等に勤務した。
成蹊大学文学部紀要『成蹊國文』に「関東大震災と文豪：成蹊大学図書館の展示から」（2014年）、「紹介・成蹊大学図書館所蔵『丹鶴叢書』」（2016年）を寄稿。

シリーズ 紙礫 17
文豪たちの関東大震災
Literati and the Great Kanto Earthquake

2023年7月6日　初版発行

編　者　児玉千尋

発行所　株式会社 **皓星社**
発行者　晴山生菜
〒101-0051 東京都千代田区神田神保町3-10
宝栄ビル6階
電話：03-6272-9330　FAX：03-6272-9921
URL http://www.libro-koseisha.co.jp/
E-mail：book-order@libro-koseisha.co.jp

装幀　藤巻 亮一
印刷　製本　精文堂印刷株式会社

ISBN978-4-7744-0793-7 C0095